本に語らせよ

長田弘

幻戯書房

目次

I

枕草子の記憶　13
妙心寺松籟　31

II

「学び」をめぐる風景　43
『学問のすゝめ』のすすめ　46
『米欧回覧実記』を読む　49
懐徳堂という名の学校　52
内村鑑三の二宮金次郎　55
ノーマンの安藤昌益　58
詩を胸中に置く　61
森鷗外の澀江抽斎　66

澀江抽斎の妻五百　69
奥州の寒村の病いの記録　72
江戸時代の遺産　75
逍遙の当世書生気質　78

III

「理」の行方、「私」の行方　83
ここに、共に在ること　87
「懐かしさ」の失われた風景　91
なぜ人は名付けずにいられないか　95
快活さについて考える　99
アイデンティティとは　103
同時代人モンテーニュ　107
方丈記と翁草　111

IV

『城下の人』の語る歴史 117
ウイリアム・テルと自由 129

V

走り不動 149
或る人の云へるは 152
心のアルマナック 156
歯の神様 160
太平の楽事 164
横たわるもの 167
妖怪変化 171
屁のごときもの 175

狼の糞の話 179
八卦、占いの哲学 181

VI

鍋のデモクラシー 187
二人の日本人 191
十九世紀の自由人 195
クラーク博士異聞 199
あるニセモノの一生涯 204
「角田柳作先生」のこと 209

VII

二十一世紀のための「論語」 227

露伴のルビのこと 239
ふしぎに雅量あることば 242
『荒城の月』逸聞 245
北上の柳青める 250
訳詩興るべし 253
ことばを届ける人 262
錬金術としての読書 269
二〇一一年のごびらっふ 277
幾霜を経て 279

VIII

蟬と蟻 285
記憶の抽斗 289
魯迅 293
本を焼く 296

中江丑吉 299
石を抱く 305
Absorbing 308
読書の速度記号 311
中井正一 316
「美しき魂」について 324
気韻が生動する 328
カササギの巣の下で 330

本に語らせよ　目録 334

初出一覧 346

装画　田口実千代
装幀　緒方修一

本に語らせよ

本書は、単行本未収録を中心に、既刊に収録したものも含め、著者自らが厳選、改稿、構成したエッセー集です。なかには発表時より改題したものもあります。なお書名も著者によるものです。

各篇の引用文中には、著者が註を（ ）内に補い、同様に中略を（……）で示した部分があります。また適宜ルビを加減し、旧字・旧仮名遣いを新字・新仮名遣いに改めているところもあります。

I

枕草子の記憶

一

『枕草子』と言うと、いつもまっさきに思いだすのは、草の匂いだ。

朝、清少納言が牛車に乗って、野を行く。すると、車輪が踏みしだいた道の野草の匂いが、踏みしだいた車輪が上へ回転してきたときに、あたりにふっと微かに広がってきて、清少納言の物思うこころを、やわらかにつつむ。

ゆっくりと、きしみながら回ってくる牛車の車輪の音のなかに、踏みしだいた道の野草のまだ新しい匂いがする、一瞬の情景のあざやかさ。

『枕草子』という一冊の本の世界にはじめてふれたのは、少年時代だった。

その『枕草子』を、いつ、どこで読んだのだったか、教科書もしくは参考書で読んだのか、あるいは家のどこかにあった本で読んだのだったか、何も覚えていない。なのに、『枕草子』がそのとき少年のわたしにくれた、その遠いはるかな昔の、朝まだき、露をのせた草の匂いのあざやかな印象は、いまに至ってもはっきりと覚えている。

清少納言が遺したのは、物語ではない。『枕草子』の世界をささえるのは、物語の魅惑ではない。『枕草子』という観想の書が、その本を繙《ひもと》くものに親しく手わたすのは、読書の不思議だ。

『枕草子』のひそめる読書の不思議に、わたしが誘われたきっかけも、そもそもは、遠い昔のある朝、清少納言の乗った牛車の車輪が踏みしだいた、その道の野草の匂いからだった。

『枕草子』の魅惑は、その言葉が読んだもののうちに生々しくよびさます、ありありとした感覚の魅惑である。その場に自分がいたのではないのに、あたかもその場にいたような感覚が、自分のなかにはっきりとした記憶になってのこる不思議。

けれども、その朝の道の野草の匂いの記憶をあらためて確かめようと、ずっと後になにげなく手元の『枕草子』をひらいたとき、少年の日の記憶にはあざやかすぎるほどあざやかだったその野草の匂いが、書中のどこにも、記憶にあるようなあざやかさをとどめていないことに気づかされた。

どうしてだろう。記憶はあてにならないかと、そう思って片づけたものの、しかし、では、そのような記憶のあざやかさがずっとわたしのなかにのこったのは、どうしてだったのだろうという疑いは、そのまま後にのこった。

食い違う記憶の謎が解けるのは、それまで手元にあったのとは違う古典文学全集の一巻に収められて、新しくでた『枕草子』を、その後にあらためて読んだときだった。

そのとき手にしたのは、日本古典文学全集（小学館）の『枕草子』（松尾聰・永井和子校注）で、そこには、ずっと思い描いていた、野草の匂いのするあざやかな遠い時代の朝の情景が、少年の日の記憶そのままに、あざやかに挿まれていて、五月の草の匂い（蓬《よもぎ》の匂い！）が、そのときページのあいだから強く匂ってくるようだった。

『枕草子』のイメージを少年のわたしのうちに決定的にしたのは、「五月ばかり山里にありく」にはじまる、次のくだりである。

五月ばかり山里にありく、いみじくをかし。沢水もげに、ただいと青く見えわたるに、上はつれなくて、草生ひしげりたるを、ながながと、ただざまに行けば、下はえならざりける水の、深うはあらねど、人の歩むにつけて、とばしりあげたる、いとをかし。

左右にある垣に、枝などに、かかりて、車の屋形に入るを、いそぎてとらへて折らむと思ふに、ふとはづれて過ぎぬるもくちをし。蓬の、車に押しひしがれたるが、輪の舞ひ立ちたるに、近うかけたるも、香のかかへたるも、いとをかし。

『枕草子』（小学館版）の二〇四段。けれども、手元にあった『枕草子』（池田亀鑑校訂　岩波文庫版）をひらくと、おなじそのくだりが一見おなじ文章のように見えて、言葉が微妙に、しかしおどろくほど違うのだ。

五月ばかりなどに山里にありく、いとをかし。草葉も水もいとあをく見えわたりたるに、上はつれなくて草生ひ茂りたるを、ながながとただざまに行けば、下はえならざりける水の、ふかくはあらねど、人などのあゆむにはしりあがりたる、いとをかし。

左右にある垣にある、ものの枝などの、車の屋形などにさし入るを、いそぎてとらへて折らんとするほどに、ふと過ぎてはづれたるこそ、いとくちをしけれ。

蓬の車に押しひしがれたりけるが、輪の廻りたるに、近ううちかかりたるもをかし。

文章のリズムも、言葉の感触も違えば、そもそもの章段も異なっている（岩波文庫版では二二三段）。『枕草子』には、もともと伝本しかないのだ。だから、それぞれの『枕草子』には違いがあって不思議はなく、その違いというのは、それぞれの拠る底本の違い、そして校訂の違いである。『枕草子』の校訂本の底本とされるのは、大雑把に言えば、一つが、いまはもっとも手近になった「三巻本」（三巻に分冊されて伝えられてきたためにそうよばれる）。もう一つが、近世来ひろく親しまれた流布本の底本だったとされる、いわゆる「能因本」。

二つの伝本は、まるで違う。ずっと手元にあった岩波文庫版の底本は「三巻本」で、日本古典文学全集・小学館版は「能因本」。少年のわたしが魅せられたのは、たぶん「能因本」を底本とした流布本だったにちがいない。

『枕草子』の書き出しはあまりにも知られている。

春はあけぼの。やうやうしろくなりゆく山ぎは、すこしあかりて、紫だちたる雲のほそくたなびきたる。

夏は夜。月のころはさらなり、やみもなほ螢飛びちがひたる。雨などの降るさへをかし。

秋は夕暮。夕日花やかにさして山ぎはいと近くなりたるに、烏のねどころへ行くとて、三つ四つ二つなど、飛び行くさへあはれなり。まして雁などのつらねたるが、いと小さく見ゆる、いとをかし。日入り果てて、風の音、虫の音など。

冬はつとめて。雪の降りたるは言ふべきにもあらず。霜などのいと白く、またさらでもいと寒きに、火などいそぎおこして、炭持てわたるも、いとつきづきし。昼になりて、ぬるくゆるびもて行けば、炭櫃《すびつ》、火桶の火も、白き灰がちになりぬるはわろし。(能因本による小学館版)

この有名な書き出しにはじまる最初の章段(一段)からして、しかし、二つの『枕草子』は微妙に違っている。

春はあけぼの。やうやうしろくなり行く、山ぎはすこしあかりて、むらさきだちたる雲のほそくたなびきたる。

夏はよる。月の頃はさらなり、やみもなほ、ほたるの多く飛びちがひたる。また、ただひとつふたつなど、ほのかにうちひかりて行くもをかし。雨など降るもをかし。
秋は夕暮。夕日のさして山のはいとちかうなりたるに、からすのねどころへ行くとて、みつよつ、ふたつみつなどとびいそぐさへあはれなり。まいて雁などのつらねたるが、いとちひさくみゆるはいとをかし。日入りはてて、風の音むしのねなど、はたいふべきにあらず。
冬はつとめて。雪の降りたるはいふべきにもあらず、霜のいとしろきも、またさらでもいと寒きに、火などいそぎおこして、炭もてわたるもいとつきづきし。昼になりて、ぬるくゆるびもていけば、火桶の火もしろき灰がちになりてわろし。（三巻本による岩波文庫版）

読むことは、一人の私の感受性に働きかけてくる言葉をあじわう、ということだ。『枕草子』はそうした「味読」という読書の経験を日本語の経験として、わたしたちのあいだに深く培ってきた一冊だ。

言葉というのは、眼差しにほかならない。『枕草子』を読んで、そのあざやかな言葉にあざやかにとどめられている眼差しの方向をたどってゆくと、一つ一つの言葉をつつんでいる光と影が、いつか心のなかに入り込んでくる。『枕草子』を読むことは、すなわちその言葉が見つめているものを読む、という経験なのだ。

『枕草子』のそれぞれの伝本にのこされる微妙な言葉の違いから、あらためておしえられるのは、それぞれの言葉が見つめているものを見極めてゆく、見極め方の違いだ。

底本の違う『枕草子』を章段毎に、かわるがわるに読む。そうした読み方をかさねるうちに、心に強くのこった映像の一つは、雨の日の蜘蛛の巣の情景だった。

雨の日、庭先の草木にかかっている蜘蛛の巣を見る。その一瞬の情景をとらえる言葉が、伝本によって、ほんのわずか違う。しかし、ほんのわずかの言葉の違いだけれども、その言葉をあざやかにする心映えというのが、全然違う。

そうした読書の奥行きを存分にあじわわせてくれるのが、「九月ばかり」とはじまる印象的な章段で、その一節を、能因本（一三三段）から引くと、

九月ばかり夜一夜降り明かしたる雨の、今朝はやみて、朝日のはなやかにさしたるに、前栽《せんざい》の菊の露こぼるばかり漏れかかりたるも、いとをかし。透垣《すいがい》、らんもむ、薄などの上にかいたる蜘蛛の巣のこぼれ残りて、所々に糸も絶えざまに雨のかかりたるが白きを、玉をつらぬきたるやうなるこそ、いみじうあはれにをかしけれ。

すこし日たけぬれば、萩などの、いと重げなりつるに、露の落つるに、枝のうち動きて、人も手触れぬに、ふとかみざまへあがりたる、いとをかし。

いみじうをかしと言ひたる事、人の心ちには、つゆをかしからじと思ふこそ、またをかしけれ。

この雨にぬれた蜘蛛の巣の印象的な描写が、三巻本（一三〇段）では、どうか。おなじ一節を引くと、

九月ばかり、夜一夜降りあかしつる雨の、今朝はやみて、朝日いとけざやかにさし出でたるに、前栽の露こぼるばかりぬれかかりたるも、いとをかし。透垣の羅文《らんもん》、軒の上に、かいたる蜘蛛の巣のこぼれ残りたるに、雨のかかりたるが、白き玉をつらぬきたるやうなるこそ、いみじうあはれにをかしけれ。

すこし日たけぬれば、萩などのいとおもげなるに、露の落つるに枝のうち動きて、人も手ふれぬに、ふとかみざまへあがりたるも、いみじうをかし、といひたることどもの、人の心にはつゆをかしからじとおもふこそ、またをかしけれ。

蜘蛛の巣の「雨のかかりたるが、白き玉をつらぬきたるやうなるこそ」（三巻本）と、「雨のかかりたるが白きを、玉をつらぬきたるやうなるこそ」（能因本）の、たった読点一つの違いで、雨にぬれた蜘蛛の巣のイメージが違ってゆくおもしろさ。

わたし自身は、かつて野の草の匂いに惹かれたように、ここでもやはり能因本の「白きを、玉を」という描写に、三巻本の「白き玉を」よりも惹かれる。読むものの胸のうちにくっきりと際

立ったイメージを喚起せずにいないのが、能因本のきわめて感覚的な言葉遣いだ。

　その二つの『枕草子』については、能因本は作者による再稿本で、三巻本はその初稿本の面影をとどめるものではないかという機微にふれる推測もあって、新しい読み方を織り込んだ角川文庫版（石田穣二訳注）は、二つの『枕草子』の違いについて、三巻本の「無造作、簡素な文体」、能因本の「より柔軟な、あるいはより屈折した文体」の違いを挙げている。

二

『枕草子』で独特なのは、その形容詞の素っ気なさだ。

『枕草子』の形容詞と言えば、「いとをかし」。『枕草子』は「をかし」の書。そう思えるくらい、『枕草子』の言葉は端的をきわめている。

『枕草子』の言葉のそなえるあざやかさは、形容詞や文飾に因るのではない。そうではなく、あくまでも対象にそそがれる眼差しのゆたかさに因っている。対象を見つめる眼差しを深くしてゆくのが言葉のちからだとすれば、『枕草子』の魅惑はそうした眼差しを深くする言葉の魅惑だ。

　いたずらに形容詞を求めず、言葉のあざやかさを失わない。『枕草子』のその筆さばきの巧みさをわけても感じさせられるのは、たとえば、一幅の絵を目の前にしているような、月の夜の描写。

月のいと明かき夜、川をわたれば、牛の歩むままに、水晶などのわれたるやうに、水の散りたるこそをかしけれ。（二〇八段　能因本）

念のために、三巻本のおなじところを引けば、さらに簡潔に、

月のいとあかきに、川を渡れば、牛のあゆむままに水晶などのわれたるやうに、水の散りたるこそをかしけれ。（二三二段）

あるいは、雪の日の描写。『枕草子』の書き手は、とりわけ雪景色に魅せられていて、雪の日の叙述は微妙な息づかいにみち、モノトーンそのものの雪の情景が、濃淡あざやかな言葉に写しとられて、読むものの心のスクリーンに鮮明に映しだされてくるようだ。能因本から引けば、

雪のいと高く降り積みたる夕暮より、端近う同じ心なる人二三人ばかり、火桶中にすゑて、物語などするほどに、暗うなりぬれば、こなたには火もともさぬに、おほかた雪の光、いと白う見えたるに、火箸して灰などかきすさびて、あはれなるもをかしきも、言ひ合はするこそをかしけれ。（一七九段）

降るものは、雪。にくけれど、みぞれの降るに、霰《あられ》、雪の真白にてまじりたるをかし。檜皮葺《ひはだぶき》、いとめでたし。すこし消えがたになるほど。おほくは降らぬが、瓦の目ごとに入りて、黒うまろに見えたる、いとをかし。（二三六段）

雪高う降りて、今もなほ降るに、五位も四位も、色うるはしうわかやかなるが、うへの衣の色はいと清らにて、かめの帯のつきたるを、宿直姿《とのゐすがた》にて、ひきはこえて、紫のも雪に映えて、濃さまさりたるを着て、衵《あこめ》の紅《くれなゐ》ならずは、おどろおどろしき山吹を出だして、からかさをさしたるに、風のいたく吹きて、横ざまに雪を吹きかくれば、すこしかたぶきて歩み来る深沓《ふかくつ》、半靴《はうくわ》などのきはまで、雪のいと白くかかりたるこそをかしけれ。（二四三段）

色彩をもたない雪の情景を描いて、色彩あふれる日々の情景をまざまざと感じさせずにいない筆法こそ『枕草子』の真骨頂だが、その秘密は『枕草子』に緊密に縫い込まれている名詞のもつちからにある。

名詞は名づける言葉であり、名づけるとは物をその名でよぶことだ。読むもののこころに直に働きかけてくる、雪という名詞の、印象的な繰りかえし。名詞の言葉、名の言葉は、どんな言葉にもまして、強い結晶力をひそめている。

『枕草子』を読む悦びをつくりだしてきたのは、日本語の名詞のそなえるしなやかさであり、耐蝕性だ。ぶっきらぼうに名詞をならべただけのようでありながら、にもかかわらず、むしろ一つ一つがおどろくほど喚起的な、日本語の名詞のおもしろさ。そうした名詞をつらねる章段を、やはり能因本から随意に引けば、

橋は　あさむつの橋。長柄の橋。あまひこの橋。浜名の橋。ひとつ橋。佐野の船橋。うたしめの橋。轟の橋。を川の橋。かけ橋。瀬田の橋。木曾路の橋。堀江の橋。かささぎの橋。ゆきあひの橋。小野の浮橋。山菅《やますげ》の橋。名を聞きたるをかし。うたたねの橋。（六五段）

河は　飛鳥川。淵瀬定めなく、はかなからむと、いとあはれなり。みみと川、また何事をさしもさかしがりけむと、をかし。音無河、思はずなるなど、をかしきなンめり。大井川。泉河。水無瀬川。なのりそ川。名取川も、いかなる名を取りたるにか聞かまほし。細谷川。七瀬川。玉ほし河。天の川、このしもにもあンなり。「七夕つめに宿からむ」と、業平よみけむ、ましてをかし。（二二二段）

森は　大あらきの森。しのびの森。ここひの森。木枯《こがらし》の森。信太《しのだ》の森。生田の森。木幡《こはた》の森。うつ木の森。きく田の森。岩瀬ノ森。立ち聞きの森。常磐の森。くろつぎの森。神南備の森。うたたねの森。うきたの森。うへつきの森。いはたの森。たれその森。かそたての森。か

うたての森といふが耳とまるこそ、まづあやしけれ。森などいふべくもあらず、ただ一木あるを、何ごとにつけたるぞ。（一一五段）

鳥は　こと所の物なれど、鸚鵡はいとあはれなり。郭公《ほととぎす》。水鶏《くひな》。鴫《しぎ》。みこ鳥。ひわ。ひたき。都鳥。川千鳥は、友まどはすらむこそ。雁の声は、遠く聞えたる、あはれなり。鴨は、羽の霜うちはらふらむと思ふに、をかし。（四八段）

物、対象を表すものとしての名にだけではない。その眼差しはまた、名という言葉そのもののはらむ、深い感興へもむけられている。名詞という言葉がおのずから体現してしまうおもしろさを列記してゆくのは、『枕草子』ならではの手練だ。

名おそろしきもの青淵。谷のほら。鰭板《はたいた》。くろがね。つちくれ。いかづちは名のみならず、いみじうおそろし。はやち。ふさう雲。ほこ星。おほかみ。牛はさめ。らう。ろうの長《をさ》。いにすし。それも名こそは。見るおそろし。なは筵《むしろ》。強盗。またよろづにおそろし。肘笠雨。くちなはいちご。いきすだま。鬼ところ。鬼わらび。むばら。からたち。いかすみ。牡丹。牛鬼。（一五七段　能因本）

こうした古い名詞のおおくがもはや用いられることはなくなっていても、しかしそれぞれの名詞にそなわる言葉としての喚起力がいまも損なわれていないのは、それが名詞という言葉がひそめもつちからだからだ。

野は　嵯峨野さらなり。いなび野。交野《かたの》。こま野。粟津野。飛火野。しめし野。そうけ野こそ、すずろにをかしけれ。などさつけたるにかあらむ。あべ野。宮城野。春日野。紫野。

（一九六段　同）

歌の題は　都。葛。三稜草《みくり》。駒。霰。笹。つぼすみれ。日陰。菰《こも》。たかせ。鴛鴦《をし》。浅茅。しば。あをつづら。梨。なつめ。あさがほ。（六九段　同）

日本語の名詞がこんなにも人をとらえる新鮮な言葉である、ということのよろこび。あるいは、おどろき。

『枕草子』が今日に至るまで強い訴求力をもつ一冊の本でありつづけているのは、『枕草子』から手わたされるそうした名詞の魅惑に、おそらく因っている。内から発するちからをみずからたもちつづけるのが、名詞という言葉の特性だ。

『枕草子』の言葉のあり方の、そうした独特のすがすがしさというのは、おそらく哲学にいう唯名論ともいうべき認識をたくわえた、その言葉の直截なあり方にあるだろうというふうに思える。

「世界の認識はまず個々の事物の認識からはじまる」。それが唯名論とよばれる考え方の拠って立つ認識であるが、『枕草子』に張りつめているのも、まさに「世界の認識はまず個々の事物の認識からはじまる」という認識だ。

『枕草子』の世界について語られているのではないか。そんな感想が思わずダブってくるのが、たとえば、マイケル・ロバーツの『近代の精神』（加藤憲市訳）にみられる、唯名論という考え方をめぐっての、次のような考察。

「世界の認識はまず個々の事物の認識からはじまる。外界を構成するものはこれらの具体であり、普遍というものはただそれらの具体の心的分類として存在するにすぎない。したがって学術や科学の根源は経験であり、知識とは個々の具体または具体群に対する記号から成りたつものである。個々の具体の本質は、それらに対するわれわれの直覚にある。普遍の本質は、それらに対するわれわれの理解にある」

『枕草子』の魅惑の源泉もまた、「われわれの直覚」のうちにあるのだろう。いつの時代にも通じる、その「近代の精神（モダン・マインド）」に。

「心には二つの力がある。『志向』のはたらきによって心は個々の具体を考察する。また抽象のはたらきによって、心は具体を各要素に分析し、または多くのものに適用しうる一般観念を形成する。さらに、この両者のはたらきには理解と断定との二つの別個の作用がある。論理の法則によって言葉と言葉を結びつけるまえに、まずわれわれはその言葉の意味を把握する必要がある。ときには、理解されるべきその言葉はただ外界のものを意味するだけのことがある。ときには、別の言葉を意味するにすぎないこともある。ときにはそれが一つの観念であったり、欲望であったり、心のはたらきであったりすることもある。ときには、言葉というもののもつ意識内容全般であることもある。一般にわれわれは一つの命題を理解しこれに同意するまえに、まずその個々の言葉の意味する事物の存在に同意せねばならない」

言葉を書きしるすことが、そしてまた、言葉を読むということが、ひとの心にもたらすものについて自覚的であること。そうして、言葉をみずから裏切らぬこと。『枕草子』の芯のところにあるのは、その意味で純真なと言っていいほどの、言葉への信頼だろう。

世の中の腹立たしうむつかしう、かた時あるべき心ちもせで、いづちもいづちも行き失せなばやと思ふに、ただの紙のいと白う清らなる、よき筆、白き色紙、みちのくに紙など得つれば、かくてもしばしありぬべかりけりなむおぼえはべる。（二五五段　能因本）

よき筆で、白き紙に書くこと。書くとは個々の言葉の意味する事物の存在に、すすんで同意することだ。言葉を信じるに足らないものにするのは、「世をなのめに書きながしたることば」（二

七段　同）であり、「えせざいはひなど見てゐたらむ」（二一段　同）生き方なのだ。

『枕草子』を読むと、日本語が好きになる。『枕草子』はわたしにとって、ずっとそうだったし、いまもそうだ。読むことは言葉を手わたされることだが、『枕草子』から手わたされるのは、まっすぐに物言うための、明澄な日本語のかたちだ。

そうであって『枕草子』ほど、謎だらけの本はないだろう。

書きのこしたのは清少納言。しかし、じつを言えば、清少納言というのは人の名ではない。少納言は中宮に作者が仕えていたときの職名、清は実家の氏の名とされるが、本名は不詳。生年も不詳。その人については、何も知られていない。

『枕草子』に書きしるされる宮仕えの後の日々についても、結婚し、離別していること、再婚し、出産していること、また親しかった愛人がいたことも、推量はされても、ことごとく不詳。晩年は零落、出家を噂されても、やはりすべて不詳。没年すら不詳。

しかも、遺された『枕草子』についてもまた、原本はなく、肝心の書名からして、後世そう名ざされて、通名となったと目されるにすぎない。平安時代には普通名詞だったとされる枕草子だが、どんな草子をそう言ったかも不明。

後年「清少納言枕草子」もしくは「枕草子」が正しいとみなされるようになったものの、漢字で「枕冊子」「枕草紙」、仮名書きで「まくらさうし」「まくらざうし」もあれば、呼び名もいまは、「まくらのそうし」と「の」を入れて呼ぶのが普通だ。

その本をめぐっては、何もかもが不確かで、謎だらけ。しかしそのことほど、『枕草子』の秘密を、端的に伝えるものもない。『枕草子』を『枕草子』たらしめてきたのは、誰でもない人が書きしるした誰のものでもある言葉がここにあるという、『枕草子』の本質をなすぬきんでた無名性だったと思えるからだ。

雨など晴れゆきたる水のつら、黒木のはしなどのつらに、乱れ咲きたる夕映え。

（七〇段　能因本）

時代は過ぎ去って、すべては変わってゆく。しかし、ここには、静かな夕映えがひろがっている。『枕草子』を読んだ後、胸にのこるのは、その束の間の夕映えのうつくしさだ。

一千年よりも長い束の間がある。清少納言の名をもつ一千年前の女性におしえられた、小さな歴史の真実。

妙心寺松籟

一

理由はない。そこへ行きたいと思った。それだけだった。そして、引き寄せられるようにして、そこへ行き、町なかにたたずまう、惣門とよばれる古く大きな簡素な門をくぐった。門をくぐると、静かな石畳の道が真っ直につづいていた。

理由があって、引き寄せられるのではないのだ。引き寄せられていって、それから、ずっと後になってから、思いもかけないときに、何かをきっかけに、はじめてそこへ行ったときには考えてもみなかった理由に気づく。

妙心寺がそうだった。歴然たる大寺なのに、京の町の日々のたたずまいのなかに、あたかも身を隠すかのようにたたずまって、そのすぐそばに行くまで、いや、その門をくぐるまで、なかなか気づかれない。

妙心寺は、此岸の寺だと思う。彼岸を巡って逍遙をたのしむ京の大寺のおおくとは違う。寺域は一望できず、景観をつくらず、遠くまで開かれた空のひろがりだけが際立っていて、静けさの線のように、白い石畳の道が延びている。

しかし、奇妙なことに、後になって強くとらえられたのは、はじめて行ったときには、心にとめることもなかったものだった。誰にも見えていて、誰も見ていないものがある。明々白々すぎて、誰もことさら気にとめないのだ。

それは、松の木、だった。松の木は禅寺にもっともふさわしいとされてきた木だ。妙心寺もまた松の寺だった。けれども、はじめに行ったとき、見たのは寺の景色の一部としての松だったのだろう、松についてことさらな印象をもたなかった。

松を見に、妙心寺に行こうと思ったのは、偶然のことからだ。複写された、妙心寺の松の木を描いた一幅の絵図を見て、だった。

二

万治元年（一六五八）に描かれた一枚の大絵図。妙心寺蔵「妙心寺伽藍・塔頭総絵図」（狩野理左衛門筆）。惣門、三門、法堂、大方丈・小方丈、庫裏《くり》、そして境内の多くの塔頭《たっちゅう》が整然と建ちならぶ大本山の様子を、空から俯瞰したように、一幅に描いた絵図だ。

いわゆる名画のような作品とは違う。あくまでも記録としてつくられた絵図で、由来書きによれば、江戸時代におこなわれた伽藍と塔頭の大規模な造営と造替の竣工を記念して、後世に伝えようと、妙心寺の伽藍・塔頭・築地塀をすべて描きとったものとされる。

公開されていず、複製でしか見たことがないが、一瞥、目をうばわれたのは、絵図に描きこまれた、境内のおびただしい樹木だった。楓や杉なども少なくないが、何と言ってもあざやかなのが、みごとな枝ぶりを見せてつらなる大きな松の木々。

人はいっさい描かれていず、建物群と真っ直な道が完工図のように描かれているだけだ。だが、幾何的な世界に松の木ほかの樹木の絵がくわわると、全体が生き生きとしてきて、現実には見られない視角から描かれた、市中の大寺の風格が伝わってくる。

松の木は、ずっと千年の木と考えられてきた木である。そして、そのような千年の木としての松の木なしにはない境域をつくってきたのは仏閣であり、神社だった。老松と若松と、松の木なしにはない能の舞台のように。

四季が移りめぐっても変化することなく、一千年来の松の緑は、雪の折りにとくに深々とした色を見せる。また、松の花は千年に一度開いて、それを十回繰りかえすといわれる。

能「高砂」にそんなふうに謡われてきたのが、松だった。

こんどこそ、松を見に、妙心寺に行こうと思った。そして、訪れて、知った。妙心寺の松の木は、すでに、千年の松の木、常盤木の松の木ではなかった。

三

妙心寺の松の木のほとんどが、まだ若い松の木だった。

由緒ある松として知られる「雪江松」にしてそうだった。雪江宗深《せっこうそうしん》。五百年前に、妙心寺再興を果たした人。その雪江が手ずから植えたという、もともとの「雪江松」の偉容は、国立国会図書館蔵「貞信都名所之図　妙心寺雪江松」に、緑あざやかに活写されている。

けれども、いまある「雪江松」は若い松だ。『妙心寺散歩』（竹貫元勝）という本によれば、樹齢五百年を数えたもともとの松は、一九二九年、昭和四年に枯死。その後植えられた孫松もまた一九九九年、平成十一年に枯死。いまの「雪江松」は曾孫の松になる。

木の生命力をたもつのは、地上の樹幹だ。百年、数百年を生きられる木は、樹幹が太く、しっかりとしている。根から吸いあげる水や栄養分を、どれだけ十分に貯められるか。樹幹のそのちからに、木の成長は懸かっている。

見た目は高木であっても、境内のおおくは、まだ樹幹の細い若い松の木だった。高さが人の膝くらいまでの、松の幼木も少なくない。それらは、枯死した松の、地面すれすれに伐られた切り株のすぐ隣りに、新しく植え替えられているのだった。

大量の松の木の枯死を次々に引き起こしたとして名指されてきたのは、いつのころからか南よりやってきて、いまも日本列島を北上しつづけている、マツノザイセンチュウという小さな虫がもたらす、松材線虫病とよばれる松の伝染病だ。

厄介なその小さな虫は、松の樹幹のなかに入りこむや、たちまちに根が吸いあげて葉に送る水の管を詰まらせてしまう。そして、突然に水のこなくなった松の木の葉はあっという間に腿色し、赤くなり、そのまま枯れて死んでしまう。緑を失って枯れて死んだ松の木は、ともあれ伐ってしまわなければならない。

四

樹齢をかさねた松の木は、幹は太く、根も深く、枯死しても、木の根を引き抜くことはたいへんで、根元から伐って、切り株のまま晒して、そのすぐそばに松の幼木を植えるのだという。境内には、仰ぎ見る松の木に交じって、点々と、そのような幼木があった。

なぜ、松の木を植えるのか。

師、松を栽《う》うる次で、黄檗《おうばく》問う、深山裏に許多《そこばく》を栽えて什麽《なに》か作《せ》ん。師云く、一には、山門の与《ため》に境致と作《な》し、二には、後人の与に標榜と作さん、と道《い》い了って、钁頭《かくとう》を将《も》って地を打つこと三下《さんげ》す。黄檗云く、是の如《かく》くなりと雖然《いへど》も、子已に吾が三十棒を喫し了れり。師、又钁頭を以って地を打つこと三下、噓噓《きよきよ》の声を作す。黄檗云く、吾が宗、汝に至って大いに世に興らん。

師が松を植えていると、黄檗が問うた、「こんな山奥にそんなに松を植えてどうするつもりか」。師「一つは寺の境内に風致を添えたいと思い、もう一つは後世の人の目じるしにしたいのです」、そう言って鍬で地面を三度たたいた。黄檗「それにしても、そなたはもうとっくにわしの三十棒を食らったぞ」。師はまた鍬で地面を三度たたき、ひゅうと長嘯した。

黄檗「わが宗はそなたの代に大いに興隆するであろう」

「臨済栽松の話」として伝わる話（『臨済録』入矢義高訳注）。松はすなわち、境内のための「境致の松」であり、後世のための「標榜の松」なのだ。日曜、山の寺にのぼり、朝から『臨済録』『碧巌録』をまなんで、暮れ方、長い影をおとす松並木の参道を一人帰ってゆく少年の心の情景を、かつて作家の立原正秋は『冬のかたみに』という物語に書いた。そして、その松の木の道の行き帰りが少年のなかにのこしたものは、臨済の家風だったと。

妙心寺の境内にあるのも、縦横、ただ真っ直ぐな、大小の松のつづく石畳の道である。

五

そこには何もない。ただ、すべて幅九十五センチ、しかし高さ長さはそれぞれに違う、銘も何もない灰色の直方体の石碑が二千七百十一、石碑とおなじ幅九十五センチの、縦横、真っ直ぐな通路をはさんで、犇《ひし》めくように並べられている。

ベルリンの真ん中、ブランデンブルク門のすぐ南に、二十一世紀になって完成したホロコースト記念碑。正式の名は、虐殺されたヨーロッパのユダヤ人のための記念碑。座れるような低いものから五メートルもあるような大きなものまで、石碑はさまざまだ。

何の表示も、飾りもない。門も、柵もない。どこからも入れて、どこからも出られる。石碑の幾何的な配置が、日差しと影のあざやかな対照をつくる。整然とした迷路のような石碑のあいだを歩いてゆく。すると、灰色の人影が通路の先を横切って、すーっと消える。

だだっ広いホロコースト記念碑の南側は、全体主義に敵対した思想史家の名を冠したハンナ・アレント通りに接する。空の下、灰色の景色だけがひろがるホロコースト記念碑の光景を見つめながら、そのとき考えていたのは、古代ローマの詩人オウィディウスの『変身物語』に記された、人間の時代の始まりのことだった。

最後にのこった神、「正義」が殺戮の血に濡れたこの地上を去って、神々の時代は終わった。そして人間の時代がはじまったのだ、とオウィディウスは記している（中村善也訳）。

最初は、切り立った濠が都市を囲むこともまだなく、喇叭も、兜も、剣もなく、兵士は不要であり、法律も懲罰もなしに、いずこの民の生活も無事だった、黄金の時代だった。だが、それも「生い育った山中で松の木が切り倒され、船につくられて、海へ下ろされる」までのこと。オウィディウスに拠って言えば、松の木を切り倒して生活することを覚えて、黄金の時代をみずから失ってはじまったのが、以後、今日までの人間の時代なのである。

この、ベルリンのホロコースト記念碑は、まちがいなく、最初に黄金の時代を失ってはじまった人間の時代のたどりついた、虐殺された文明のメモリアルだった。

松の木の、絶対似合わない風景があるのだ。何もかもすべてコンクリートだけでつくられた、

（建築家のピーター・アイゼンマンが考えぬいてそう設計した）、ベルリンの、このホロコースト記念碑がそうだ。

六

けれども、松の木のない寺の風景は、ほとんど考えられない。松の木くらい寺の屋根瓦に似合うものはない。古来、日本の寺の風景をつくってきたのは、瓦の寺、松の寺だった。

瓦は、そもそも寺の屋根にはじまった。初めて瓦が焼かれた中国から、百済をへて、日本に渡ってきた百済の瓦工が奈良飛鳥で焼いたのが最初だったが、焼かれた瓦は寺の屋根にしか葺かれなかったらしい。広まったのは天平時代、国分寺が諸国にできてから。

それからずっと、おどろくほど長いあいだ、二十世紀の半ばに到るまで、日本の屋根といえば瓦屋根だったのだ。そうして、人の住まいの屋根が瓦屋根だったとき、人の住まいの日々の風景にもっとも親しかった風景は、松の木のある風景だった。

屋根瓦と松の木ののっぴきならない関係を、加藤亀太郎『甍の夢』という瓦職の名工の話し書きの本で読んだことがある。瓦を窯で焼くときは、九百度くらいまで焼き上げてからいぶすのだ。そのとき、小枝のついた松葉を入れる。それで、焚き口を塞ぐ。

「松葉てのは、空気中で燃やすと油煙がたくさん出るでしょ。それが高い温度の窯の中ではガス状になって、黒鉛みたいに瓦にしみ込む。そうやってよく焼かれた瓦は、いぶし銀みたいな光沢がある。そうしないと、瓦は煉瓦や植木鉢みたいに赤くなるんです。銀色に焼き上がった瓦でも、火事なんかで酸化焔で焼き戻されると、赤か白になっちゃう」

「むかしは、山に入って松葉を切りだして束ねてもってくる人がいた。しかし、松くい虫（マツノザイセンチュウ）の問題で、瓦屋でも松葉をたくさん積んでおいてはいけないことになって、いまは松葉の代わりに、密閉した窯の中に、プロパンガスやブタンガスを注入して焼いてつくるんですよ。いまでは瓦が石のように硬く強くなった」

立ちどまって、妙心寺の本堂や塔頭の、屋根瓦のいぶし銀のようなかがやきを見上げる。大きな松の木の向こう、大きな屋根瓦の上を、雲の影が滑るように移ってゆく。

七

妙心寺の表門は質実なつくりの南惣門だけれども、好きなのは、裏門にあたる北惣門だ。南惣門よりももっと質実なつくりの、その北の門を通って、一条通りから境内へ入ってゆくと、そのまま、白い真っ直ぐな石畳の道になる。

北の門から南の門まで、あるいは南の門から北の門まで、妙心寺の道は、縦横、誰でも自由に通り抜けられる。自由に通り抜けられるその道を、自転車に乗った女性が次々に、颯爽と走り抜けてゆく。ゆっくり歩いてくる人がいる。うつむいてゆく無手の人もいる。

妙心寺の境内は、あたかも街のなかの町のようだ。塔頭のつづく道は、低く長い土塀がつづくしく、石畳は洗われたばかりのように見える。建て込んでいないので、すぐ目の先に、淡い空が大きくひろがっている。

妙心寺の鐘は、独特の高く澄んだ音を響かせる黄鐘調《おうしきちょう》の名鐘として知られ、除夜の鐘として親しまれたと言うが、ひびが入ってもう聴かれない。いまは、狩野探幽が鏡天井に描いた恐ろしい迫力の雲龍図が見下ろす広い法堂の一隅に、忘れられたように置かれている。

雲龍図を見上げているうちに、頭のなかに、コラージュができてきた。探幽の雲龍図の下に、「妙心寺伽藍・塔頭総絵図」がひろがった。雲龍図が妙心寺の空だった。すると、松籟《しょうらい》のように、もう聴かれない鐘の音が聴こえてきた。

いったい音が耳の方へやってくるのか、耳が音の方へ行くのか。若し耳を将《も》って聴かば応《まさ》に会し難かるべし。眼処に声を聞いて、方《まさ》に始めて親し。耳で聴いてもわかるまいが、目で声きけばわかるのだ。不意に、『無門関』の言葉が思いだされた。

法堂の雲龍の眼に射すくめられながら、わたしは素樸について考えていた。集中してはじめて得られるような素樸について。何もないが一切がそこにあるような素樸について。

II

「学び」をめぐる風景

最初が手習い。手習いは習字。筆で書いて文字を習い、いろは（つまり平仮名）を学び、清書もできるようになると、次は漢字。手習いは、私塾へ通うのですが、習う子は多く、みんな一室に集まって、年の上の子のそばに幼い子がついて、細かな注意を受けながら、言葉を手で覚えます。手習いのかたわら、町の漢学の先生の許へも通い、素読を習いました。手習いも、素読も、勉強というより、稽古です。「学び」の稽古です。

幸田露伴の子どものときの話です。時代は明治になったばかり。小学校にゆくようになってから、家できびしく課せられたのは復習でした。復習といっても、夕方や夜にする勉強ではありません。課せられたのは、朝にする復読です。毎朝まだ暗いうちに蠟燭を本箱兼見台に立てる。大声で読む。家人はまだみんな寝ているけれども、誰も文句一つ言わない。そうやって、なんども復読して自然に覚えるので、そのうち本にかまわず、暗記した文章を一人でしゃべっている。

あとで考えてしておいてよかったと思う一つは子どものときの毎朝の復読と、露伴は老いてふりかえったそうですが、復読というのもまた、勉強というより稽古です。「学び」の稽古です。

識見無双の人として明治大正昭和を生きた露伴ですが、その幼い日々を確かなものとしたものは、まず「学び」の稽古でした。けれども、露伴のような明治の幼い子どもたちにはおそらくどんなことより親しい習慣だった稽古としての「学び」は、いまはとうに、子どもたちの日々に親しい習慣ではなくなっています。

稽古というのは、あらためて手元の字引を引けば、習うこと、練習、学習のことで、もともとは、昔の物事を目のまえに置いてよく考え、そうして物の道理を学ぶというのが、本意です。稽古なくして「学び」なしとされたのは、「学ぶ」ことが、自分で自分をささえてゆく方法を学ぶことと考えられていたためです。

そうした、自分で自分をささえてゆくちからが、いまは社会的にすっかり脆《あやう》くなってきていると感じられます。「学び」に稽古なし。あたかもそれが世のならいであるかのように、稽古という立ちむかう姿勢が「学び」の場になくなって、「学ぶ」こともいつしか、自分で自分をささえてゆく方法になりにくくなっているのです。

何のために、ひとは学ぶべきか。射を学ぶには的がなくてはならぬ。「学び」においても的がなくてはならぬ。露伴に言わせれば、「学び」の標的はただ四つ。「如何なるか。是れ四箇の標的。一にいわく、正なり。二にいわく、大なり。三にいわく、精なり。四にいわく、深なり」。正は中正を失わぬこと。大は自分を卑小にせぬこと。精は万事に心を用いること。深は思いを繋ぐところをみずから定めること。

世が教育勅語の下にあった時代に、敢えてそれに向きあう「学び」のあり方として、「教育及び教育を受くるもの、もしくは独学師無くして自ら教うるものの為に」、露伴が何より強くのぞんだことは、そのような一人一人にとっての開かれた「古往今来の大道路」をゆくべき、稽古という「学び」のあり方でした。

寛《ひろ》やかさをもたらすものとしての「学び」の道が見失われるなら、世を誤る。そう言って、露伴が「学び」の行く末を深く案じたのは、まさにこの国に近代をもたらした、明治という一つの時代が終わろうとしていたときです。

そのとき、露伴の眼前にあったのは、もはや「学び」に何ものぞまないような二十世紀という新しい時代です。憾《うら》むべし、善良謹直の青年に夢なし。「大望なし、学なりて口を糊し、二萬円を積むを得ば足れりと」。また、学に従い「学成るも用いるところ無し」と。人にして的なければ、帰するところ「造糞機」たるに止まらんのみ。露伴は、そんなあるまじき言葉も書きのこしています。

露伴の話はすでに遠い時代の話です。それから何もかもが過ぎ去って、すべてが変わったかに見えるのに、何一つ変わっていないのが、この国の「学び」をめぐる風景です。

『学問のすゝめ』のすすめ

「天は人の上に人を造らず人の下に人を造らずと言えり」。福沢諭吉の『学問のすゝめ』の冒頭のその一行は、あまりにも有名ですが、しかしじつは、その一行につづくのは、人と人をおなじくするものについての考察ではありません。人と人とを違えるものについての考察です（引用は岩波文庫一九七八年改版による）。

人の上に人なし、人の下に人なし。とは言うものの、ひろく人間世界を見わたせば、賢い人あり、また愚かな人あり。その「賢人と愚人の別」が何によるかと言えば、「学ぶと学ばざるとに由《よ》って」いる。人をして独立の人たらしめるべきものは、諭吉に言わせれば、「自ら心身を労して私立の活計をなす」人をつくる「学び」のちからです。

『学問のすゝめ』をいま読むと、思わず背筋がしゃんとします。というのも、百四十年近くも前に書かれた、もういいかげん古びてしまっても当然のはずの、その『学問のすゝめ』がとりあげている「学び」をめぐる望ましからざる事柄の一々が、今日に至ってもなおその通りということに、いまさらながら気づかされるからです。

『学問のすゝめ』が世に問われたのは、明治五年（一八七二）から、明治九年にかけて。学制がこの国で公布されたのは、その『学問のすゝめ』の初編が世にでてから半年後の秋。鉄道が初めて新橋と横浜のあいだを走ったのも、暦が太陽暦となったのも、おなじ年のおなじ秋です。

名著とは、その本を誰もが知っているが、誰もが読んでいない本。そうした名著の資格を、この国の近代化の始まりを文字通り印してきた『学問のすゝめ』もまた、十分に備えています。けれども、『学問のすゝめ』という明治の心意気をいっぱいに湛える本のなかにいるのは、本棚に片づけられるだけでいい昔の偉い人ではありません。

その本のページから聞こえてくるのは、むしろ、わたしたちの同時代人としての福沢諭吉の声です。すでに一世紀半が経ったいまも、その本に遺されている、「なかるべからず、せざるべからず」という福沢諭吉のメッセージの、なんと今日的なことか。

福沢諭吉が頼んだのはただ一つ、「文明の精神と言うべき至大至重のもの」、すなわち人びとの気力です。にもかかわらず、「今日本の有様を見るに、文明の形は進むに似たれども、文明の精神たる人民の気力は日に退歩に赴《おもむ》けり」。実に長大息すべきなり、と。

たとえば、学校のあり方について、福沢諭吉は記しています。「方今《ほうこん》日本にて学校を評するに、この学校の風俗はかくの如し、彼の学塾の取締は云々とて、世の父兄は専らこの風俗取締の事に心配せり。そもそも風俗取締とは、何らの箇条を指して言うか。塾法厳にして生徒の放蕩無頼を防ぐにつき、取締の行届きたることを言うなからん。これを学問所の美事《びじ》と称すべきか。（……）

学校の急務としていわゆる取締の事を談ずるの間は、仮令《たと》いその取締はよく行届くも決してその有様に満足すべからざるなり」。

福沢諭吉が教師たるべき者に求めたものは、時代の雑踏混乱のただなかに居て、虚心平気活眼《かつがん》を開いて、みずから「勉《つと》めざるべからず」という、ただ一事です。

福沢諭吉は幕末江戸にあって先んじて英語による教育をみちびいた人ですが、また、どんなときにも日本人にとっての日本語のあり方をきびしく質《ただ》した人でした。いわく、「日本の言語は不便利にして文章も演説も出来ぬゆえ、英語を使い英文を用いるなぞと、取るにも足らぬ馬鹿を言う者あり。按《あん》ずるに、（このようなことを言う書生は）日本に生まれて未《いま》だ十分に日本語を用いたることなき男ならん。国の言葉は、その国に事物の繁多なる割合に従って次第に増加し、毫《ごう》も不自由なき筈のものなり。何はさておき、今の日本人は今の日本語を巧みに用いて弁活の上達せんことを勉《つと》むべきなり」。

『学問のすゝめ』がのぞんだのは、この国の文明の新たな担い手たるべき「ミッズルカラッス」（中産階級）の独立の気力をうながし、はげまし、そだてることです。――もっとも憂うべきは、見識の賤《まず》しきことなり。――学問のすゝめに耳ふさいでも困らないと思われているいまのような時代にも、やはり胸に留めておきたいと思うのは、福沢諭吉のその率直な警告です。

『米欧回覧実記』を読む

旅をして学ぶというのは、この国においてもっとも親しまれてきた「学び」のあり方の一つです。旅することは、自分の外へでること。旅にでて、外から自分を見つめ、この国を見つめ、そうして世界を知ることを通じて、自分を確かにしてゆけるような旅。

旅は、つねに人びとにとっての、もう一つの学校と言っていいのかもしれません。その、旅というもう一つの学校で学びうるものが何かを伝えるのは、旅の記録です。そうした「学び」としての旅の原型をしめすのが、とりわけ鎖国を解いて、近代を受け入れた明治の初めに書きのこされた、これ以上はないと思う旅の記録です。

明治四年、一八七一年、横浜からアメリカへむけて、アメリカ号という船が出帆します。船上には、のちに岩倉使節団とよばれる、特命全権大使の岩倉具視はじめ、木戸孝允、大久保利通など、明治の新政府の名だたる面々。それから一年十カ月、十二カ国におよぶ使節団の米欧視察の詳細を綴ったのが、久米邦武編になる『米欧回覧実記』(明治十一年、一八七八年)。

遠い時代の歴史上の事。そうとしか言えないうえに、しかも大冊。とっくの昔に時代遅れになっていて不思議でないのに、明治の初めの地球の歩き方とも言うべきこの『米欧回覧実記』にみちているのは、いまでも清新な世界の見方です。それをささえているのは、実に活発な好奇心の働きと、観察と、無駄のない表現です。

けれども、「目撃ノ実際」を書きとどめ、「耳食ノ談ヲ以テ、眉目ヲ粧《よそお》ハズ」、錯雑をおそれずに、「実記ノ実ヲ全クセル」ことだけをのぞんだ『米欧回覧実記』をまえにして思うのは、この旅の記録が伝えるような、世界にまっすぐに向きあう姿勢が、この国のその後の時代の常識にはなってゆかなかったことです。

たとえば、『米欧回覧実記』の五分の一をしめるアメリカ見聞について言えば、そこで問われているのは「米国ノ米国タル所以」、その国の元気の基たる「自主自治ノ精神」のありようです。「民力ノ多キモ、其至宝タル価ヲ生ゼシムルニハ、豈《あに》漫然ニシテ希望スベキモノナランヤ」。そう問いただして、いわく、――

「自己ノ権利ヲ重ンズルモノハ、他人ノ権利ヲ妨ゲルナシ。是自主ノ本領ニテ、共和ノ国人ガ、文明ニ誇ル所以ナリ。故ニ米国ノ州州ハ、無事ノ日ニ利益ヲ競争ス。封建ノ各邦ハ、戦時ニ於テ劫奪《こうだつ》ヲ遂グ。其争ヒハ相似テ、実ハ大ニ異ナリ」

「方今ノ世界ニ於テ、開化ノ民相競フ所ハ、非常ノ戦闘ニアラズシテ、平常ノ利益ニアリ」

にもかかわらず、『米欧回覧実記』に書きのこされた未来のつくり方とは逆に、この国がアメリカと「非常ノ戦闘」を戦って敗れるのは、それから半世紀をへた後。そして、二十世紀になってこのかた忘れられるままだった『米欧回覧実記』が、読みやすいかたちで、あらためてひろく親しく世に問われたのは、最初に世にでてほぼ百年の後。

『米欧回覧実記』を手にしていまでも感じるのは、この明治という新しい時代に生きた新しい人たちの旅の記録から伝わってくる、気迫です。旅をして学ぶことは「自由」を学ぶことである、ということ。そうした思いを刻む、どこか風に吹かれているような言葉の魅力とともに、旅のくれるもう一つの贈りものは、自省です。

「盛ンニ小学ヲ興シ、高尚ノ学ヲ後ニシテ、普通ノ教育ヲ務ム」。それが米国という「真ノ共和国」の支柱をなすと知って、では、わが国はどうなのかとして誌されている痛烈な感慨。

「試ミニ上等ノ人ノ学ブ所ヲ看《み》ヨ。高尚ノ空理ナラザレバ、浮華ノ文芸ノミ。民生切実ノ業ハ、瑣末ノ陋事《ろうじ》トシテ、絶《たえ》テ心ヲ用ヒズ。中等ノ人ハ守金奴《かねのばんにん》トナラザレバ賭博《ばくえき》流トナリ、不抜《ふばつ》ノ業ヲタツル心ナシ」。そうでなければ、ただに「一日ノ命ヲ偸《ぬす》ミ、呼吸スルノミ」。「其人力ヲ用ヒザレバ、国利ハ自然ニ興ラズ。収穫モ自然ニ価ヲ生ゼズ。夢中ニ二千年ヲ経過シタリ。今ヨリ国ノ為ニ謀ルモノ、夫《それ》コ、ニ感発シテ、奮興スル所ヲ思ハザルベカラザルナリ」

このような感慨はもはやわたしたちのものでないと、今日言い切れるでしょうか。

懐徳堂という名の学校

「経済」という言葉は、辞書には普通、(一) 経世済民《けいせいさいみん》 (二) エコノミー、と記されています。経世済民としての「経済」は、中国古典によって徳川時代に用いられた言葉。エコノミーとしての「経済」は明治以後に、経世済民を略して転用された近代日本の言葉。おなじ言葉ながら、二つの時代を表す言葉でもあります。

二つの「経済」はおなじ言葉ですが、意味するところはちがいます。エコノミーのもつ近代的で専門化した意味に対して、経世済民のほうは「経世」が「世の中を整える」こと、「済民」が「人びとを救う」ことというように、開かれた人間的な意味をもちます。「済民」によって「経世」をもたらすべきものが、経済なのだと。

経世済民の思想を究める「学び」の場として名高いのは、懐徳堂です。徳川幕藩体制の下、商人の町大坂(大阪)に創設されたユニークな学問所。武家の学校でなく、あくまで町民(市民)のための学校というあり方をまもった懐徳堂は、十八世紀の日本に開花した多様な文化のなかでも、生きた学問の中心として際立った位置をしめています。

懐徳堂は、三宅石庵《せきあん》という市井の儒者のまわりに集まった、町の商人たちの読書会にはじまって、やがて官許の学問所となった「地域の学校」でした。すぐれた儒者であって、また成功した売薬商だった石庵は、懐徳堂の学主となってからも売薬商をつづけ、並ならぬ実際家にしてぬきんでた理想主義者という姿勢を、さりげなくつらぬいた人。

懐徳堂という学校について、その「学び」の場の秘密をあますところなく教えてくれるのは、テツオ・ナジタ『懐徳堂――18世紀日本の「徳」の諸相』（子安宣邦訳）という本です。その本の奥に隠されているのは、いまからは思いもよらない、学校という場所がこんなにも魅力あふれる空間でありうるなんて、という驚きです。

ナジタによれば、懐徳堂が掲げたのは名の通りの「徳」の探求であり、そして、「徳」をはぐくむべき「仁義」の追求でした。「仁」は、人間的な共感によって、物事を直接的に把握する道徳的な能力。「義」は、精確で公正であろうとして、恣意を排そうとする精神的な能力のこと。仁なくして義なし。義なくして仁なし。それが「仁義」です。

商人は、利潤を求める人間です。「利」は欲望が生むもので道徳性を欠くとされた時代に、懐徳堂が立ち上げたのは新しい考え方です。「利」は人間の合理的判断、正しさ、すなわち「義」の認識論の延長にほかならない。利ハ義ナリ。世の中を確かにするのは、人の普遍的なちからとしての「徳」であり、「道」は世俗的な生活の歩みのうちにある人びとのあいだにこそ見いだされるべきだというのが、懐徳堂をささえた理念です。

人の世の正義は、人が何を「認識する」かに依拠するのであり、人がいかに「信じる」かに依拠するのではないこと。懐徳堂が「学び」の場に持ち込んだのは、「認識する」喜びでした。どんな喜びか。『論語』学而篇の「朋あり遠方より来たる。また楽しからずや」に、人間としての普遍的なあり方を読む石庵の解釈を、ナジタは取りあげています。

近くから訪ねてこようと遠方から訪れようと、人はすべておなじ人間である。それゆえ実際には見ず知らずであったとしても、人は友人として遇されるべきである。生まれの貴賤、権力をもつもたないにかかわらず、聖人だろうと庶民だろうと、すべての人間はかれらの共通の本心（道徳的本質）によって、おたがい結びつくべきなのだ。人間は、どんな隔たりによっても隔たれることのない、「我々」という存在である。だから、「遠方」より訪れる友人によってこのことが確認されることは、「深い楽しみ」なのだ、と。

学ぶとは、「徳」を日用に活かすことでなければならない。経世済民の思想を穿《うが》って、切りむすぶあまたの才能を生んだ懐徳堂は、この国の近代以前の知的伝統を築いた「市民の哲学」の学校でした。懐徳堂は「我々の学校」だった。十八世紀の日本の生んだ独創的な思想家の一人、山《やま》片蟠桃《がたばんとう》の遺した言葉です。

一七二六年に官許を得て正式に創設された懐徳堂は、それから百五十年近くつづき、一八六九年幕府軍の敗北後、明治の始まりとともに閉校しますが、以後、二十一世紀になるまでこの国で、懐徳堂以上に長い歴史をもった学校はありませんでした。

内村鑑三の二宮金次郎

東京西新宿を歩いていて、街の通りから思いがけなく、小学校の庭にたたずむ小さな石像を見ました。薪を背負って、一心に本を読みながら歩く少年二宮金次郎の石像です。

いまではほとんど見かけなくなりましたが、かつてはどこの小学校の庭にもあった懐かしい石像です。ああ、まだ一人、本を読んでいるかという感慨を覚えながら、思いだしたのは、薪を背負って歩きながら本を読む少年の石像は間違っていたということです。その間違いに気づいたのは、内村鑑三による二宮金次郎の肖像文を読んだとき。

十六歳で親を亡くし、伯父の家に預けられた少年金次郎の辛苦の日々を、内村鑑三は簡潔に描いていています。働きづめの日々におかれた少年の心に、字の読めない人間にはなりたくないとの思いが起こる。そこで孔子の『大学』を一冊入手、一日の全仕事を終えたあとの深夜に、熱心に読書をかさねます。ところが、やがて伯父に見つかり、実際に役立つとは思われない読書のために、貴重な灯油を使うとはなにごとかとこっぴどく叱られて、少年は「自分の油で明かりを燃やせるようになるまで」、空地に自分でタネを蒔いて栽培した菜種と交換に油を手に入れるまで、夜の読書をあきらめます。

つまり、石像のように、薪を背負って歩きながら、少年は日の光りのなかで本を読んでいたのではなかったのです。昼はみずから働き、一日の全仕事を終えたあとの深夜に、一冊の本に心の目を凝らす。その一人の少年が、内村鑑三の描く二宮金次郎の原像です。

二宮尊徳（金次郎）は、内村鑑三が『代表的日本人』（"Representative Men of Japan" 1908　鈴木範久訳）に、敬してやまぬとして挙げた日本人の一人。クリスチャンだった内村鑑三を惹きつけたのは、徳川泰平の世に危機に瀕した村々の農業の建て直しに奔走した尊徳の生き方と、そして大地の声に深く耳かたむけた農の人としてのまれな知的誠実さです。

「万物には自然の道がある」。常々そう語り、自然の道に従えとしたのが尊徳でした。「『自然』と歩みを共にする人は急ぎません。一時しのぎのために、計画をたて仕事をするようなこともありません。いわば『自然』の流れのなかに自分を置き、その流れを助けたり強めたりするのです。それにより、みずからも助けられ、前方に進めるのです」。

尊徳によれば、最良の働き者とは「もっとも多くの仕事をする者」でなく、「もっとも高い動機で働く者」です。貧しい村々で尊徳が闘ったのは土地の荒廃と、そして人心の荒廃でした。あくまで一地方人の生涯を望んだこの人の生き方には、舶来の「最大多数の最大幸福の思想」にまだ侵されていない真正の日本人がいると、内村鑑三は認めます。「『文明』が、この百年そこそこの間に、私どもをなんと変えてしまったことでしょう！」。

『後世への最大遺物』（岩波文庫）でも、内村鑑三は語っていわく、「日本人お互いに今必要とするものは何であるか。私が考えてみると、今日第一の欠乏はLIFE《ライフ》生命の欠乏であります」。そうして、今こそわれわれは二宮金次郎の生き方を思い起こすべきだ、としたのでした。「二宮金次郎的の、すなわち独立生涯を躬行《きゅうこう》していったならば」「この世界にわが考えを行うことができるという感覚が起こってくる」だろう、と。

「たといわれわれの生涯はドンナ生涯であっても」、人が後世に遺せる最大の贈り物はその人の生涯です。後世の人はわれわれを見ている。その人たちから、この人らは力もなかった、富もなかった、学問もなかったけれども、己の一生涯をめいめいに持っておったと言われたいではありませんか。内村鑑三は静かに、そう言いました。

教育勅語に頭を下げなかったために、内村鑑三は第一高等学校の教壇を追われた人です。その内村鑑三にとっての二宮金次郎が、一日の仕事を終えたあとの深夜に一人みずから読書する少年だったのとは対照的に、教育勅語の下にあったこの国の小学校に次々に建てられていったのが、昼に薪を背負って歩きながら本を開く二宮金次郎の石像です。

「自然」と歩みを共にする人は急がない。国を興《おこ》さんとすれば、戦争すべからず、樹を植えよ。そう言ってゆずらなかった内村鑑三が逝ったのは昭和五年、一九三〇年。この国の昭和の戦争の時代がはじまったのは、その翌年です。

ノーマンの安藤昌益

生きているあいだ、世にまったく知られなかった人。名も号のみ、本名すら長く不明のままで、遺されていた大部の著述の手稿が発見されたのも、世を去ってほぼ一世紀半をへた十九世紀の終わり。しかも発見された稿本のほとんどは関東大震災によって失われ、辛うじて、そののちに発見された筆写本により、徳川時代の奥州に生きた一人の、とびぬけて孤独な思想家の名がようやく世間に取り沙汰されたのは、二十世紀も半ばになって、この国が昭和の戦争に敗れて直後のこと。

安藤昌益の名が、この国の生んだかけがえのない思想家の名としてわたしたちに初めて親しく手わたされたのは、E・H・ノーマンというカナダ人の歴史家の『忘れられた思想家――安藤昌益のこと』（大窪愿二訳）によってです。

この、遠い時代の忘れられた一人の思想家が激しく思いださせたのは、考えに考えぬかれた、しかし、頑固なとも素朴なとも言えるただ一つのこと、自然の道、ということです。ノーマンによれば、安藤昌益という思想家の思想の中心をなしたのは、「自然」です。自然という、いまではもう単純にしか聞こえなくなった言葉に、この思想家は独自の深い力点をおきました。

自然を正しく知ることが社会を健全にし、個人を幸福にする秘訣であること。人は自然を理解するように努めなければならないこと。そのために社会に染みこんだ因習や教えに背くことがあっても、自然と調和した生活をしなければならないこと。自然は昌益には規範《ノルム》であり、理想だった、とノーマンは言います。昌益が容赦しなかったのは、封建制の下に忠義と身分を絆として、自然という規範から離れてしまった社会のありようです。

昌益の思想のもう一つの中心だったのは、労働についての考え方です。人は人生の河を漂い流れてゆけばよいのではない。人は自然の一部であり、幸福で自由に生きるためには、まず自然の真道を学び、自然に反してではなく、自然をとおして労働することを学ばなければならない。「直耕して安食し、直織して安衣する、此の外に道無き自然なり」。直はみずから、安は心ゆたかに。言いかえれば、幸福とは、自然に学んで生活する自由です。

秋田の田舎の一介の医師だった昌益は、世のいかなる学派にも属さず、「予に於て師無く弟子無く教へ無く習へ無く、自り《ひと》備り自り知るなり」と言い切って、孤独な思索に徹して、生涯を終えました。師は自然、わが知れるところはすべて自然より学んだものというのが昌益の「学び」の方法だったことを、ノーマンは伝えます。「自然が自り言へることを嘆感せよ」。それが考えることだというのが、昌益のまもった生き方の姿勢です。

社会の穀潰《ごくつぶ》し、役立たずとして武士を無用の存在とし、社会の礎としての「直耕の真人」としての農民に敬意をはらった昌益の農本民主主義に、ノーマンが認めたのは、昭和の戦争に敗れたこの国のねがわしい着地点でした。「職業軍人からなる大常備軍の必要なき社会を招来するこの（昌益の）綱領は今日ではただに合理的であるばかりでなく実現しうるものと思われる」。どんなときも過去をでなく、現在を語ってしまうのが歴史です。

忘れられた思想家の運命について語って、「富は蓄積しながら人は疲弊し、しかも阿諛《あゆ》は報いられ、正直な労働は卑しめられるという社会に憤った」一人の人間の生き方について語る。そのようにして、十八世紀の日本の田舎医師だった一人の無名の思想家のまっすぐな言葉に、二十世紀の歴史家としてのノーマンが見いだすのは、社会に生気を吹きこんで人を生き生きとさせる、言葉のもつべき普遍的な力です。

昭和の敗戦とともに見いだされたこの忘れられた思想家の言葉に遺されていたのは、それからの時代がすすんで忘れてきてしまったもの、しかしほんとうは忘れてはいけなかったもの、すなわち、現世の「悉《ことごと》く自由足るなかにある災ひ」への警告です。

初心を刻む本があります。『忘れられた思想家――安藤昌益のこと』はそうです。「迷世偽談を省き去って、忽然として自然に帰りうべし」。いつも胸におきたい昌益の言葉です。

詩を胸中に置く

かつて日本人の生き方の姿勢を日々につくった心の習慣の一つは、詩に親しむことでした。詩を読んで、言葉を胸中にきざむ。そうして、胸中にもつ言葉を心のレンズにして、視力をつよめ、視界を深めて、自分の現在をまっすぐに見つめる。そうやって、いま、ここに在る自分のあり方をくもりない目で見つめる、あるいは見つめなおす機会をもたらす言葉。そうした感受性に直接はたらきかける言葉のありかを教えてくれるのは、たとえば次のような詩です。

都を出でて何地《いづち》ゆく、
しばしは語らへ駒とめて、
君と飲まむも今日かぎり。
「西、陽関《ようかん》を出づれば故人なし。」
ゐなかに行かば美《よ》き酒も、
顔よき乙女もあらざらむ。

我友は、軽くひとつぎ飲みほして、
たかく笑ひぬ、から〳〵と。
大男児、王侯の手を握らずば、
一枝の筆を杖とせむ。
天下の山天下の水、
われを迎へて余りあり。
君見ずや、失意の時こそなか〳〵に、
得意の詩篇は成るべきぞ。

与謝野鉄幹（一八七三―一九三五）の「得意の詩」と題される詩。失意の時に必要なのは、失意の言葉でなく、朗らかな言葉。みずからを貶めるな。すすんで反語を、逆説を楽しめ。君見ずや、失意の時こそなかなかに、得意の詩篇は成るべきぞ。詩人はそう言います。

あるいはまた、次の詩。

爵《くらい》無く田無きも且《しばら》く憂うることなかれ
天公《てんこう》　我を縦《はな》って自由に遊ばしむ

人間《じんかん》の快楽　汝　知るや否や
双脚　踏み来たる　全地球
（身分もなく田地もないが、しばらくそんなことで嘆くのはやめよう。天は私を自由に旅行させてくれたではないか。この世の楽しみとはどんなものか、君は知っているか。私は二本の足で全地球を踏んできたのだ）

成島柳北（一八三七―八四）の「帰家口号」という漢詩（日野龍夫注）。幕末から明治へ、瓦解の時代を生きた人が、欧米に旅するチャンスを得て帰っての、ひろびろとした感懐の詩。明治の世には迎えられずに終わった人のこの詩から伝わるものもまた、失意の時こそなかなかに、得意の詩篇は成るべきぞ、というべき思いです。

「失意の時」を「得意の詩」に変える、秘密の言葉としての詩の言葉。ひとはこのように生きたいものとしみじみと思わせるのは、さらに時代をさかのぼる、次のような詩です。

野性　痴頑《ちがん》　在り
身計《しんけい》の疎《そ》なるを知らず
蔬《そ》を鉏《す》きて　老圃《ろうほ》と称《とな》え
樹をうつして　幽居を賁《かざ》る

病は減ず　閑に帰するの後
貧は同じ　遊宦《ゆうかん》の初に
行年　七十を踰《こ》ゆるも
猶《な》お　新書を買わんと欲す

（自分は粗野な生まれつきで愚かで頑なところがあり、身を立てる手だてがおろそかであることにも気がつかぬ。野菜畑をたがやしては熟練した畑つくりだと自称し、木を移植しては世を避けた住まいを飾っている。病気はひまな生活になってから後は少なくなったが、貧しいことは初めて役人になったころと変わらない。年齢は七十をこえたが、いまもなお新しい書籍を買いたがっている）

江戸の詩人、館柳湾《たち》の「偶成」と題された漢詩（徳田武注）。一七六二年生まれ。公務のかたわら詩作と読書に没頭し、一八四四年に八十三歳で逝った詩人が遺したのは、一個の生き方の幸福です。「日日塵土《じんど》に奔《はし》り、怱怱《そうそう》として何をか為《な》す所ぞ」（毎日毎日俗世間を奔走して、あわただしく過ごして何をやっているのか）と問いつつ、この人は穏やかに、「人生、楽しみを為すは、心の閑《しずか》なるに在り」（人生で楽しいのは心が平静な時にあるのだ）と言い切ってはばからなかった詩人です。

「塵土に奔」る日々にあって読みたいものは、心の突っかい棒になりうべき詩。世にあってひとの境涯をちがえるものは、それぞれが胸中にもつ詩のちがいです。詩心いよいよ乏しくなった今日、みずから恃《たの》むに足る言葉としての詩を、わたしたちは胸の奥に、いったいどれほど折りたたんでいるでしょうか。

森鷗外の澀江抽斎

その人が何者か、わからない。わからないけれども、気に懸かる。自分が好きで集めていた古い書籍を見つけて、手にしてよろこんでその本を開くと、その人のおなじ朱印が、しばしば、そこに遺されていたからです。

かつて相似て、おなじ関心をもって生きた先人がいた。古い書籍は、徳川時代の事蹟を究めるのに欠くべからざる史料とされるさまざまな武鑑で、それらの本に遺されていたのは、奥州弘前の官医の澀江《しぶえ》氏蔵書という朱印です。

澀江氏とは何者か。名も知れぬその人の足跡をたずねて、やがて、過去のなかにひっそりと姿を消した、江戸末期の激動期に生きた、平凡でいて、思いがけない一人の男の心のありかを探りあて、一個の生涯を物語ったのが、森鷗外『澀江抽斎』。

澀江抽斎という人は、盛名を得た人ではありません。市井にあって漢方医として、黙々と日々を過ごしつつも、蔵書に精出し、考證としての読書に没頭しながら、「力を述作にほしいままに」注ぐまでには至らずに、その人生を終えた人でした。「曾《かつ》て内に蓄ふる所のものが、遂に外に顕《あらは》る丶に及ばずして已んだのである」。鷗外はそう誌しています。

澀江抽斎の遺したのは、無名の人生のかたちです。その人生がとどめるのは、みずからなすべき「為事《しごと》」をたずねて生きた、或る知的な生き方のゆくすえです。

日常において、澀江抽斎は、どこまでも自律の人、摂生の人だったようです。たとえば、けっして間食しない。冷酒を飲まない。無類の大根好き。生で大根おろし。煮てふろふき。それに納豆。タタミイワシ。そして鰻。それも大好きだったのは、鰻酒。茶碗に、タレをすこしかけた蒲焼を入れ、熱酒を注いで蓋をして、しばらくしてから飲む。

小説好き。芝居好き。俗曲好き。古武鑑を集め、碁を善くし、角兵衛獅子を好み、雷が大嫌いで、雷が鳴ると、蚊帳《かや》のなかにじっと座って、一人酒。四度結婚し、四度目の正直で幸福を知ったものの、悲しいと鷗外は書きそえていますが、家に座敷牢をつくり、道を踏みはずした息子をいれなければならない心労を背負います。

それでも澀江抽斎は、「進むべくして進み、辞すべくして辞する、その事に処するに、綽々《しやくしやく》として余裕があつた」という日々の生き方を崩さず、あくまで尚学の人として身を処しつつも、志は遂げないままに、世を去ります。そのように、なすべき「為事」を果さずに終わったこの人の生き方の奥をじっと見つめて、鷗外は書きとどめます。

「学問はこれを身に体し、これを事に措いて、始て用をなすものである。否《しからざ》るものは死学問である。これは世間普通の見解である。しかし学芸を研鑽して造詣の深きを致さんとするものは、必ずしも直ちにこれを身に体せようとはしない。必ずしも径《ただ》ちにこれを事に措かうとはしない。その矻々《こつこつ》として年を閲《けみ》する間には、心頭姑《しばら》く用と無用とを度外に置いてゐる。大いなる功績は此の如くにして始て贏《か》ち得らるゝものである」

「抽斎は曾てわたくしと同じ道を歩いた人である。しかし其健脚はわたくしの比《たぐい》ではなかつた。迥《はる》かにわたくしに優つた濟勝《せいしょう》の具を有してゐた。抽斎はわたくしのためには畏敬すべき人である。然るに奇とすべきは、其人は康衢通逵《こうくつうき》をばかり歩いてゐずに、往々径《こみち》に由つて行くことをしたと云ふ事である。（……）ここに此人とわたくしの間になじみが生ずる。わたくしは抽斎を親愛することができるのである」

鷗外の『澀江抽斎』は、変わった伝記です。「大抵傳記はその人の死を以て終るを例とする」。しかし、『澀江抽斎』はちがいます。こういう人がこのような時代をこのように生きたのだと語りつつ、『澀江抽斎』から伝わってくるのは、そのように一個の人生といえるものを生きた人が、世を去ると忘却のなかに黙って姿を消してしまうことへの、そう言ってよければ、静かな抗議です。物語を終わらせるのは、死ではなく、忘却です。

ひとの生きた痕跡を無くす忘却のなかから、生きられた物語を親しくとりだして、語られなかった物語を語ること。ひとの生き方のかたちが見えにくくなったいま、『澀江抽斎』を読みなおすと、この百年の時代が見失ってきたものがまざまざと見えてきます。

澀江抽斎の妻五百

森鷗外の『澀江抽斎』は、実在した人物の人生の物語で、史伝とよばれてきた伝記です。にもかかわらず、当の澀江抽斎という人物はと言うと、その人生の物語であるはずのその本のほぼ半ばまでに、もう世を去って、物語の世界からさっさと姿を消してしまいます。あとにのこされるのは、主人公のいなくなった物語です。

けれども、物語はつづきます。主人公なしの日々の物語を荷《にな》うのは、あとにのこされた澀江抽斎の妻、五百《いほ》。抽斎の死後も、自分を曲げない。媚びない。へこたれない。およそないないづくしの一個の生き方を崩さない五百の人生の流儀のうちに、鷗外が見つめるのは、中断というもののけっしてない、ひとの人生の在りようです。

抽斎は五百と結婚するまでに三度結婚し、十九歳で結婚した最初の妻とは五年後に離別。すぐ再婚したものの、三年後に死別。さらに、弘前への単身赴任による別居もあって、親しみのない結婚となった三番目の妻とも死別。江戸に戻って、幕府直参となった抽斎は、鷗外の言う「抽斎の幸」となる五百を妻に迎えます。抽斎四十歳。五百二十九歳。

五百は神田紺屋町の鉄物《かなもの》問屋の生まれ。その父は詩文書画をよくし、多くの文人墨客と交わり、財を投げだしてその保護者となったような人ですが、子どもの教育にも手をぬかず、父は娘の五百に読み書き作法だけでなく、武芸をしこみ、さらに絵は谷文晁に、経学も佐藤一斎にというように、「男子に授けると同じやうな教育を」授けます。

十五歳のときにすでに五百は、仕えたい大名屋敷を自分で訪ねて探して、武家奉公に出、藤堂家で奥方祐筆を務めています。祐筆は日記を付けたり、手紙を書いたりする破格の役。五百は、世間には文学の才によって新少納言のあだ名でよばれ、また、武芸の心得も大したものだったために男之助というあだ名でもよばれたと、鷗外は誌しています。

そうした五百が抽斎との結婚に求めたのは「只学問のある夫が持ちたい」という思いであり、そうして抽斎が世を去った後にも五百がまもるのは、断じて「人の廡下《ぶか》に倚《よ》ることを甘んじない」生き方です。明治という新しい時代が世の中を襲うのは、抽斎の没後十年目。しかし五百は「内に恃む所」をもつ自分であろうとする生き方を崩しません。

抽斎が世に在ったときから、五百は会計はすべて自分でし、死に至るまで人に任せず、「其節倹の用意には驚くべきものがあつた」。明治になってからは、地方から金丹の注文を受けて、みずから任じていた一粒金丹の調合調整に根を詰めて、苦しい日々を乗り切ることもしています。そしてつねに匕首《あいくち》一口を身から放すことをしませんでした。

明治十七年、一八八四年冬、六十九歳で亡くなるまで、五百の晩年は、「日々印刷したやうに同じ」で、朝五時に起き、掃除をし、仏壇を拝し、六時に朝食。それから新聞を読み、しばらく読書する。午後は裁縫。四時過ぎ、散歩がてら買い物にで、夕食は七時。食事のあと日記をつけ、次いでまた読書する。ときに読書に飽きて、二段の腕前をもつ将棋を指すこともしたというけれども、毎日いったいどんな本を読んでいたか。

「五百の晩年に読んだ書には、新刊の歴史地理の類が多かつた。兵要日本地理小志は其文が簡潔で好いと云つて、傍に置いてゐた。奇とすべきは、五百が六十歳を踰《こ》えてから英文を読みはじめた事である。

五百は漢譯和譯の洋説を讀んで慊《あきた》らぬので、とう〳〵保（息子）にスペリングを教へて貰ひ、程なくキルソンの讀本に移り、一年ばかり立つうちに、パアレエの萬國史、カツケンボスの米國史、ホオセツト夫人の経済論等をポつ〳〵讀むやうになつた」。死の数日前の夜にも天麩羅そばを食べ、炬燵で史を談じて「更《かう》の闌《たけなは》」なるに至った母五百の様子を、息子は思いだします。

鷗外の『澀江抽斎』に或る澄んだ明るさをもたらしているのが、五百という一人の女性の生き方の姿勢です。五百が自分についてきらったのは、五百の字。その字面の雅ならざるために、つねに伊保と署していたと言いますが、五百という一人の女性の生きたのは、みずから「たしなみ」をもって生きる一個の人生です。「たしなみ」がそのひとの教養、技量、器量を測る、生きた言葉だったことが、いまは忘れられています。

奥州の寒村の病いの記録

ある朝、村の庄屋の門前で、一人の男が腹を切って死んでいるのが発見されます。伊左衛門でした。女房は身売りしていて、九歳の息子と二人で、借家住まいの身でした。検視のうえ自害にまちがいなしとされますが、自殺の原因は不明で、詮議のあげく「乱心にて相果て申し候う事と存じ奉り候」と判断されます。

また、別のとき。六十三歳になる太次平の妻が河原で死んでいるのが発見されます。入水自殺したものとされたものの、ふだんは異常なそぶりもなく、夫婦仲もよく、思いあたるようなことが何もありません。結局、その死は「急にケ様に相成り候う儀は、狐等付き乱気仕り候うや」と判断されて、過去帳に記されます。

また、別のとき。明け方にいきなり妻と娘に切りつけて、深く傷を負わせて、姿をくらましたのは、太郎助。その二日後、村はずれで首を吊って死んでいる太郎助が発見されます。娘は助かりますが、妻は死に至ります。殺傷の理由はわからず、事件は「太郎助は乱心致し妻を殺し候うと相見え候」として、そのまま片づけられます。

理八の場合は、年貢滞納から気苦労が重なり、「狐付の様に」なり、「目立ってその意を得ざる様子が平生とは打って替り、ともかくも致し方に難儀仕り候」として陣屋の許可を得て、自宅座敷牢に入れられます。二日後、逃亡。近郷近在くまなく探索されたものの、行方はついにわからず、管理不行届で、一家は逼塞（謹慎）を申し渡されます。

喜惣兵衛の家の嫁の場合は、昼すぎに隣りへゆくといって出たまま、姿が見えなくなります。村中で手分けして探しても見つからなかったのに、夜になって、あろうことか家からほんのすぐそこの向かい川原で、呆然と正気もない状態で見つけだされますが、「狐に引かれた」として、騒ぎは収まります。

昼田源四郎『疫病《はやりやまい》と狐憑《きつねつ》き』という、江戸時代の奥州一寒村の人びとの病いの記録を調べた小さな本があります。二万石の小藩守山藩の人びとの日常を克明に記録した『御用留帳』をもとに、当時の医療事情をたずねて、病いとは何かということを今日の目で問いかえした本ですが、読んで手わたされるのは、遠い時代にひなびた小村に生きた誰それが日々に抱いた痛切な心のゆくえをとどめる、思いがけない言葉の数々です。

西暦で言えば、十八世紀半ばから十九世紀半ばにかけてのこと。村の人口はせいぜい六、七千人。やせた土地柄にくわえ、たびたび洪水に見舞われ、疫病、飢饉を避けられず、さらには年貢の重さ、夫役《ふえき》の過酷さのために退転《たいてん》（離村）してゆくものが少なくなかったという寒村ですが、遺された村の記録の端々から伝わるのは、そのときどうしようもない自分と向きあうことになってしまった、村の誰それの無言の思いです。

ある日、奥州街道に近いその村で一宿を請うた伊勢参りの伊兵衛という男は、翌朝急病に倒れ、急ぎ投薬・灸治を施したものの、そのまま死亡。身元をあらためて、伊兵衛の在所の村に飛脚をおくって得たのは、当方の人別《にんべつ》に該当者なしという返事だけで、伊兵衛がいったいどこの誰かはわからないままでした。

旅の自由がなかったにもかかわらず、江戸時代は旅の盛んだった時代であり、奥州のその村の人びとも湯治へ、江戸へ、伊勢へ、一人でまたは数人で連れだってしきりとでかけています。とりわけ好まれたのは湯治で、けっして裕福でなかった人口六、七千人のその村ですら、多いときには一年に二百人を越える人たちが湯治の旅にでています。

『疫病と狐憑き』という変わった本の舞台である奥州守山藩の村は、たまたま、それからほぼ百年後にわたしが幼年時代の数年を過ごすことになった、東北（福島県）の小さな町に隣りあう村です。歴史というとき、まず考えたいと思うことは、この『疫病と狐憑き』によって知った百年前の奥州の寒村の「狐に引かれた」面々を襲ったような、日々をつらぬく無言の思いの入れ物こそ、たぶん歴史とよばれるものだろうということです。

歴史がつつみもつのは、そこに人びとのいる光景です。大仰な言葉は不要。必要なのはただ、ここにこのように生きた人がいたと、慎みをもって語れるだけの言葉です。

江戸時代の遺産

歴史は「事件」によって区切られます。その前とその後をはっきりと画して、歴史とよばれるものを仕切ってきたのは、いつでも、戦争や災害のような、あるいは発見や革命のような大事件です。

けれども、歴史を画するのは「事件」ですが、歴史の姿かたちをなしてきたのは、むしろ「事件」ではないもの、ありふれたもの、すなわち日常です。ただ、歴史においてもっとも見やすいのは「事件」ですが、もっとも見えにくいのが日常です。

「わたしたちの用いるモノや日々の習慣は、あまりにもわたしたちの一部となっていて、わたしたちはそれらについて深く考えることはない。それでも、わたしたちが時を過ごし、生活している世界を作りあげ、わたしたちが行い、考えるすべての事柄の背景となっているのはそれらである」

スーザン・B・ハンレー『江戸時代の遺産』（指昭博訳）という本の、印象的な書きだしです。

それゆえに、あえて見えにくい日常に、目を凝らす。そこからやがて見えてくるのは、人びとの日々のあり方をゆっくりと、いつか決定的に変えてゆく、生活の思想のゆりかごとしての歴史のありようです。

歴史家は言います。いまにつづく日本人のライフスタイルを確かにしたのは十七世紀江戸の時代だ、と。そして、日本人の人生についての考え方の根茎となったのは、平和が訪れ、経済が成長した江戸時代になって、日本人の大部分をしめる庶民のあいだに、静かに、しかし余すところなく広まっていった生活のかたちだ、と。

十七世紀のこの国の時代は、戦《いくさ》のなくなった時代です。戦がなくなってみちびかれたのは社会的な富の増大ですが、経済的繁栄に基づく富の増大が結果したのは、都市の時代という新しい大衆の時代でした。もはや戦のない新しい大衆の時代にそだつのは、新しいライフスタイルを人びとのあいだにつくりだす、富についての新しい考え方です。

十七世紀のあいだにすすんだこの国の富の表現は、同時代の世界のどの国の表現とも違います。資源の乏しいこの国において、経済的繁栄をささえるために求められたのは、「乏しい資源を最大限に利用するだけでなく、乏しさを潔く受け入れ、質素さの中に贅沢を見いだしつづける」生き方です。

日々の生活の洗練の技術に、富を測る物差しを見るという姿勢。歴史家がたずねるのは、人びとの生き方のうちに目立たずに保たれてきた、日常の理想主義のゆくえです。

たとえば、家。十七世紀の日本でつくられるようになるのは、モノであふれかえる家でなく、自然とうまく付きあえる家。夏の微風と冬の日光がもっとも大事であるような住まい方の考えでした。あるいは、この国の十七世紀の人びとは、収入が増えても、増えた分を食物に支出することはしませんでした。娯楽や旅行、そうして土地、事業、肥料への投資——蓄えをふやし、生産性をあげるためのもの——に使ったのです。

あるいは、木綿。江戸の時代、普通の人びとの生活の感覚を変えたのは、社会のあらゆる階層で日常品として使われるようになった木綿です。柔らかくて洗濯できる木綿が一般的になって、人びとは清潔な下着を知り、新しい寝間着を手に入れます。清潔というとき日本人の誰もが思いうかべるのは、いまでもたぶんきりりと洗われた木綿の清潔さです。

歴史家は言います。江戸時代の遺産について思いをめぐらしてゆくとわかる、と。明治という新しい時代に「日本人が直面した政治的・経済的・文化的な変化への対応を可能にした安定した基盤をもたらしたのは、日常生活の連続性であった。その基盤によって、日本人は、新しいものに圧倒されてしまうのではなく、自分たちが欲しいものを取り入れ、改変することができたのである」。

歴史が指さすのは、いつでもわたしたちの現在です。期待によって語られるべきものでもなければ、失望によって語られるべきでもないものが、歴史です。大切なことは、歴史について語ることより、歴史が語りかけてくるものに、じっと耳かたむけること。

逍遙の当世書生気質

言葉というのは、意味だけなのではありません。言葉はなによりふるまいです。言葉が表すのは、その言葉を使う人。そしてさらに、言葉がよくよくあらわにするのは、言葉が呼吸するその時代の空気です。

時代の言葉としてのありようを、日本語はいつも背負ってきた言葉です。時代がどんなに変わろうと、時代が変わってゆくときに、変わってゆく時代の内実を（歪みやでたらめを避けられないときにも）すすんで引きうけるのは、言葉です。

異国の新しい言葉がしきりに求められて、それまでの言葉のかたちががたがたに崩れてゆく。そうした節目の時代の本の元型というべきは、おそらくこの一冊、明治十年代の終わりに世にでた坪内逍遙『當世書生気質』です。

過ぎてゆく時代の言葉と来るべき時代の言葉とがもろに面つきあわせた『當世書生気質』は、即妙にして奇矯な小説ですが、その筋仕立てにもまして奇矯かつ即妙なのが、逍遙苦心のフリガナ日本語です。全篇を埋めつくすその手練のフリガナ日本語には、この国の日本語のその後の、あの手この手、行きつ戻りつのすべてが込められています。

そのフリガナ日本語のその一は、来るべき時代の言葉としての英語をもとにした日本語（括弧内のフリガナがもとの英語）。

我輩の時計（ウォッチ）はおくれてをるワイ。是は有用（ユウスフル）ぢや。無効（ノウ・サクセス）かも知れないヨ。恥ずかしき事（ウキークネス）を打明けてしまひたまへ。剣呑（デンジェラス）きはまつた話さ。其くるしみ（ストラッグル）は大変だつたヨ。荒唐奇異（ロマンチック）な事がしたいのも迷つてゐるのも、やつぱり架空癖（アイデヤリズム）に相違ない。今までの痴情（フォリイ）は君、寛大に見て呉たまへ。

今まで持つて居た快楽（プレジュア）を奪はれた上に、将来のたのしみ（ホウプ）まで無くなつてしまつちやア、難行（インポシッシブル）だ。天に背（アン・ナチュラル）ぢやアないかア。人間のたのしみは豈情欲（セックス）のみならんやだ。功名心（アンビション）を持て。後談（シクエンス）はどうなつたか。一件は確定（セットル）したか。尚（ナット・エット）だ。実にをかしい（リヂキュラス）話があるのさ。

そしてもう一つ、フリガナ日本語のその二は、過ぎ去ってゆく時代の言葉としての和語を親しく寄りそわせた漢字の日本語です（括弧内のフリガナが和語）。

凡百挙動（することなすこと）。陳腐漢（ねごと）。容姿（なりふり）。甲事乙事（あれやこれや）。同胞（きやうだい）。一伍一什（いちぶしじゆう）。口気（くちぐせ）。煽動（おだて）。立派（れつき）とした。

知識（がくもん）。分説（いひわけ）。負債（おひめ）。鬱気（ふさぎ）。不楽気（わびしげ）。謬想（まよひ）。不良心（よからぬこころ）。危険（けんのん）。あさましき極（かぎり）ならずや。

一個（ひとり）。二個（ふたり）。簡単（てみぢか）。用意（したく）。是非（あら）。他の行（ひとのふり）。平凡（へぼ）。平常（あたりまへ）。道理（もっとも）。云々（しかじか）。突然（だしぬけ）。暴露（むきだし）。右（と）に左（かく）に。世の中には、磊落《らいらく》を粗暴と取違へたり、不羈《ふき》を放縦（わがまま）と間違へたり、はねッかへりを活潑だと思つたり、ずるいのを大膽《だいたん》だと思ふやうな料簡ちがひがあるには困るヨ。

社会とかたくるしく言うと、どうも政治くさくなる。けれども、浮世とやわらかく言えば、おのずと言葉は色気づく。されば、あくまで浮世を浮世として考えたいとした『當世書生気質』の、「微術《びじゅつ》といふべき」絶妙の二つのフリガナ日本語がゆびさしているのは、明治十年代というこの国の節目の時代の「當世」の日本語の、日常から遠く離れた書生（ガウン）の言葉と、街の人びと（タウン）の言葉のあいだの亀裂です。

ハテサテ、「中々社会は記憶《おぼえ》がわるいヨ。一年そこいらも月日が経過《たつ》と、すぐに前の事アわすれてしまふ。日本は全體便宜な国さ」。逍遙いわく、さまざまに移れば変わる浮世かな。そうであればこそ、心したいのは、言葉は大事にしたいということ。変わってゆく時代という大きな物語のほんとうの主人公というのは、じつは、つねに言葉だからです。

III

「理」の行方、「私」の行方

明治元年（一八六八）に出た本を、いま、二十一世紀の「現在」の本として読む。そのように読むことができる、新しく出た福沢諭吉の『訓蒙窮理図解《きんもうきゅうりずかい》』（『福澤諭吉著作集』第二巻）を手にして、いまさらのように思い知らされたことは、今日わたしたちがぶつかっている問題というのはほとんど明治以来ずっと持ち越してきている問題なのだ、ということです（以下『窮理図解』と略）。

『窮理図解』は、歯切れのいい日常の言葉で近代の科学知識の徹底を説き、解説（中川眞弥）によれば、明治の初めにこの国に起きた究理書ブームの先駆けとして、ひろく世上に迎えられ、そのまま小学読本にも用いられたという本です。読む人を明快な思考にみちびく福沢の弾んだ文体は、いまでも十分に魅力的ですが、あらためて考え込まされるのは、この本の序に、まっすぐに述べられる「理」の感じ方、考え方です。

「苟《かりそめ》にも人としてこの世に生れなば、よく心を用いて、何事にも大小軽重に拘《かか》わらず、先ずその物を知りその理を窮《きわ》め、一事一物も捨置くべからず」「仁義道徳を修《おさむ》るなどと口先ばかりの説にては、人間の職分を尽したりというべからず。況《まし》て人に知識《ちえ》なくば己《おの》が仁義道徳の鑑定《めきき》も出来まじ。知識なきの極《きわまり》は恥を知らざるに至る。恐るべきことならずや。嗚呼世間の少年等、学問は生涯せよとの諺もあるに、何故《なにゆえ》斯《か》くも不精《ぶせい》なるや」

福沢はそう言って、「窮理の学などは、為《な》して害あることのようにいう」風潮をきびしく退けて、「知識《ちえ》」をみがき、「物のことわり」をたずねて、どこまでも「理」を究めるところに、ありうべき未来を託そうとしています。「窮理の学」は科学です。明治元年に出たこの本の「窮理」の「理」とは、明治以前に考えられていたようなフィロソフィーのことでなく、サイエンスを体現するものとしての「理」でした。

「理」は科学にあり。けれども、それからの一世紀を超える科学技術の追究の過程で、科学知識に求められた「理」は「標準」になり、さらにグローバル・エコノミーをみちびいた技術革新を通じて、「理」は「規格」になって、今日に至っています（橋本毅彦『〈標準〉の哲学』）。科学の「理」は、『窮理図解』ののぞんだような「理」を跳びこえ、空理《くうり》を理とする消費社会の尺度に、いつか変容してきています。

「理」を科学にうばわれたフィロソフィーが「哲学」という新しい日本語を得るのは、『窮理図解』が世に出た直後ですが、それからずっと後になって、近代の悩める子として登場する文学が求めたのは、「理」でないもの、「哲学」でないもの、すなわち何か別のものでなく、「私」です。文学は「私」にあり。だが、その「私」とは誰か。何者なのか。こうして、明治以後のこの国の文学の唯一の動機となるのが、「私」探しです。

「私」の不確かさを前にして、立ちすくむ、うつむく、立ちむかう、鍛える、挑む、苛立つ、抗う、開きなおる、背をむける、立ち去る、逃げ去る、身をくらます、口を閉ざす、それぞれに処し方は違っても、あてどない「私」というものをそのままに表してきたのは日本語の一人称、というより、いつでも日本語の一人称の揺らぎでした。一人称の揺らぎというのは、どのように名乗りでる「私」なのか、ということです。

＊

「吾輩は猫である。名前はまだない」。二十世紀になってすぐに、それまでの逡巡をぬぐうように、きっぱりと名乗りをあげたのが夏目漱石の『吾輩は猫である』だったことを知らない人はいません。ところが、いかにも率直きわまりないこの名乗りくらい、じつは日本の「私」の微妙なありようを語っているものはなく、「理」も「哲学」も拠りどころとしない「吾輩」なる「私」は、しばしば外国の言葉にならないと言われてきました。

「吾輩は猫である」を中国語で言うと、どういう中国語になるか。日本を深く知る人だった、魯迅の弟である中国近代の文人、周作人は、新しく東洋文庫に収められた『日本談義集』（木山英雄編訳）のなかでそう問うて、「吾輩」という複数を言う漢字が、漱石の猫にとっては、単独の「私」を言挙げする言葉になっている。だから、中国語では「我是猫《ウオシーマオ》」とするしかないが、原文の面影はどうしても損なわれる、としました。

ワガハイは「吾輩」と書き、「もとは我們《ウォメン》（われら）の意味で、漢字の原義とちがわない。ところが単数の代名詞に使うと我《ウォ》（わたし）と同じでしかもやや尊大な口振りを伴うことになるらしく、それと似た例が中国には見当らない」。さらに猫ダ猫デゴザイマスでなく、猫デアルであることで「名無しの猫君の鼻息が歴然とあらわれてくるから妙である。しかしながら他国語では、英語でも中国語でもこういう微妙な口振りを伝えることができない」。

＊

この国の言葉をなにより際だたせてきたのは、どんな言葉でもなく、みずからを語るべき一人称の揺らぎです。どういう一人称が、ふさわしい一人称なのか。どのような一人称がアイデンティティであるのか。どのように名乗りでるべき「私」なのか。いまなお日本の「私」を悩ませる、「微妙な口振り」にたよるほかない一人称のありようというのは、この国のいまの、不確かなままの「理」のありよう、不確かなままの「哲学」のありよう、不確かなままの「私」のありようそのものを映しています。

ここに、共に在ること

十八世紀前半に、大坂（大阪）の街なかに、町人たちの手でつくられた学問所、懐徳堂。のちに江戸の昌平黌《しょうへいこう》のように幕府官許となってからも、「貴賤貧富を論ぜず」誰もが学ぶことのできる市井の学校としての性格を失わず、富永仲基《とみながなかもと》、山片蟠桃といったずばぬけた知性を生み、明治の維新に至って閉校となるまで、ほぼ百五十年つづいた学校です。

懐徳堂は「道」の学問所でした。しかし、懐徳堂で問われたのは、君子の道にあらず、すべての人が拠るべき道だったことを、宮川康子『自由学問都市大坂』は伝えます。道の学問は、すべての人に開かれていなければならない。それが、大坂の街にあって、懐徳堂という独特の学校がつくりだし、たもちつづけようとした「自由な学問空間」の秘密であり、その学問をささえる理念だったと。

「今を生きる人々の言語の多様性の中に道を見いだしていこうとすること」
「言語を使う人間の側に正しさの根拠をおくこと」
『自由学問都市大坂』に語られるのは、そうした知のあり方を確かにしようとした懐徳堂の気風です。権威を求める江戸の学問のあり方にはっきりと背をむけて、どこまでも「普通の人々の〈あたりまえ〉の理」を究めていって、懐徳堂は、権威をもとめない大坂の学問のあり方をつくります。

人と人が「ここに、共に在る」場所でもあった懐徳堂は、しかし、明治の始まりとともに消え去って、街の真ん中にあっても、今日、建物を失った懐徳堂の石碑の存在もほとんど知られません。そうして、失われた懐徳堂が忘れられるままになったように、学ぶ場所というだけでなく、学校は「ここに、共に在る」ことを学ぶ場所だったということも、いまでは忘れられています。

「ここに、共に在る」というのは、こことという場を、必要な他者と共にするということです。言い方を変えれば、プルーラル・アイデンティティ（他者のいる、あるいは、他者あっての独自性）を、すすんで自分に担うということです。

或る人の、或る生き方を描いた関口安義『恒藤恭とその時代』は、「ここに、共に在る」ことを学ぶ場所としての学校を愛した人の物語です。恒藤恭《つねとうきょう》（一八八八―一九六七）は著名な法哲学者でした。けれども、物静かで寡黙だったという恒藤の前にいつもあったのは、むしろ騒がしいばかりだった時代の人生です。

大正デモクラシーを象《かたど》った信濃自由大学の最初の講師。そして昭和の戦争の時代の節目となった瀧川事件に際しては、京大法学部を辞した当事者の一人。さらには戦後の、「日本に必要な大学」として構想された大阪市立大学の最初の学長。そうした後ろ姿にかさなるのは、懐徳堂に拠った先賢たちの「今を生きる人々の言語の多様性の中に道を見いだしていこうとする」姿勢です。

少年の理想主義を退けることがなく、事にあたっては、論証のための論証よりも「人びとの直観」としか言えないものに信をおいてはばからない。そのような恒藤のなかに隠されていた、鈴かけ次郎という秘密の存在を、『恒藤恭とその時代』は明らかにしています。鈴かけ次郎は少年小説の作家で、恒藤自身の筆名でした。二十代の十年のほとんど毎月、鈴かけ次郎は少年雑誌にいくつもの少年小説を連載し、それは恒藤が同志社の法学部教授になるまでつづきます。

恒藤が、昭和の幕を上げて自殺した芥川龍之介の、無二の友人だったことはよく知られます。二人は旧制第一高等学校の級友。芥川の自殺を悲しみとともに受け入れて著された恒藤の『旧友芥川龍之介』は、名篇の一語につきる友情の書ですが、芥川という死者／他者とともに在るプルーラル・アイデンティティを、そののちずっと、恒藤は自分に担いつづけます。

他者と共に、ここに在るという感受性のうえにそだつのは、人の自由です。恒藤に宛てた芥川の手紙。

「自分は一高生活の記憶はすべて消滅しても君と一緒にゐたことを忘却することは決してないだらうと思ふ」。プルーラル・アイデンティティというのはそこに「一緒にいる」という感覚、あるいは「一緒にいた」という記憶です。

『旧友芥川龍之介』のなかに、「共に生きる者の幸福について」として、恒藤は記しています。

「『おたがひに一《ひ》と言《こと》も話さないで、おやぢと二人、部屋の中に一緒にゐるときがある。それでゐて、そんな時にいちばん幸福な感じがするんだ』といふやうなことを芥川が話したことがある。これは意味の深い言葉だと思つて、いまでも記憶してゐる。（……）ほんたうに親しい間柄の人と人とは、ただ同じ処に一しよにじつとして居るだけで、すでに充分に幸福である」（市民文庫　一九五二）

その芥川が姿を消した二十世紀のこの国で真っ先に失われていったのは、じつは、恒藤がここで名ざしている「共に生きる者の幸福」でした。学校もまたおなじ。「ここに、共に在る」ことを学べるような場所では、とうになくなっています。

＊

明治の始まりの春に閉められた、かつての誇りにみちた商人の学問所の正門に留められていたのは、紙一枚。テツオ・ナジタ『懐徳堂』（前掲書）によれば、新しい時代への別れを告げた、次のような和歌でした。

百余り四十路《よそじ》四とせのふみの宿
きょうをかぎりと見かえりていず

「懐かしさ」の失われた風景

人の住まう家は、人それぞれの人生のかたちに、端的に係わっています。記憶ののこる場所。記憶をのこす場所。あるいは、ただの通過点。いつまでも見果てぬ夢。のぞむべき財産。人生の礎石にもなれば、躓《つまず》きの石にもなりうるもの。生き方の表現でもあるもの。家のように、めいめいの人生の担保となってきたものは、ほかにたぶんありません。

そして今日の家のありようは、ホームである家というより、むしろハウスである家へ、家のもつ象徴的な意味を変えています。そのような変化が、いつどのように、わたしたちの日々に生じたか。わたしたちの住まう家から「長押《なげし》が消えていった」ときからではないかと中川武『日本の家　空間・記憶・言葉』は言います。

長押の消失がしめすのは住まいの様式の刷新ですが、それによってもたらされたものは人の住まい方の変容、ひいては人生への態度の変容です。「何かを得るためには、何かを棄てなければならない」。得られた新しさと引き換えに失われたのは、「懐かしさ」をはぐくむ場としての、家という人生の容器のあり方です。「懐かしさ」とは何か。

「懐かしさ」は、ホームとしての日本の家の本質をなす、独特の両義的な空間の魅力に根ざしています。三和土《たたき》のように、暖かいような、冷たいような、硬いような、柔らかいような土間。家の、内部でもあれば外部でもある、縁側。あるときは遮断し、あるときは連結し、つなぎながら、同時にそれぞれの領域を独立させる、部屋の仕切り。

あるいは、茶の間。「茶の間はそれほど広いスペースではなかったが、風や光や外とのつながりをうまく利用し、立居振舞の作法によって、広く使いこなしていた。そして、家族の佇まいの中に陰影や沈黙があったのである」。そのように心の風景をあざやかにするものだった家のありようは、今日の家のたたずまいにはもう見られなくなっています。

『日本の家　空間・記憶・言葉』の読後にのこるのは、「住む」とはわたしたちのこの世の過ごし方のことであり、住まい方はすなわちわたしたち自身の「物語」にほかならないのだという感慨です。家のありようから「懐かしさ」が失われていったときに、わたしたちを囲むさまざまな物語からも「懐かしさ」が失われていったように。

どんな物語であれ、物語というのは突きつめてゆけば、どこにどう住むかという（人の住まう）家の物語です。その意味で、「在った家」「失われた家」への親しい記憶の物語とはまったく逆の、「家のない」物語への想像力を誘われずにいないのは、新たにまとめられて出た『中島敦父から子への南洋だより』（川村湊編）です。

＊

『李陵』『山月記』『光と風と夢』などを遺した作家中島敦が、ミクロネシアの島々へ赴くのは一九四一年、その死のわずか一年前。大日本帝国の植民地だった南洋群島（ミクロネシア）へ、南洋庁の国語教科書編修書記として単身赴いた作家は、十カ月ほどのあいだ、東京の幼い子たちへ、若い父親として数おおい手紙、葉書を書き送ります。

「ノチャクン（子の愛称）、マイニチ、ナニシテル？」。幼い子への葉書には優しさが滲みますが、その優しさを促しているのは、幼い子とマイニチをともにできない場所に在るという「家のない」寂寥です。その一人の若い父親の寂寥はそのまま、内地《ホームランド》を遠く離れて、他人の土地を領する植民地に在ることとの、言いがたい寂寥にかさなっています。

『中島敦　父から子への南洋だより』に付されている妻への手紙に、作家は記します。「帰れ〳〵とお前はいふが、一体何処へ帰るんだ？　オレの家は、もう無いぢやないか？　トレニアと白サルヴィヤの咲いてる筈のオレの庭もないぢやないか？　三月になると、桜草どもが、もう蕾をふくらまし始める、あのボロ庭もないぢやないか？　何処へ帰れといふんだ？」。

一九四二年に職を辞し、帰京。その年の暮れに逝くまでのわずかなあいだに上梓した『南島譚』に、悲哀にみちた巡島記「環礁」を、作家はあたかも遺書のように書きのこします。

その痛切な書き出し。――「寂しい島だ」。「美しいけれども、寂しい島だ」。「此処ほど寂しい島は無い。何故だらう？　理由は、たゞ一つ。子供がゐないからだ」。一人の赤ん坊も生まれないために、島に二十歳以下の者がまるでいないのだ。「死ぬ者ばかりで生れる者が皆無」のこの小さな島は、やがて滅びるだろう。

「汽船《ふね》は此の島を夜半に発つ。それ迄汐を待つのである。私は甲板に出て欄干《てすり》に凭《よ》つた」「空を仰いだ。檣《ほばしら》や索綱《つな》の黒い影の上に遙か高く、南国の星座が美しく燃えてゐた」ふと「天体の妙《たえ》なる諧音」のことが頭に浮かんだ。「私は、人類の絶えて了つたあとの・誰も見る者も無い・暗い天体の整然たる運転を──ピタゴラスの言ふ・巨大な音響を発しつつ廻転する無数の球体共の様子を想像して見た。何か、荒々しい悲しみに似たものが、ふつと、心の底から湧上つて来るやうであつた」（『中島敦全集』）。

人の住まう風景が「懐かしさ」を失ってしまったいまよりも遥かずっと先の未来に、『南島譚』の作家は、もはや「家のない」未来、「人間共のいない」未来のイメージを置いて没しました。終生喘息《ぜんそく》に苦しみ、「何か、荒々しい悲しみに似たもの」を抱いたまま、三十三歳で逝った作家の書き遺した未来のない未来に、今日わたしたちはさらに一歩近づいてはいないでしょうか。

なぜ人は名付けずにいられないか

三月。春の近づく気配を覚えると、花のある文章が、ふっと親しく思いだされます。

「今一《ひと》きは心もうきたつものは、春の気色《けしき》にこそあめれ。鳥の声などもことの外《ほか》に春めきて、のどやかなる日影に、墻根《かきね》の草萌えいづるころより、やや春ふかく霞みわたりて、花もやうやう気色だつほどこそあれ、折しも雨風うちつづきて、心あわたたしく散り過ぎぬ。青葉になりゆくまで、よろづにただ心のみぞ悩ます」

七百年近く前に書かれた『徒然草』の一節です。気色は、直接的に目で見てとらえたときの感じや様子。寒さはのこっているけれども、すぐそこにきている春の気色に心がうきたつ。そうした思いは、時移り、なべて変わりゆく世にあって、つねに変わらず、わたしたちの感受性の奥行きをつくってきました。

そのような折りふしの気色をもっともよく表してきたのは、野の風景です。その野の風景のあざやかな言葉が、木の花、草の花です。

花であって、同時に、言葉であるもの。それが花であり、花のもつ蠱惑《こわく》です。季節の訪れを告げる言葉であり、日々の目盛りとなる言葉であり、贈り物としての言葉でもあれば、心を託す言葉でもあり、象徴としての言葉でもある、わたしたちのもつ、もう一つの言葉としての花。

『花おりおり』（湯浅浩史文　矢野勇写真）のような本をひらいて、日々の花々をめぐる文章と写真をたどってゆくと、花の本はすなわち花というもう一つの言葉の本にほかならないということに、あらためて気づかされます。言葉としての花を読み解く楽しさと、そのためのリテラシー（獲得すべき言葉のちから）の大切さ。

いつの世にも花は、人の営みのほとんど全般に深く係わってきました。言葉としての花は、きわめて多義的な言葉です。命名であり、定義であり、比喩であり、暦であり、習俗であり、伝説であり、物語であり、歴史であり、目録であり、記号であり、記念であり、記憶であり、そうして死と再生であるような言葉です。

花のある日常の光景を書きとめた『柳宗民の雑草ノオト』（柳宗民著　三品隆司画）のような本を見ると、雑草とされる草花が、多種多様な俗名、別名、変名をもつのに驚かされます。名もない花がないように、名もない雑草もまたありません。草花に名をつけるのは人ですが、なぜ人は名づけずにいられないのか。なぜ人は言葉としての花を求めずにいられないのか。

花の本から手わたされるのは、こうして、花についての物語である以上に、人についての物語であり、人の世についての物語です。いまではわたしたちにとても近しくなったキンポウゲ科の花、ラナンキュラスは、六万年前ネアンデルタール人の時代に、すでにいまのイラクで死者への手向けにつかわれた花だったと、『花おりおり』は記します。

野草について、『柳宗民の雑草ノオト』は言います。――ホトケノザ、オオイヌノフグリ、レンゲソウ、タンポポ、スミレ、そしてムラサキサギゴケなど、いずれも春の柔らかい陽差しと春霞によく似合う。もし、これが夏や秋に咲いたら、どうだろう。春には春に似合う花が咲く。それが自然というものだろう、と。

手にすること自体が歓びであるような本なのにもかかわらず、今日の花の本をささえているのは、むしろ強い危機意識です。日々のありようから戸外の風景が失われ、そのために子どもたちのあいだで植物への関心が著しく失われたことを、『花おりおり』の植物学者は危ぶみ、写真家は「身近な植物たちが姿を消しつつある。この流れを止めなければ、災いはいずれ我々自身にもおよぶだろう」と惧《おそ》れます。

ざっと百五十年ほど前、セリ、ナズナなど春の草を摘んで遊んでいて、雪解け水が激しく走る川に落ちて流されて死んだ、鷹丸《たかまる》法師という子どもの話を書きのこしたのは、『おらが春』の小林一茶でした。翌日、ずっと川下で見つかった死んだ子どもの墨染めの衣の袂からこぼれでたのは、フキノトウ三つ四つ。

そのフキノトウについて、一茶はこう記します。「長々の月日、雪の下にしのびたる蕗《ふき》・蒲公《たんぽぽ》のたぐひ、やをら春吹《ふく》風の時を得て、雪間《ま》〳〵をうれしげに首さしのべて、此《この》世の明り見るやいなや、ぽつりとつみ切らるゝ草の身になりなば、鷹丸法師の親のごとくかなしまざらめや。草木国土悉皆成仏とかや。かれらも仏性得たるものになん」。

そして、ほぼ百年前、山奥の池の辺に咲き誇る深山椿《みやまつばき》の赤い花の光景に、日露戦争下のこの国の心象風景を鮮明に描きとってみせたのは、『草枕』の夏目漱石です。「あれ程人を欺す花はない」。「あの花の色は唯の赤ではない。目を醒《さま》す程の派出《はで》やかさの奥に、言ふに言はれぬ沈んだ調子を持つてゐる」。

「見てゐると、ぽたり赤い奴が水の上に落ちた。静かな春に動いたものは只此一輪である。しばらくすると又ぽたり落ちた。あの花は決して散らない。崩れるよりも、かたまつた儘《まま》枝を離れる」

「又一つ大きいのが血を塗つた、人魂《ひとだま》の様に落ちる。又落ちる。ぽたり〳〵と落ちる。際限なく落ちる」

＊

花を書いて、世界を書く。「身近な植物たちが姿を消しつつある」いま、七百年前の、百五十年前の、百年前の春の文章にいまさらのようにおしえられることは、目の前の木の花、足元の草の花こそ、リテラシー（獲得すべき言葉のちから）の源泉であるという言葉の秘密です。

快活さについて考える

吉田松陰は三十年にみたない短い生涯（一八三〇―五九）に、おどろくほどにこの国の各地へ旅につぐ旅をかさねつづけています。その旅は山水に遊ぶ旅でなく、ひたすら遠くまでゆくことをのぞんだ孤独で、過酷な旅であり、しかも最後の旅は捕らわれの旅でした。旅の終わりとなったのは、国事犯としてうけた死です。

＊

松陰の遺した旅日記に基づいて、松陰の歩いた道をすべて実際にたどって書かれた旅の記録、海原徹『江戸の旅人吉田松陰』には、淡々とした言葉の向こうから、今日の同時代人のように立ち上がってくる松陰がいます。

幕末。みずから脱藩し、士籍を失ってまでも、「自分自身の足で歩き、実際に見たり聞いたりしなければならない」と心に決めて、旅から旅へ自分を駆り立て、松陰は生き急ぎます。

九州。江戸。房総。そして脱藩してまでの真冬の東北行。そののちの瀬戸内、大坂、紀伊など。

ときには、嶮岨《けんそ》筆紙に尽くすべからず、というような峠越えをし、ときには、右ヲ海ニシ、左ヲ山ニシ、というような海岸線の道を急ぎ、荒天も意に介さない。

町に至れば、塾をたずね、さまざまな人びとに会って、談論を積む。志を研いで詩（漢詩）をつくる。そうした無償の旅に松陰をうながしたのは、この国がひらくべき前途への思いの徹底だったように思われます。

『江戸の旅人吉田松陰』に克明に記される旅の記録の主人公は、慷慨《こうがい》激情の人でも沈着冷静の人でもなく、とりかえしのつかぬ失敗をかさねてなお、めげない人としての松陰です。

国禁を犯して密出国を図り、初めはロシア軍艦への乗り込み密航を企て、江戸から長崎へ四十日近くを費やして駆けつけたものの、四日前に出港したロシア軍艦のすがたはすでになく、失敗。次に、こんどは伊豆下田沖に投錨《とうびょう》したペリー提督率いる「黒船」に、手漕ぎのぼろ舟でやっと乗り付けたものの、ぼろ舟もろとも刀など所持品全部を荒波にさらわれたうえ、問答無用で乗船は阻まれ、ボートで陸地に送り返され、そのまま浜辺の暗闇に放りだされて、失敗。自首。下獄。

にもかかわらず、松陰はますます意気軒昂の人だったと、『江戸の旅人吉田松陰』は伝えます。松陰が自分に選んだ通称は、寅次郎。旅上に人生をおいて、つねに、いま、ここに在ることの快活さを求めた吉田寅次郎は、（昭和の戦後日本映画が生んだ、車寅次郎という名の「昭和の寅さん」の生き方の元であるような）「幕末の寅さん」だったのかもしれません。

松陰の死後十年にして、幕藩体制は崩壊。明治の世となって、新たな国家の時代に繰りかえし

繰りかえし求められたのは、この国がこの国であることの明証です。十九世紀末尾、明治二十七年（一八九四）に出版された志賀重昂《しげたか》の『日本風景論』が江湖《こうこ》に迎えられたのも、この国がこの国であることの明証としてでした。

志賀重昂（一八六三―一九二七）。国粋はこの国の「江山の洵美《じゅんび》なる」風景にありとした『日本風景論』は、その後の日本人の景観の意識を変えた書と目されてきました。そうではないと、今日の目で『日本風景論』を読みなおした大室幹雄『志賀重昂「日本風景論」精読』は言います。『日本風景論』が証すのは、『日本風景論』がその後にもたらしたのが何かでなく、そのとき『日本風景論』とともに失われたのが何かだと。

『日本風景論』は、一幅の絵を見るように独特な、朗々とした「漢文くずれの散文」で知られます。たとえば、瀬戸内の夏の海の色について。「既にして東南風の季節となるも、風は四国中央の山系に障屏《しょうへい》せられ、其の余力のみ微かに到り、海面細く紋を生じて、氷の如き一輪此間に躍り、花崗岩に反映して更に皎潔《こうけつ》を増す、会〃《たまたま》汽船を走らして此間を過ぐ、月色の大観此《かく》の如きもの復《ま》た他処に需《もと》むべけんや」。

このような文章は「初めにことばがあり、ついで地理学をともなって景観が現われ、そして風景が成った」というべき文章だが、二十世紀という新しい世紀の到来とともに廃れていったと、『志賀重昂「日本風景論」精読』は言います。『日本風景論』を最後に無くなったのは、漢文で書かれた散文と詩が、物の見方・感じ方、世界の見え方・つくり方をそれぞれのうちにみちびいた、それまでの文化のあり方です。

＊

その後の日本の散文は「福沢（諭吉）から内村（鑑三）や志賀（重昂）にいたる元気のいい硬質な散文を拒否した。それが以後の日本の散文にとって仕合せであったかどうか」。自分自身を恃《たの》む気風が社会にうすれてゆくとき、人びとのあいだに毀《こぼ》れるのは、いま、ここに在ることの快活さです。二十世紀に入って、とりわけこの国の文芸がすすんで背負ってきたのは、多くが鬱々《うつうつ》として楽しまぬ言葉です。

『志賀重昂「日本風景論」精読』に描かれる志賀重昂の印象は際立っています。「陽気で楽天的で、いつも元気いっぱいで、内向的ではなく外向的で」「シニシズムほど無縁なものはなかった」。そして「一種颯爽たる、快活な」「勇ましくて元気のいい、ほとんどなりふりかまわぬ」言葉。その「ひょうきんなおかしみに似た単純な稚気」。間違いなく、そこにいるのは、いっそ「明治の寅さん」とよびたくなるような人物です。

吉田松陰のような人、あるいは志賀重昂のような人が思いださせるのは、今日、この国がこの国であることの明証とは何かということです。思うに、二十一世紀のこの国の明証の礎にならなければならないのは、一人一人の日々になくてはならぬものとしての、いま、ここに在ることの快活さです。

アイデンティティとは

二度の世界大戦をはじめとする二十世紀の戦争と戦後の経験がもたらしつづけたのは、それまでの世界の秩序をつくったさまざまな概念の瓦解です。新たに人びとを結びなおす新しい概念が求められた二十世紀後半、「現代のもっとも火急の問題」として自覚されるようになったのが、アイデンティティという概念でした。

アイデンティティは「自分が誰か」という感覚です。アイデンティティという概念を認知させたのは、「アイデンティティという言葉はエリクソンの同義語になっている」と言われる精神分析家のエリク・エリクソン（一九〇二—九四）。そのエリクソンが指呼したのは、アイデンティティ・クライシス（アイデンティティの危機）におびやかされる、二十世紀後半の人びとの表情です。

アイデンティティ・クライシス（いまはこの言葉はほとんどの英語の辞書にそのままでています）とは、エリクソンによれば、「個人的同一性」と「歴史的連続性」の感覚を失い、「自分とは何か、自分がどこに属しているのか、自分は何をしたいのか」という感覚を一時的に失うことです。

エリクソンがアイデンティティ・クライシスという概念を得たのは、社会復帰に不安をもつ第二次大戦の復員兵たちに臨床的に接してでした。しかし、エリクソンが抽《ひ》きだしたアイデンティティの危機という主題が、それから世代を超え、ジャンルを超え、国境を超えて、その後にのこした影響の深さは、とりわけ一九六〇年代以後の世界を席巻しさったアイデンティティ探しの物語にはっきり刻まれています。

L・J・フリードマン『エリクソンの人生』(やまだようこ・西平直監訳)によれば、エリクソンは父をついに知らなかった子どもでした。デンマークのユダヤ人で黒髪の母は父についてけっして語らず、デンマークを離れ、ドイツの小さな町で息子を生み、エリクソンは「出生や宗教や国籍がきっちり決まっていない」ブロンドの髪と青い眼の、母国語をもたない子どもとして育ちます。

ドイツのギムナジウムをでて、フロイトのいるウィーンで学び、カナダ人と結婚し、それからヨーロッパを離れ、アメリカ市民として逝ったエリクソンの人生に描きだされるのは、つねに「周辺的存在」として生きなければならなかったがゆえに、境界をもたない「より普遍的なアイデンティティ」を求めつづけた流浪の人の肖像です。

そうした概念の瓦解した二十世紀の同時代をさらに切実なしかたで生きたのは、根っからのアイルランド人でありながら、書くことの自由を求めて、亡命者の首都であるパリを「永遠の故郷」にして、流謫《るたく》者のように生きた劇作家のサミュエル・ベケット（一九〇六―八九）です。

精細にして生彩にとむジェイムズ・ノウルソン『ベケット伝』（高橋康也ほか訳）が明かす、「ダブリンからやって来たもの静かな男」の狷介《けんかい》孤高の人生。その生き方を穿《うが》ったものも、アイデンティティの問題です。傑作というだけではすまない衝撃を同時代にあたえた『ゴドーを待ちながら』の作者を苦しめたのは、アイデンティティの欠如でなく、過剰です。

書くことの自由を求めたベケットが第一に試みたのは、母なるアイルランド（という過剰なアイデンティティ）からの自由です。アイルランドに帰った旧友の物書きに宛てて、ベケットは書き送ります。「アイルランドのためではなく、もっと君自身のために書くようになってほしいな」。フランスにあって大戦下の対独レジスタンス運動にくわわったベケットに、書くことの自由をみちびいたのは、戦後すぐからのフランス語による創作です。

『ベケット伝』はベケット自身の言葉を引いて言います。「英語という言葉は、連想や言及――アングロ・アイリッシュ的な過剰性と自動性――に満ちすぎている」。「存在とはなにか、無知、不能、貧窮に徹するとはどういうことか――そういう問題の表現にもっと直接的に集中する自由」を、他国語のフランス語による創作はベケットにあたえた、と。

しかし、フランス語よりさらにずっと書くことの自由を、パリの異邦人の劇作家にもたらしたのは、沈黙です。「言葉にしてしまうとどんなことも実際の経験とはまったくちがうものになってしまう」と、ベケット。「ほんのちょっとでも雄弁に語ろうとすると耐えられなくなるはずだ」。

ベケットのいう沈黙は、「存在」の表現としての沈黙です。『ゴドーを待ちながら』の、何もない空間におかれる、四、五枚の葉におおわれた、物言わぬ一本の木。その木について、ベケットは幕切れ近くに、主人公の一人にこう言わせています。

ヴラジーミル　（沈黙。木を眺めて）木だけが生きている。

どこでもない場所の、いつでもない時の、誰でもない人びとの物語劇に、ただ一つ存在する一本の木。（パリの再演でその木を特別に制作したのは、彫刻家のジャコメッティでした）。その一本の木は、国でも、宗教でも、家庭でも、職業でも、言葉でさえもなく、「存在」がアイデンティティなのだという、ベケットのメッセージそのものです。この芝居の意味は何かと問われて、ベケットはこう答えたと、『ベケット伝』は記しています。「共生だよ」「すべては共生なのさ」

アイデンティティという概念は、いまなお個人と社会を質《ただ》すキー・ワードです。アイデンティティとは――「他者なしにあり得ない自己」（エリクソン）。「共生」（ベケット）。

同時代人モンテーニュ

あらゆる著作家のなかでもっとも粉砕しがたい一人。モンテーニュについて、詩人のT・S・エリオットはそう言ったことがあります。なぜなら、モンテーニュの言葉は、霧のように人の心に忍び入り、魅惑するからで、手榴弾を投げ込んでも霧は消すことができないからだ、と。

モンテーニュは、後世に深い影響をあたえる『エセー』を遺した十六世紀フランスの思索家。そのモンテーニュの霧を晴らそうとしたのが十七世紀の人パスカルで、パスカルの『パンセ』は言葉の手榴弾を投げて、モンテーニュは「だらしなくふんわりと死ぬことばかり考えている」と論難します。

新たにでた『モンテーニュ　エセー抄』（宮下志朗編訳）は、「モンテーニュの欠陥は大きい」と反発したパスカルに対し、あらためて卑俗さと叡知がいつのまにか渾然一体をなしてゆく『エセー』の魅力をたぐり、人生、「だらしなくふんわりと死ぬ」ではいけないのだろうか、と今日の読者に問いかけていています。

「人間にとっての幸福とは、しあわせに生きることなのであって」「しあわせに死ぬことではないのだ」。そう言って、雑然としていて、ふんわりとした、「単純で、自然で、ごくふつうのわたしという人間」の日常を大切にして、「魂の偉大さ」は「むしろ月並みさのなかで発揮される」のだという確信を、いささかも崩すことのなかったモンテーニュ。

『エセー抄』は、そのモンテーニュの大冊『エセー』から十一の章を採って一冊にしたものですが、生き方について、「いろいろと折り合いのつく、しなやかなものでないと、いかにも特殊な生きかたになってしまう」と言ったモンテーニュのように言えば、『エセー』のような長大な書物は、いまは、いろいろと折り合いのつく、しなやかなものでないと、いかにも特殊な〈古典〉になってしまう。

＊

しかし『エセー抄』は、巧みに、モンテーニュの言葉を、二十一世紀の今日に必要な言葉としてよびもどします。

モンテーニュは言います。「われわれは大変な愚か者なのである。だって、『彼は人生を無為にすごした』とか、『今日はなにもしなかった』などというではないか。とんでもないいいぐさだ。あなたは生きてきたではないか。それこそが、あなたの仕事の基本であるばかりか、もっとも輝かしい仕事なのに」。「『ほっと一息つくことができた』ですって？　ならば、帝国や都市の数々を占領した人々よりも、たくさんのことをしたのです。人間にとっての名誉ある傑作とは、適切な生き方をすることにほかならない」。

モンテーニュの、このようなたぐいない「穏健な叡知」の陰には、しかし、じつは思いがけない「激しさ」が隠れていること、というより、むしろ内包する「激しさ」からこそ、「穏健な叡知」は生まれたというのが順序かもしれないと、保苅瑞穂『モンテーニュ私記』は言います。

モンテーニュが生きたのは、烈しい内乱のさなか、悪と悲惨の広まった宗教戦争時代のフランスです。モンテーニュのうちに「激しさ」をそだてたのは、『モンテーニュ私記』の言い方で言えば、人間の深みに根ざす悪は「人間の息の根が止まるまでわれわれに付いて廻る」という認識でした。しかもモンテーニュの描く人間の状況には、「神による救いがまったく予定されていない」。モンテーニュの精神をささえたのは、「人間の悲惨を神への信仰によらずに、人間の力で堪えるすべをおしえた」古代の先人の知恵です。

『モンテーニュ私記』は、『エセー』を読みぬくことが自身の『エセー』となった青眼の書ですが、描かれるのはみずから、「人間の限界を知る」人として生きたモンテーニュです。

モンテーニュが座右の銘にしたのは「私は何を知っているか(ク・セ・ジュ)」という言葉です。『モンテーニュ私記』には、モンテーニュのこういう言葉が引かれています。「われわれ人間が作る建物は、公のものも私的なものも、欠陥ばかりである。しかしながら、自然のなかには無用なものは一つもない。無用そのものさえ無用ではないのである。この宇宙に呑み込まれたもので、そこに格好な場所を占めていないようなものは何一つない」。

『モンテーニュ私記』がモンテーニュをとおして見つめているのは、「人間だけが、あらゆる存在のなかで、ひとり」孤立している状況です。そのような状況において、「私」にできることは何か。「自分の存在を誠実に享受する」ことだ、とモンテーニュは言います。われわれは「世界を享受する権利」をもっている。「私の仕事と私の技術、それは生きることだ」と。

＊

モンテーニュに付きあうには、性急な結論を求めてもむだだ。「哲学には結論といったものがあるかもしれないが、人生には結論などはない」。「耳を傾けつつ、一緒に歩いて行けばいいのである」。モンテーニュの生涯を追って『ミシェル城館の人』を著した作家の堀田善衞は、そう言いのこしました。

モンテーニュはわたしたちにとってどんな存在か。中公クラシックス版『エセー』（荒木昭太郎訳）のはしがきに、答えの一つが記されています。すなわち、わたしたちはいま、「この思想家の発する『伝言《メッセージ》』をどのようにうけとり、そこからどのような励ましを得るのか」。

新しきモンテーニュを読まざるべからず。わたしたちの目の前にいるのは十六世紀の過去の人ではありません。二十一世紀の同時代人としてのモンテーニュです。

方丈記と翁草

身の処し方に、ひとの生き方の思想の現れを見る。この国の人びとの考え方、感じ方の金型《かながた》となってきたのは、いつのときもまず、そうした直観的な判断だったように思われます。『方丈記』は、そのような直観をわたしたちのあいだに培ってきた古典の一冊、と言っていいかもしれません。

『方丈記』はおどろくほど小さな本ですが、十三世紀初めの小さなエッセーが、その後の世の人びとにとっても切実な一冊の本でありつづけてきたのは、おそらく、それがつねに、それぞれの時代にあっての、一人一人の「心の自由」を問う言葉のちからを、ずっと失うことがなかったためです。

『方丈記』の魅力はその言葉のちからの魅力です。大隅和雄『方丈記に人と栖《すみか》の無常を読む』は、『方丈記』をゆっくりと読みすすめていって、一つ一つの言葉を洗うことから、『方丈記』のひそめる言葉のちからを確かめていった講読の記録（以下『方丈記に読む』と略）。

『方丈記に読む』のおもしろさは、講読という（読解とはちがう）読書法のもつ本来のおもしろさです。たとえば、「それ、三界は、ただ心一つなり」。すなわち、「人間世界は、ただ心の持ちよう次第である」という、『方丈記』の急所の一行について。

「人間が住んでいる、人間の命が漂っている世界というのは、心の持ちよう次第でどうにでも見えるという意味です。次の世に生まれ変わる、その生まれ変わり方も、すべて決まっていく。もとは『華厳経』の言葉のようですけれども」「人間がこの世で生きていて、次々に流転していくというのは、みんな人間の心が何もないところに映し出した幻、映像のようなものである。また、自分自身の運命も、結局のところは心というものが作りだしていくのだ」と。

『方丈記』が「本当の人間のあり方」として求めるのは、遁世《とんせい》です。けれども、それは、「一歩一歩少しずつ遁世して、それを毎日少しずつ努力しながら、今日はこれを逃れた、その心境を省みて、考えようによってはこれも幸福である、というかたちになっている」と、『方丈記に読む』は言います。「私は神様と一緒にいて、神様が守ってくださいますから最高に幸福ですという言い方は『方丈記』の中にはいっさいない」。

『方丈記に読む』が明らかにするのは、「世の中にある、人と栖」の考え方を質す「真夜中の思惟」の書としての、『方丈記』のかたちです。読むとは、言葉のあいだに立ちどまって考えることです。古典から、いかに言葉の耐性を抽《ひ》きだすか。熟考をうながす講読という読書法は、言葉の骨格のきわめて脆くなったいま、有効というだけでなく、むしろ際立って新鮮です。

*

その『方丈記』からほぼ六百年後。鴨長明（一一五五—一二一六）が『方丈記』に、京都を一夜で塵灰《じんかい》にした安元の大火の光景を鮮明に書きのこしたように、たった二日で京都を一望の焼け野原にした、天明の大火を克明に書きのこすのが、『翁草《おきなぐさ》』の神沢杜口《かんざわとこう》（一七一〇—九五）です。

京都奉行所の職を四十歳で引退した神沢杜口が遺した『翁草』二百巻は、没するまでの四十数年を費やして著された長大なエッセー。市井の一個人として生きた人が、生涯の仕事にまもったのはただ一つで、立川昭二『足るを知る生き方——神沢杜口「翁草」に学ぶ』によれば、「世にへつらはず、筆に随《したが》ひてほしいまゝ」「実事の儘《まま》直筆に記す」という不羈《ふき》の姿勢です（以下『足るを知る』と略）。

おそるべし『翁草』の人と、わたしが初めてその名を知ったのは、永井荷風の『断腸亭日乗』（全集版）を読んででした。日米開戦前夜、荷風は『翁草』を思い起こして、みずからの覚悟を密かに記します。

「余が多年日誌を録しつゝあるを知りて、余が時局について如何なる意見を抱けるや、日々如何なる事を記録しつゝあるやを窺知らむとするもの無きにあらざるべし。余は萬々一の場合を憂慮し、一夜深更に起きて日誌中不平憤惻の文字を切去りたり。又外出の際には日誌を下駄箱の中にかくしたり。今翁草の文をよみて慚愧《ざんき》すること甚《はなは》だし。今日以後余の思ふところは寸毫《すんごう》も憚《はばか》り恐る、事なく之を筆にして後世史家の資料に供すべし」（昭和十六年六月十五日）。荷風は杜口を、其《き》蜩《ちょう》という俳号で記しています。そもそも、杜口は口をふさぐという反語的な意です。

性急なる日本人は従容《しょうよう》たる気象は夢にもしらず、と言い、人びとが「日本心」というものにむやみに惑溺することを、『翁草』の人はきびしく戒めたとして、『足るを知る』は、ほぼ百五十年後の昭和の戦争下の荷風の見た光景にも、さらに二十一世紀のこの国の光景にも、どこまでもダブってくるような、杜口の言葉を引いています。

「人に呵《しか》られたとて死し、笑はれたとて死し、負けたとて死し、鞘《さや》があたりたとて死し、雑人《ぞうにん》の手にかゝらんよりはとて死し、色に溺れては死す。是等は身を殺して仁をなすと思へるや、かやうに命は惜き事に思はざるが、所詮《いはゆる》日本心か」

「さりながら日本従来の心にもあらず。源平の戦ひより、死するを手柄にする癖がおこりし也。まさか君父《くんぷ》の為には命を惜むもの多し。五百年来かくなりもて来《きた》りし風俗なれば、其余《その》風今にのこりて、風雅の気象はなくなりぬ」

あくまで「都の美」に生きた、江戸時代の一人の京都人が譲らなかったのは、「知足は不足の中に在り」という心意気です。

身の処し方に、ひとの生き方の思想は現れます。時流におぼれぬこと。ふたたび『方丈記』を引けば、「事を知り、世を知れゝば、願はず、走《わし》らず」。

IV

『城下の人』の語る歴史

石光真清《まきよ》『城下の人』四部作を読んであらためて考えさせられるのは、ここに語られている、日本の近代の生き方のかたちです。

『城下の人』四部作は実に原型的な本。この本につぶさに語られるのは、明治元年生まれの一人の男の生涯です。徹頭徹尾、一人の話。一人の生涯の物語です。それは波瀾にとんだ冒険の物語でもあるのですが、その波瀾の物語というのは、いわば独り身で、単身者として生きた歴史の話です。

この人は結婚しています。けれども、歴史というものを、いわば独り身で、単身者のように生きようとする。この人の生涯の物語に登場してくる人たちも、誰もがみんなそうなのです。売春宿の女将であれ、馬賊の女房であれ、みんな独身者、単身者のように生きている。しかし、そうした波瀾の歴史の外に、日常としての家がずっとある。そして、『城下の人』四部作は、日常の家をたばねた母親の死で終わっている。

石光真清という人には、「時の流れと歴史の波濤にもまれながらも、国家に対する忠誠と良心への忠実さを両手に握って、自ら行動してきた」という自負がある。そうであって、それとは別に「結婚以来、五子の父親となるまでの」年月を「犠牲にしたことが、残念であり申し訳ない」という意識をもちつづけています。日本の近代をささえた生き方の意識、歴史の考え方は、この二つのものを表裏にもちつづけてきたと思うのです。

家という日常を枠外において、単身者としての行動において、歴史というのが実感される。その意味では、戦争も、社会的行動も、全部、単身者としての問題でした。

ところが、そうした単身者としての歴史の枠の外に、つねに家という日常があり、そこにじつは自分の根っこがある。それは母の歴史です。ですから、母親が死んで、はじめてこの人は解放されたと思う。解放されて、はじめて父親としての自分を自覚する。そうして、それまで枠の外にあった日常が、自分にとっての歴史になる。

その意味で、とても象徴的だと思うのは、台湾へ兵士として行く。そして戦闘で、台湾人を殺すことになるのですが、台湾人の赤ん坊が一人生きのこる。その生きのこった赤ん坊を、この人の軍隊で育てる。名前もつける。単身者としての兵士たちが、その子の母親になる。父親にじゃなく、兵士たちが母親になる。母の歴史から切り離された子どもとして。そうすることで、母親と一体化する。これは「お母さん」と叫んで死んでいったという、昭和の戦争の死者たちにまで通じている無意識です。

旧満州、中国東北部やロシアを舞台とする破天荒なこの物語で、石光真清の生涯に大きな役割を果たすのは、みんな女性です。お花さん、お君さん、悲しい別れをしたお米さん。この女性たちはたとえ結婚していても、母親としての生き方をとらない。そういう女性たちとずっと一緒に行動して、いわば深い友情関係をたもちつづける。そして男である自分の戦友や旧友に対して以上に信頼を寄せている。異なる生き方や異文化とのふれあいに石光をみちびくのも、すべてそういった女性たちです。

そしてもう一つ、この人の生きた歴史の舞台に姿を見せる別の女性たちがいます。最初に大陸に進出していったのは、売春でした。一度だけ「娘子軍《じょうしぐん》」という言葉がでてきますが、一八八〇年代明治の十年代にすでに、ウラジオストックに日本の女性による売春宿ができている。歴史の織糸として、売春がある。

やがて、石光真清はロシア革命にぶつかるのですが、プラゴヴェシチェンスクだったか、ウラジオストックだったか、ロシア革命が最初にやったことというのは、売春宿の閉鎖でした。石光真清の目撃したロシア革命というのは、まず売春の否定だった。ただ、そこが反革命分子のたまり場になるからという理由で閉鎖したのです。

石光真清の語る、大陸に生きた女性たちの生き方は、家を出て国を出て生きた生き方です。国というのは、家のあるところ、母親のいるところ。

たとえば、一人の女性は、日露戦争で自分の夫が死ぬ。白木の箱で夫の骨が家に帰ってくる。そして心を込めて葬《とむら》う。ところが一ヵ月後にまた、もう一つ白木の箱がくる。一人の死に白木の箱二個とは何事だ、ふざけている。その死を自分で確かめなければ気持ちがおさまらない。それで単身大陸に渡る。そしてその後、二度と日本に戻らない。そうして、家を出て国を出て生きる生き方を、一人転々として生きてしまう。

日本の近代のつくりだしたのは国家の物語ですが、人それぞれにとって、それはあくまでもまず国と家の物語として荷《にな》われたものでした。

時代のもたらす変化について、石光真清は端的に、歴史は「どしどし変わる」というふうに言いあらわしています。変わるというのは、歴史の何がどしどし変わるのか。社会のシステムがどしどし変わっていく。

どしどし変わっていく社会というのは、いわば父の歴史です。父親の台詞として、「時代に遅れるな」という言葉が繰りかえし出てきますが、父親のもつ歴史の物差しというのは、時代は速い、遅れるな、勉強でも、仕事でも、商売でも、時代に遅れるな、です。時代というものはどしどし変わってゆくものだ、その時代に遅れをとるなという意識、感じ方。それが皮膚感覚になっている。

そうしてどしどし変わってきた父の歴史のもたらしたのが何か、石光真清はこの四部作のおしまいのほうで誌《しる》しています。自分の国（口語のクニ）、故郷の熊本に帰る。そうするとそこには知っている人間がいない。みんな東京に行ってしまった。自分を育ててくれたばあやも、知り合いも誰一人いない。明治のはじめに生まれて、熊本城明け渡しの攻防戦からこっち、どしどし変わる歴史を生きたあげく、年をとって、国である自分の田舎に帰ると、何もない。一変している。あっという間に様変わりする。

有為転変にみちみちたこの人の生涯の物語において、変わらないものは一つしかありません。欅《けやき》の木です。自分の国の自分の家の庭の、みごとな欅の木。

父親が大切にそだてた欅の木ですが、時代も変わる、社会も変わる、組織も変わる、故郷も変わる、何もかもが一変する、しかし、欅の木は変わらない。その木の下で、寺の住職が父親にしみじみと言う。

「石光さん。あんたは急進に組せず、保守に堕さず、しかも、それぞれの必要を理解しておられた。これも新時代の生みの苦しみじゃが、御心配は御無用。この大樹も、永い世の移り変わりを見てきたことじゃろうが、何も知らぬ気に生い茂っている。人生僅か五十年。この短い世に逢うて、末世と感ずるは心の迷いじゃ。なあ石光さん、そうではござらぬか」

その言葉に父親は微笑してうなずいたと、石光真清は感慨を込めて書いています。

どしどし変わっていくものとしての父の歴史がのこしてきたのは、その感慨でした。この国には、いまも毎年、国の行事として植樹祭があります。公共の場所になくてはならないのが記念樹です。根をもつ木は変わらない、あとは全部根なしで、全部変わってしまう社会という感じ方が、ずっと歴史に対する補償作用としてある。

後にロシア革命にぶつかってシベリアを去るときに、見送りにきた若い女性革命家が五十歳の石光真清にむかって、革命というのがこんなに困難なものだと思わなかった、私たちはいつどうなるかわかりません、と言う。

石光真清がシベリアに青年将校としてはじめてきたのが三十一歳のとき。「そのころあなたはお母さんの膝の上でお乳を飲んでいたか、まだ生まれていなかったかもしれない。ところが、その当時、私たちが羨望し、恐れおののいた大ロシア帝国の三色旗はもうどこにも翻っていないじゃありませんか。人生なんて本当に短いものですね。国の運命というのは、このように激しく変わってしまうものですよ」と、石光真清は言います。

その、「国の運命」というのが、それから先になればなるほどさらに有為転変をかさねることになる。石光真清の言葉で言うと、「人の行く末」より「国の運命」のほうが短いというのが、二十世紀という時代のもたらした歴史です。

『城下の人』四部作を読んで、ああそうかと思うのは、観念の言葉のありようです。国家、良心、運命、忠誠といった観念の言葉というのは、この人が生まれて以後に観念の言葉としてつくられた。そういったのっぴきならない観念の言葉が、この『城下の人』四部作においてとうに人生の確かなキーワードになっているということに、あらためて静かな驚きを覚えます。

江戸の言葉は、人生の言葉としてほとんどのこっていない。明治元年からこっち成長とともに習得した言葉で、すべてが語られている。日本の近代は、言葉の時代でした。それは言葉を、そして言葉によって観念を、また概念を習得する時代だった。単に新しい言葉を覚えるというだけではなく、言葉とともに生きる新しい生き方がそだった時代でした。にもかかわらず、明治以後人びとの人生をささえる言葉となったのはおおく、思想のというよりいってみれば処世訓でした。石光真清の人生を根本のところでささえたのも、思想ではなく、処世訓です。

親しく交わった橘中佐ののこした言葉が、この人の人生の拠り所になった。「兵休まざれば休むべからず。兵食わざれば食うべからず。兵と難苦を同じゅうし、労逸を等しゅうするときは、兵も死をいたすものなり。信用は求むるものにあらず、得るものなり」。うんと単純に言えば、石光はたったこれだけの言葉を元手にして、その波瀾万丈の生涯を生きています。

明治以後、人生の拠り所として差しだされてきたのは、戦陣訓から今日の社訓に至るまで、処世訓としての言葉であって、それが生きられた言葉になりました。スローガンも、さらにはイデオロギーですら、とどのつまりは処世訓になっていったのではなかったでしょうか。言葉とそのように付きあうことで、処世が生活になったというか、処世訓が思想といえるものにとって代わってきたのでなかったか。そう思うのです。そのような仕方で、言葉が果たしてきた役割というのはすごくおおきいのです。

言文一致という言葉のあり方が尋ねられたのは、教養人の言葉としてでなく、明治とともに登場した大衆にとどく言葉としてでした。大衆の言葉、人びとの言葉というのは、いつの世にせよ口語。どしどし変わる世の中において、委細かまわずどしどし新しい言葉、新しい言いまわしでしゃべる。ところが、二葉亭四迷もそうでしたが、坪内逍遙をはじめ明治の錚々たる教養人には、江戸の言葉がずっとのこっていました。二葉亭四迷にしても、しばしば推奨したのは、べらんめえ調の江戸市井の言葉でした。

たぶん明治の初めのころの新語というのは、いまのカタカナ言葉のように相当にうさんくさい言葉であったのだと思います。日常の口語にしても、ほとんどが崩れた言葉のように、あるいはおよそ不正確な言葉だと感じられていたのだろうと思えます。したがって、口語の言葉はずっと遅れて文学の言葉に入っていった。さらに遅れたのがジャーナリズムの言葉です。ジャーナリズムの言葉は明治においてはかなりのあいだ文語体にとどまっています。

石光真清が摑んでいたのは、世の中の変化というのは、人びとの生活感情の変化に至ってはじめて変化なんだという実感です。そうした生活感情の変化をもっともよく刻むのは日常の言葉で、文学やジャーナリズムから、新しい言葉がでてくるのではありません。

生活感情を容れるものとしての言葉のあり方というのを、端的にうかがわせるのが、シベリアに行って覚えるロシア語の話で、シベリアにきた売春宿の女将が現地でロシアの日常の言葉をたちまち使いこなしてゆく。日本の軍隊の出先は使いこなせないで、そういった女将のような人たちを当てにしなければ、どうにもならない。

シベリアの二葉亭四迷の話でおもしろいのは、入手したロシア軍の公文書の翻訳を石光真清が頼むと、にべもなく断る。こんな詰まらんものは嫌だと。そして二葉亭は自由なロシア語でののんきな会話を、毎日もっぱら楽しんでいる。日本語の言葉の不自由なありように閉口していた二葉亭が、日常のロシア語の口語の世界では実に寛いでいる様子が、印象的です。

言葉そして文章の問題は、明治から今日に至るまでずっとすべてに影響してきました。なんといっても法律が書き言葉で、文語体による成文法。近代日本の社会の仕組みの根底のところに、書き言葉の文化がある。教養もまたおなじで、教養の根底のところに書き言葉の文化があって、教養人であればあるほどむしろ文語体に思いを託すというふうなことが、ずっとあったと思うのです。しかし、『城下の人』四部作は、いっそ口述に近い書き方で、発想もきれいさっぱり文語体の世界から切れていて、いまも十分に通じるスタイルをたもっています。

どうしてかと思って、ふっと気づいたのが、島田謹二『ロシヤにおける広瀬武夫』です。おもしろいのは、石光真清と広瀬武夫は同じ明治元年の生まれ。しかも、同じころに同じようにロシアに留学している。

一八九七年、明治三十年に、広瀬はぬきんでたエリートとして国費留学でサンクト・ペテルブルクへ行く。明治三十二年に石光は私費でウラジオストックへ行く。広瀬は家庭教師について上流のロシア語を教わるんですが、石光は行った早々何しに来たのかと言われて、語学を勉強しにきたと言うと、「語学研究なんてものは労働しながらでも一年たてばできるものですよ」と諭されて、そこの小学校で生徒たちと一緒に勉強しています。

広瀬は後にシベリアを経由して帰国しますが、ウラジオストックという町にしても、広瀬の本に描かれる町と石光の本に描かれる町では、全然違う町のようです。広瀬もまたすぐれた人だったけれども、広瀬の思いと石光の思いの違いというのは、明治からずっと続いている二面性です。それはそれぞれの言葉との付きあい方に深く係わっています。

『ロシヤにおける広瀬武夫』によれば、広瀬はトルストイをよく読んでいる。しかし、偉い人なんかいないというトルストイには承服できない。「エライ人間はやっぱりいる。英雄や勇士の力によって社会の変る点も確かにある。それを見落としては困ると、彼は心の中で叫ばずにはいられなかった」。これが広瀬の得た歴史の見方です。広瀬はのち戦死して、軍神にされて銅像の人にされる。

正反対に、石光真清のたどりついた歴史の見方は、「一国の歴史、一民族の歴史は、英雄と賢者と聖人によってつくられたかのように教えられた。教えられ、そう信じ己れを律して暮らしてきたが…だが待て、それは間違っていなかったか。野心と打算と怯懦《きょうだ》と誤解と無知と惰性によって作られたことはなかったか」という、なんとも虚しいものです。同じ明治元年に生まれ、同じ時期にロシアに留学し、それぞれ海軍と陸軍に属し、かたや戦死、かたや昭和の戦争まで生き延びた、同じ時代を呼吸したはずの二人の歴史の感じ方がこれだけ違う。そのことにいささか粛然とします。

十九世紀から二十世紀にかけて、世界が帝国の時代から国民国家の時代に変わっていくなかで、新たに出てきたのが辺境という意識だったと思うのです。

近代国家の成立とともに、同時に、辺境は辺境になった。辺境から見る歴史と中央から見る歴史と、二十世紀の歴史には亀裂があります。石光真清が生きたのは辺境から見る世界です。広瀬武夫が殉じたのは中央から見る世界でした。この二人の生き方のあいだにひろがっているのが、近代日本の落っこちた亀裂です。

『城下の人』は明治の国内戦からはじまりますが、そのとき熊本藩はみずから火を放って熊本城を焼き、城下のほとんどが灰塵に帰します。二百余年つづいてきた町を焼野原にして、何もかも犠牲にする。しかし、日露戦争で、ロシア軍が撤退した後の大連へ入っていくと、町には人っ子一人いないが、建物一つ壊れていない。みずから撤退して、町をそのままのこす。人はいないが、町はそのままのこっていることに、石光真清はびっくりする。これが敗北ということかと。

戦争の考え方が違う。日本は、何もかも犠牲にし、膨大な人命を犠牲にすることによって、戦争に堪え抜くという仕方で戦った。それは勝った日露戦争でも負けた太平洋戦争でも同じです。

日露戦争の前線の司令官の言葉を、石光真清は書きとめています。「世界最強の大軍国であったロシア帝国の脅威から我が国の独立をからくも守り得たのは累々として死体を戦場に折り重ねたこれらの尊い犠牲のおかげである」。そして、司令官は漏らします。「ありがたいことじゃのう」と。東郷平八郎は最後まで艦上に身をさらして立っていた。そしてのこされるのはいつでも美々しいだけの言葉です。網棚にずらりとならぶ戦死者の白木の箱を運ぶ列車は、日露戦争において「凱旋列車」とよばれました。

近代化が国家の発見ということだったとすれば、すなわちそれは、国家が向きあうべき他者の発見でなければならなかった。他者とぶつかりあうほかない辺境に赴いた石光真清が、途方もない他者の世界に巻き込まれてゆくように、また広瀬武夫のような人にしても、いわば恋愛をとおして親しい他者を見いだすように、他者の発見がそれぞれの人生において個人の「私」をつくった。ところが国家の発見が、やがて国威の発揚になって他者をすっかり見失うようになるのが、日露戦争です。

幸福であったかどうかは別として、石光真清は明治という時代について、「国の運命と人の行く末が、細やかに結ばれていた時代」と誌しています。国の運命であって、栄光ではない。第一次大戦のときイギリスの詩人ルーパート・ブルックが、もし自分が死んでもここに埋められれば、大英帝国は永久にここにあるのだという詩を遺して、ギリシアの戦場で兵士として死に、海軍大臣だったチャーチルがその死を称えた。それはグローリー（栄光）であって、運命ではなかった。

日本の場合は、しかし、国家が運命として登場した近代化というところに、それからの日本という国の行く末も、人の行く末も孕まれてきただろうというふうに思うのです。

その運命の意識があるために、日本人がつねになによりも心を寄せてきたのは、栄光はわがことにあらず、自分の歴史を語れば、それが国の運命を語ることになるという、たとえば私記や日記、手紙、うた、遺書のような独特の親身な表現の形式だったのではなかったかと思うのです。

日本の近代は運命の物語は生んだけれども、栄光の物語は生んでいないのです。

ウイリアム・テルと自由

一冊の本の話からはじめたいと思います。

ビンヤミン・ヴィルコミルスキーという人の、『断片』という本です。「幼少期の記憶から1939―1948」という副題をもつ本で、一九九五年にヨーロッパで出て、九七年に日本でも翻訳が出ました（小西悟訳）。著者はユダヤ人。本の主題はホロコースト。ナチス・ドイツの絶滅収容所に送られた一人の子どもが生きのびて、戦後の一九九五年になって、ようやく手記を書く。それが『断片』です。

どういう本か。ヴィルコミルスキーはラトヴィアのリガの生まれ。生まれてしばらくして、戦争に巻き込まれます。一九三九年、ポーランドにドイツが侵入して第二次大戦の幕が切って落とされる。しかし、まだ幼くて、最初の記憶ははっきりしない、というふうに、手記は書きはじめられます。「幼年期のごく初期の思い出は、とぎれとぎれの映像と経過の瓦礫の山に似ている」。何ものこっていない。ただ、ごつごつとした記憶のかたまりしかのこっていない。

それについて書こうとすれば、ぼくは、整理づけの論理と大人の目からの見方を諦めねばならない。そういう論理や見方は、実際に起こったことを嘘にしてしまうだろう。

ぼくは生き残った。他の子供たちも何人か生き残った。ぼくらには、死ぬことが計画されていた、生き残ることではなかった！　計画のとおりに事がすすめば、そして、その計画のために考案された秩序によれば、ぼくらは死んでいなければならないはずだった。

けれども、ぼくらは生きている！　ぼくらは論理と秩序に逆らって生きている。

ぼくは詩人ではないし、著述家でもない。ぼくにできることは、体験したこと、起こったことの姿をできるだけ正確に——そのまま写しとろうと試みることだけである。

この人は小さな村で育った。その村に、ある日突然、ナチスの軍隊がやってくる。たまたまその日、少年は悪戯をして、そのお仕置きに、家の地下室に一人放り込まれていた。しかし、一日過ぎても、誰も呼びにもこないのです。それで地下室を出るのですが、すでに村は蹂躙され、人びとはみな殺しに遭い、少年の家も父も母も兄弟たちもぜんぶ殺されています。少年だけが生きのこる。それが始まりです。

少年はまだ幼くて、自分の名前もよくわからない。戦争だということもわからない。ただ、そこにやってきた、村の女の人たちと違う服装の女の人に抱き上げられて、汽車に乗せられる。その人の着ていたのはナチス・ドイツの制服です。行く先をその人にたずねると、「マイダネック」

と言われた。マイダネックは、後にアウシュヴィッツとともに、ナチスの絶滅収容所として知られるようになる強制収容所です。

収容所に送り込まれた子どもたちにとって、悩みだったのは便所です。収容所では、糞便はかならず汚物の桶でするか、あるいは、遠く離れたところまで行ってしなければならない。けれども、小さい子どもたちはその通りにできない。しかも汚物桶をひっくり返しでもしたら、どんなに泣きわめいても外へ引きずりだされて、それっきりになってしまう。

ですから、どんなことがあっても、みんな小便にも糞にも行かないのです。糞はその場にしてしまう。すると足元に、糞が溜まる。足首まで溜まるぐらいになると、その糞で足が温まって、寒い夜も楽になった、と言う。

また、こういう思い出。収容所の子どもたちは寝棚、つまり二段ベッドみたいなものがずっとつながった狭い寝床で寝させられた。しかし、次々に送り込まれてくるために、収容所の子どもたちの寝棚はつねにぎっしりで、身動きもままならないのです。

明るくなってからぼくは目醒めた。ぼくは寝棚の端までいざり寄り、下をのぞいた。その子たちはまだそこにいた。昨夜とまったく同じところに。まったく動かなかったかのように。ぼくはもっと前へ乗り出した。そして目に入ったものを信じることができなかった。

二人とも、顔を覆うようにじっと両手をかざしていた。ガラスのように透明な両眼を開いたまま。おおいやだ！　それはちゃんとした手ではなかった。ぼくが見たものは、ぼくが知っているどんなものとも結びつけることができないものだった。

手のひらは昨夜と同じようにまだ黒かった。けれどもその指！　指はもう白くなっていた。雪のように真っ白だった。しかし、それはちゃんとした指ではなかった。

それで、ヤンクルという名の、自分の兄貴分のようだった子どもに、「あれは何？　あの手を見て」と訊ねると、あれは手ではない、骨だ、とヤンクルは言う。

だけど、と少年は反問します。「なぜ二人の手の骨は外に出ているの？　ぼくの手の骨は皮膚で包まれているのに？　病気なの？」。でも、ヤンクルは答えてくれない。何かがおかしい。

「あの子たち、病気なの？」と、ぼくは繰り返した。ヤンクルは言った。

「そうだ――その病気の名は、飢えというやつだ。凍えた指は痛くない――あの子たちは、夜の間に指を骨まで噛ったんだ。けど、もう死んでいる」

『断片』というこの本を書いたヴィルコミルスキーという人は、そういう収容所にいた子どもだった。けれども、それからさまざまな偶然が重なって、選別されてスイス人の養子に選びだされ、収容所から出されて、汽車に乗せられて、国境を越え、自分の名とはまったく違う名で、スイスのチューリッヒ郊外で育てられます。

ほんとうの出自を、少年はずっと知らないままでした。自分が何者かを知るのは、学校に入ってからです。「子どもの記憶を不確かなものにし、子どもを黙らせることは、何と簡単なことか」。ただ、何か違うという感覚が、いつもどこかにあった。

歴史のなかにアイデンティティを失わされたホロコーストの子どもの一人として、自分自身をとりもどそうと、大人になった少年はこの本を書くのです。

この本の著者は、子どものときに、新しいアイデンティティとして、二つ目の名前、二つ目の誕生日、二つ目の出生地をもらいます。

著者の手にある証明書――暫定の謄本で、出生証明原本ではない――によると、著者の誕生日は一九四一年二月十二日。しかし、その日付けは著者の履歴とも、おぼろげな記憶とも一致しません。「法的に立証された事実と、ひとつの人生の真実とは別のものなのだ」。

だから、『断片』というこの本に、と著者はきっぱりと書いています。「わたしは、この切れ切れの記憶を、わたし自身とわたしの幼少期を究明するために書いた。おそらくこれは、解放を求める試みでもあった」と。

さて、ここまでこの本の話を聞いて、どんなふうに思われましたか。今日この本の話をしたのは、しかし、この本の話をしたかったためではありません。そうではなくて、この本のもつ本当の意味は、この本が伝えようとしたことは、じつはちがうところにある、ということをお話ししたいからです。

この、ヴィルコミルスキーの『断片』という本をめぐって、注目すべき記事を掲載したのは、雑誌ニューズウィークでした（日本版九八年十一月二十五日号）。その記事というのは、大見出しがこうでした。「古典？ それとも汚点？――ユダヤ人強制収容所での少年時代を描いた『名著』が全部でっち上げだとの非難を浴びている」。

三歳の子供の目で見た恐怖と飢餓を綴ったヴィルコミルスキーは、自分の誕生日も本当の名前も覚えていないと記している。

彼が育った戦後のスイスでは「すべてを悪い夢として忘れる」ことが望ましいとされた。それでも彼は記憶の断片をかき集め、生々しい光景の数々を再構築してみせる。

歴史に残る名著と評価されたこの自伝はまるでフィクションのような構成と内容をそなえている。そして、すべて作り話だという非難を突きつけられることになった。

突きつけたのは、スイス人のジャーナリスト。この本に語られた少年の話はおよそ実際の経験にもとづくものではない、と指摘したのです。

踏み込んで調べてみたら、この本に書かれていることは実際とまるで違い、ヴィルコミルスキーは一九三九年生まれでなく、四一年生まれ。しかもラトヴィア生まれではなく、そもそもスイス生まれ、というふうに。日本でも「ホロコースト文学の傑作」として上梓された『断片』をめぐって、そのため、その現場であるヨーロッパでは激しい論争になりました。

『断片』という本に語られた出来事が、すべて嘘だったのかどうか、まだ決着はついていません。この本の販売をとりやめるよう求めるユダヤ人もいます。この本が事実を語っていないのなら、ホロコーストという事実そのものがなかったように思われかねない事態をまねきかねないから、というのがその理由です。

アメリカ版の出版社は、カフカの全集を出しているユダヤの本を専門とする手堅い出版社ですが、その編集長の発言は意味深長です。すなわち、「ホロコーストの犠牲者になりたがる人間がいるとしたら、世の中は不思議だというしかない」。しかし熟慮の末、アメリカ版はこの後の重版を打ち切っています。

著者のヴィルコミルスキーは、このときインタヴューには応じませんでした。ただニューズウィークの質問には、文書で回答を寄せています。「私の本を文学とみるか個人的な記録とみるかは、読み手の自由だ」。

わたしが最初に話したのは、この本に語られた、読むものを動揺させずにいないような、私的な歴史の秘密です。しかし、その感動的と言えるショッキングな出来事は、その本に動かされたジャーナリストがみずから辿ってみたら、じつはまったくのつくりごとだった、というのですが、ここでわたしが話したいことというのは、「初めに読んだとき感動した本がある。ところが、その本はいまでは偽書と言われている。では、その本から受けとった感動というのは、何だったのだろうか」ということではありません。

『断片』というこの本は、たぶん事実そのままではないでしょう。と言って、偽られた物語なのでもないでしょう。この一冊の本にうながされるものは、この本が今日わたしたちに語ることは何なのかということをもふくめて、本というもの、あるいは書くということ、読むということの根幹に、もっとずっとふれていると言っていいのです。

この本に書かれた出来事がほんとうかどうか、ではありません。この本をめぐるもっとも重要なことというのは、この本に書かれていることは一人のスイス人によって書かれた歴史の「真実」であることに、本質的に係わっているだろうと、わたしには思えます。

なぜ、スイスか。

スイスという国について言えば、知られていることは何でしょうか。アルプスの山々。登山電車。湖。そして、時計とチョコレート。しかし、スイス人ということで言えば、たぶん日本でも一番よく知られているのは、ウィリアム・テルというスイス人です。このウィリアム・テルから、スイスという国のもつ独特の歴史のかたちを引きだして示唆的なのが、宮下啓三『ウィリアム・テル伝説——ある英雄の虚実』（NHKブックス）です。

ウィリアム・テルが、息子の頭の上にリンゴを載せて、そのリンゴを弓矢で射ぬいたという話は、あまりに有名です。

そのウィリアム・テルは、じつは二本の矢をもっていた。一本目の矢で、息子の頭上のリンゴを射ぬき、そして残るもう一本の矢で、圧政者の悪代官のゲスラーの胸を射ぬく。それを機に、オーストリアの属国にされていたスイスの民衆が蜂起して、スイス独立へ向かう、というのが、ウィリアム・テルの話。そのように、建国の英雄、最初のスイス人と目されてきたのが、ウィリアム・テルという人です。

宮下さんの本によれば、ウィリアム・テルは十六世紀初めに、謝肉祭、カーニヴァル劇の主人公として、初めて登場します。そうしてフォークロアのなかのヒーローとして、ウィリアム・テルは人びとのあいだに根づいて、歴史の息を吹き込まれてゆく。

ウィリアム・テルを「スイスの自由の創始者」としたのは宗教改革者として名高いツヴィングリとされますが、最初のスイス人というウィリアム・テル（ヴィルヘルム・テル）のイメージを決定的にしたのは、いうまでもなくシラーです。

『ヴィルヘルム・テル』は詩人のフリードリヒ・シラーの遺したもっとも有名な芝居の一つで、フランス革命後、ナポレオンがヨーロッパを席巻し、スイスの独立が失われていた時代に書かれた、独立独行の人としてのウィリアム・テルと、スイスの農民たちの群衆劇です。

シラーが書いたのは、フランス革命が歴史のなかにつくりだした新しい人間としてのウィリアム・テルでした。「奴隷となって生きるくらいなら、死を選ぶ」。後世にひろく知られてきた、シラーのウィリアム・テルの名セリフです。

この芝居で一躍ヨーロッパのスターとなるシラーですが、早くして死ぬ。死ののち、シラーを記念する碑がヨーロッパのあちこちに建てられますが、シラーの碑が最初に建てられた街が、じつは、『断片』の著者がみずから自分の生まれた街とした、ラトヴィアのリガなのです。記念されているのは、もちろん『ヴィルヘルム・テル』の作者としてのシラーで、碑には「汝は不死の生を生きるだろう」という銘が刻まれます。

「汝」というのは、「自由」のことです。

ウィリアム・テルは、ですから特定の人の名というより、スイスの自由をそのまま体現してきた名です。ウィリアム・テルの伝説の国であるスイスは、こうして、十九世紀、二十世紀をとおして、「自由」をになう独立独歩の国になった。

そうして、国境を越えればそこに「自由」がある国として、独裁や圧政をのがれて捲土重来を期する亡命者たちの国にもなった。世界に名だたる銀行の国としてのスイスを可能にしたのも、ウィリアム・テルの伝説の国であるスイスの「自由」です。


ウィリアム・テルというのは、長いあいだずっと実在の人物と考えられていました。ところが、十九世紀にきちんと調べてみたら、実在の人物ではなかったことがはっきりします。

ウィリアム・テルはいなかった。みずからの国を独立させ、スイスの自由をみちびいた建国の英雄が、そうして誰もがずっと歴史上の実在の人物と信じてきた希代の人物が、ほんとうは、どこにもいない、虚構の人物だったのです。

だからといって、スイスはウィリアム・テルの伝説を、みずからの歴史から葬ってしまうようなことをしませんでした。

実在しないとわかったウィリアム・テルを、それでもスイスの「自由」の主人公として、人びとのこころのなかにそれから据えなおしていったところに、小国スイスの土性骨《どしょうぼね》があります。ウィリアム・テルをあざやかに蘇生させたのは、「伝説」と「歴史」の対話劇です。宮下さんの本に引かれている、その祝祭劇のせりふ。――

「歴史」が問います。「居たこともない人間が、どうして生きかえることができようか?」。

「伝説」は、芸術にやどる深い真実を説いて、こう答えます。「このような英雄伝説を生んだ民にとって、テルは生きている、たとえ彼がこの世に居なかったとしても」。

スイスというのは、そういうウィリアム・テルの国なのです。

そのウィリアム・テルが、スイスの自由にとってかけがえのない意味をになうのは、一九三〇年代のヒトラーの時代です。

第二次世界大戦直前、シラーの『ヴィルヘルム・テル』が、「スイス方言」に翻訳される。スイス方言のドイツ語は、本来のうつくしいドイツ語でないとして見下されてきたと言いますが、そのスイス方言のいわば壊れたドイツ語に、こともあろうに、ウィリアム・テルの名を不朽にしたシラーの格調高いドイツ語が、わざわざ書き換えられる。それは、(宮下さんによれば)「今や、スイスがドイツではないことを示すため」の、スイス人の「精神的抵抗の表現」としてでした。その後、ナチス・ドイツはドイツの学校で、『ヴィルヘルム・テル』を教えることを禁じるのです。

ここで、話を、ヴィルコミルスキーの『断片』に戻すと、ナチスの強制収容所の少年が収容所を出されて、スイスに連れてゆかれて、養子にされて、そうしてスイスの学校に入って教えられるのが、スイスの伝説のヒーローであるウィリアム・テルの話なのです。

少年に、学校の先生が訊ねる。「スイスの英雄の話を知っていますか?」。スイス人でない少年はウィリアム・テルの伝説を知らないし、「英雄」というのはナチスのドイツではヒトラーの兵士のことです。

「英雄って?」戸惑う少年を見て、教室のみんながあざけります。すると先生が、矢を持った男と、頭の上にリンゴを載っけた子どもの壁掛けの絵をひろげて訊ねます。

「この絵は何の絵?」少年は、答えられない。

「この絵をよく見なさい! 何が見える?」女先生は苛だって言う。

ぼくはもう一度むりやり目を向けて、その絵を見る。

「ぼくには……ぼくには、SS(ナチスの親衛隊)の男が見える……」

ぼくは、ためらいながら言う。そして「この男は子どもを狙って射っている」と急いで付け加える。

教室は大騒ぎになります。スイスの精神をあらわすべきウィリアム・テルを、子どもを狙い射つヒトラーの兵士だというのですから、当然です。

学校の帰り道で、学校の子どもたちが「まるで蜜蜂の群れみたいに寄ってたかって」少年に襲いかかる。

家に帰ると、「遅かったじゃないの」と、養母が少年の汚れた服を見て言います。「学校で何をしたの？」。少年は肩をすくめて答えます。「別に、何もしないよ。ただ作り話をしただけ」。

『断片』という本は、スイスに生きているウィリアム・テルの伝説を見すえて、このように少年がつぶやく「作り話」として書かれた本なのです。スイスが自分の自由のためにウィリアム・テルという「作り話」を必要とするように、『断片』の少年に必要なのも、自分の自由のための「作り話」です。

そのような少年の「作り話」によって語られるのは、ウィリアム・テルという伝説の否定ではありません。そうではなくて、ウィリアム・テルの伝説を「英雄」の伝説にしてしまうことの否定です。

ナチス・ドイツに厳しく対峙したドイツの詩人劇作家のベルトルト・ブレヒトの芝居『ガリレ

イの生涯』（岩淵達治訳）の、のちにひろく知られるようになったガリレイのせりふを思いだしてください。

アンドレア　（大声で）英雄のいない国は不幸だ！

ガリレイ　違うぞ、英雄を必要とする国が不幸なんだ。

ちなみに、『ガリレイの生涯』が書き上げられたのは、シラーの『ヴィルヘルム・テル』がスイス方言に翻訳されたのとおなじ一九三八年です。

スイスの人びとの自由を体する名であって、歴史をつくった英雄の名ではない。そうしたウィリアム・テルの国であるスイスは、ですから「英雄」の国なのではありません。そうであるように、歴史というのも人びとの歴史であって、「英雄」の歴史ではありません。

ヴィルコミルスキーの『断片』という本は、ウィリアム・テルの伝説を下敷きとして書かれているだろうというのが、その本を読んでの、わたしの考えです。『断片』のユダヤの少年も、おそらくはもう一人のウィリアム・テルなのです。

もともとウィリアム・テルなんて人物はいなかった。だからと言って、ウィリアム・テルなんて知らないと、けっして言わなかった。その逆に、ウィリアム・テルという「作り話」を、なくてはならない伝説として引きうけなおした。

その後にもウィリアム・テルの話はのこりますが、欽定憲法と教育勅語の時代には、それはいつか息子の頭に載せたリンゴを射ぬく父と子の情愛の挿話にすぎなくなって、スイス独立の人びとの気概をうたう自由の物語でなくなります。

この国でウィリアム・テルの物語が、本来の自由の物語として復権するのは、昭和の敗戦後。一九四六年の日本国憲法公布の一年後、新しい小学校の音楽の時間でまなぶ音楽に決められたのが、ロッシーニの『ウィリアム・テル序曲』です。

昭和の戦争後に、わたしはロッシーニの『ウィリアム・テル序曲』を、小学校の音楽の時間で初めて聴いた世代の一人です。ウィリアム・テルの物語は、その意味では遠い国の遠い時代の物語どころか、この国のたどった近代の道筋をそのままのこす物語でもあります。

シラーは、ゲーテの力添えで、イェーナ大学の歴史学教授の職を得ます。そのとき大学の連中は、シラーが歴史学教授を名のることに反対した。それでシラーの肩書は、哲学教授になった。シラーのウィリアム・テルが、歴史学教授を名のらず、哲学教授を名のった詩人の手から生まれた歴史劇だったことは、おそらく偶然ではありません。

ウィリアム・テルの物語が伝えてきたのは、ウソからでるマコトでつくられる人びとの心性の歴史のありようです。

事実が歴史のすべてではありません。事実や噂、言葉や嘘をとおして、人びとに受けとめられ共有されてきた、名づけようのない、しかし確かなもののうちに、いつか真実と見なされるようになる何かがのこってゆくのが、歴史とよばれる人びとの物語だ、とわたしは考えています。

『断片』という、一人のスイスの市民の著した一冊の本が、その本を読むものに手わたすものは、歴史の真実とは何かという、厄介だけれど奥の深い問題です。最初は称えられ、のちに偽書と指さされた、この「ホロコースト文学の傑作」は、ここに書かれていることは事実なのか、事実でないとすれば何なのかということを、読むものに質《ただ》さずにはおきません。

「ぼくが習い覚えた言葉は、ぼくのものになりきることがなかった」と、『断片』の著者は誌しています。

読む。何を？　――これは嘘かもしれない。嘘として書かれた真実かもしれない。あるいは、真実として書かれた嘘かもしれない。読むというのは、その本を手がかりにして、共通の認識の場へ自分から入ってゆく、ということです。そうやって、その本が棹さしている、人びとの物語という長い川の流れを読む。

読むというのは、考えるということです。考えるというのは、わたしの言い方で言うと、深く感じるということです。

いかに深く感じるか。深く感じることができなければ、考えることができない。考えることができなければ、読むことはできない。一冊の本が深く感じるものにくれるのは、考える楽しみなのです。

V

走り不動

その言葉に出会って、このような人がいたのだという感慨を覚える。そしてその記憶が、それからずっと自分のなかに、風の感触のようにのこってゆく。あるとき、そのような幸運な記憶を手わたされたと思う人に、沢庵宗彭《そうほう》（一五七三―一六四五）がいる。

沢庵の歌の一つに、わたしの生まれ育った土地の名が遺されている。

乱るなと人を諫《いさ》むる折からに、わが心さへしのぶもぢずり

「しのぶ」は信夫、「もぢずり」は文字摺。いまも福島市にのこる地名だ。江戸の初めに、山林閑居をのぞみながら、思わざることから治世に背くことになった沢庵が、羽州上山《かみのやま》に配流される途上にうたった歌。その歌のせいで、沢庵という人は、いつかわたしのなかで、文字を摺る思索家としてのイメージをむすんできた。いまでもそうだ。

沢庵の言葉は簡略だけれども、簡略であればあるほどにアイロニーの影を深くしてゆく、そう

した言葉である。「人無心にして物よく感ず」。伝わってくるのは、言葉というのは思索のかたちにほかならない、という諂《へつら》いのない姿勢だ。

「心を何処《いづこ》に置かうぞ」という問いに対して、心を「繋ぎ猫」にしてはいけない、と沢庵は言う。「心を繋ぎ猫のやうにして、余処《よそ》にやるまいとて、我身に引止めて置けば、我身に心を取らるゝなり。心をばいづこにも止めぬが、眼なり、肝要なり。いづこにも置かねば、いづこにもあるぞ」。

配流された沢庵の復権に尽くしたのは、剣術の達人とうたわれた将軍家剣術指南役の柳生宗矩《むねのり》。沢庵がその柳生宗矩にあたえたという『不動智神妙録』というのは、まさに文字を摺る思索家による思念の書だ（市川白弦『沢庵　不動智神妙録・太阿記・玲瓏集』）。

考えるとは、自分のうちに、新しい概念をみずからみちびくこと。沢庵の遺した『不動智神妙録』を繰っていまさらのように思い知らされるのは、いや、体感させられるのは、そのことだ。

不動について、「諸仏不動智と申す事。不動とは、うごかずといふ文字にて候。智は智慧の智にて候」と、沢庵は言う。「不動と申し候ても、石か木のやうに、無性なる義理にてはなく候。向ふへも、左へも、右へも、十方八方へ、心は動き度きやうに動きながら、卒度も止らぬ心を、不動智と申し候」。

注解に言う。動かないというのは、自由自在に動くことである。心が何か特定のものに止まると、それをめぐって、あれこれと分別が動きまわる。止まると、動きまわるのだ。動きまわらぬ心は、不動の心である。不動の心はどこにも止まっていないゆえ、自由自在に動くのだ。止まっている心は、たえずぐらついている。ぐらついていない心、すなわち不動心は、自由自在に動く。

唐の禅匠は、「不動尊とは、どういうのですか」と問われて、「東奔西走」と答えたのだそうだ。民間信仰に「走り不動」というのがあると、市川白弦は記している。それは、衆生の苦しみ悩みをきいて、それを救おうと走りまわる不動だ。そして、たとえば雨ニモマケズの詩は宮沢賢治にみる「走り不動」の詩であろうか、と。

世の移りゆきについて、「かはりたると見るは、見のすぼき（見方が狭い）故也」とする態度を、沢庵は崩すことがなかった。「今の世にはあだ花のみ咲きて実なし。言葉をとるばかりなり。甘といふ文字唱へたりとて、口あまかるべからず。火ととなへたりとて、口あつかるべからず」。

悦ぶべきは、それから四百年を経たいまも、沢庵の名が漬物と漬物石の代名詞として、日々に親しいこと。後世に沢庵が遺したのは、いかにも漬物と漬物石の代名詞にふさわしい、時代に踊らない、アンチ・ヒロイズムの考え方であり、日々の受けとめ方だった。どこまでも「平日」の思想家だ。

心こそ心迷はす心なれ、心に心心ゆるすな

沢庵の味を言葉で噛みしめたければ、これ。

或る人の云へるは

心覚え。自分で自分のためにつくる人生の字引き。心に覚えているもの、覚えておくべきこと、忘れないためにしるしをつけて、心に蔵っておくべきこと。ものの考えかた、身の処し方、自分を省りみる手だてとして、まず心覚えにあたり、心覚えを手繰りながら考えてゆく。そうした日々の心覚えを伝えた本の一つに、三百年前の長崎の人、西川如見《じょけん》のつくった『町人嚢《ぶくろ》』『百姓嚢』という、江戸の昔の冊子がある（飯島忠夫・西川忠幸校訂）。

嚢は袋、大事なものを入れて、つねに身につけて持つもの。『町人嚢』『百姓嚢』に収められている大事なものというのは、この世の人の在りようだ。名の通り、江戸時代の町人の、そして農民の人生の字引きとしてつくられた二つの冊子は、けっして大きな本ではないが、特徴的なのは、話のすべてが「或人の云」「或る人の云へるには」「或る人戯れて云」「或人の咄に」というような書き出しで記されていること。

書きとめられているのは、「或る人」たちの言葉だけ。誰であろうと、誰もが「或る人」であり、ひとしく市井にある無名の人で、どんな隔てもない。誰もがその場の談義を楽しんでいて、このことについてこういう考え方もあるということをおたがい持ち寄って、この世の人の在りようについての心覚えを、人生の字引きとしてこしらえたというふうなのだ。この世にあって、人は「或る人」以外の何者でもない。

　たとえば、「貴《たつと》きは心を労し、賤《いやし》きは形を労す。いづれか労することなからん。貴は賤を安くするを勤めとし、賤は貴を養ふ道を業とす。ここをもつて、上下たがひに身を持ち命を全くして、此世を楽しみ心を慰めりと語るに、或る人の云。いづれを貴く白《いさぎよ》しとし、いづれを賤く黒《きたな》しといはん。手は上に位して貴しといへども、反て不浄の役に与《あづか》る事多く、足は下に在て賤といへども、却て不浄の役を受くる事少し。此故に清き物は穢《けが》るるが中より出、黒《きたな》きは白《いさぎよ》きが中より出」。

　また、「或る人のいへるは、依怙贔屓《えこひいき》といふは、非なる人を助けて是《ぜ》とする也と思ひならはせるは、大なる誤なるべし。直なるを助けて曲れるを捨て、是なるが非に落ちんとするを助くるを依怙贔屓とはいへり。贔屓は力を以て物を負ふかたち、依怙は人により頼まるる心にして、依怙も贔屓も、みな人を助くるなり。しかるに、依怙といふを、理を非に曲る事にいひならはしたるはいかにぞや。是なるを非に落とし、非なるを是とするたぐひは、私曲偏頗《しきよくへんぱ》などといふべしといはれし」。

　あるいは、「或る人の云。楽に二つあり。真楽俗楽とかや。天地人物の理をしり其道を楽しむは真楽なり。飲食色欲遊興は俗楽なり。俗楽はまことの楽にあらず。苦其中に有り。真楽は貴賤貧富を隔てず、求むる時則《すなはち》あり。俗楽は貴賤貧富の隔て有りて、富貴に多く貧賤に少し。いかに俗楽をねがふか真楽をねがふかといはれしに、答へて云、いかにも真楽とやらんはおもしろからず。俗楽こそあらまほしく候」。

ああ言えば、こう言う。こう言えば、ああ言う。町人に主人なし。町人は「猶々丸腰のままの唯一僕《ただぼく》」だ。そして百姓とは、その字の通り、もとは女から生まれたすべての民の名にすぎない。幕藩の支配する士農工商の世に、いかにもふさわしく町人百姓の心得を説きながら、明るい談義のはしばしに、市井の人たちの意気地が滲んでいる。

『町人嚢』『百姓嚢』から伝わってくるのは、江戸という時代の持っていた「聞く文化」のゆたかさだ。ゆっくりと談義を楽しみ、人の話に耳を澄まし、聞き入り、聞き分ける。そうした聞く耳を失うとき、心覚えをみずからつくって身に持つ能力は衰えるだろう。江戸の昔から遠く離れて、いま十七世紀の長崎の人のつくった人生の字引きを引くと、この世の人の在りようをめぐって、心覚えをみずからつくる能力がいつか急速に衰えてしまった今日という時代の疾患に、いまさらに気づく。

「或る人の云。天地に凶事なし。凶は人にあり。呂宗《ろそん》といふ島国は熱国にて雨少なき国なり。村里に一樹の数十丈なる大木ありて、此下に一井あり。この水を一村の諸民、用水に汲み、あるひは田畠にそそぎて、菜穀を養ふに、皆汲み取りといへども、その大木の上に毎夜雲霧おほいて、露を下すに、翌朝また井水盈溢《みちあふ》るといへり。そののち此木を伐りてより、この井水絶へて、万民くるしめりとかや」

「水木は山沢《さんたく》の精気なるを、山を伐りあらし、池沢をうづむたぐひ、かならず国の凶事を招くなり。是領主地頭、村里の長たる人、しるべき事なり。一旦に利ありといへども、終に後に災《わざわひ》と成事をしらざるの、教戒とすべきなり」

心のアルマナック

物に即《つ》く。物に即いて、その物に語らせ、その物に語らせて、その物が必要としているだけの言葉を曲筆なく書き取って、日々に必要な言葉として、手元に置く。ぶっきらぼうといえばぶっきらぼうとしか言えないが、飾りのないそうした簡潔な言葉のありようが、じつは日常のありふれた光景をどれほど深くはっきりと見せてくれるものかを、いまなおつくづく思い知らされる、十七世紀は江戸の一冊の農事書。

『百姓伝記』は、いわば無名の書だ（古島敏雄校注）。土によって生きる土の民としての農民の生活の技術を伝える、どこまでも実際的な農事書で、学芸の書でも、処世の書でもなく、伝記といえば普通は個人の生涯の記録を言うのだが、そうした個人の伝記でもない。だいたい誰が書き遺したのか、それすらも知られていない。ひたすら農業に必要な技術を、必要なだけの言葉で刻んだ、あくまでも日常の書だ。

そうであって、『百姓伝記』に書きとめられた言葉には、どんな上手の言葉もおよばない、生活の質実があって、その言葉の確かさにとらえられる。

〔六月〕　六月（陰暦）大暑となる。大火（アンタレスのこと）西にながれて暑し。また冷風はじめて吹く。白露はじめて草木に置く。なすび・ささげのさかりとなる。先づ麦蟬といひて、とつと小さき蟬鳴きはじめ、次にまめ蟬といひて、またすこし大きなる蟬鳴き、米蟬といひて大蟬山里におほく鳴く。やまもも・すももあからみ、民家に蠅おほくいづる。土用に入り、秋ちかし。夕立ちしげく、六月の終りなり。

『百姓伝記』において、なにより肝心なのは、今日のように、まず「私」なのではない。まず、土だ。そして、水だ。木だ。日差しと影だ。それから四季だ。「私」はまずちゃんと自然を見ることを覚え、みずからちゃんと自然を生きることができなくてはならない。

〔山〕　山をみるに、草木の色あひ一色にて、木のたけ大小なく、ひらみてみへる山は、いづくの山も下かた岩なるべし。谷の草木は色あひ嶺にかわりて、黒みみへるものなり。

〔土〕　一番に黄色土、二番に白色土、三番に赤色土、四番に青色土、五番に黒色土。

〔田植え〕　東むき、西かぜを負へ。種物を蒔くに、西風の吹く日、巳の刻（午前の十時ごろ）に蒔きてよし。風を負い蒔けば、もみむら蒔きなく、苗代にちる。風にむかへば、種ちりかね、一処に落ちて、苗にうすきとあつきありて、あしきなり。あたたかなる日に蒔く、手まはしよけれども、東南の風は雨をこふ風なるにより、きらふなり。田畠共に雨の後、種物を蒔きてよし。雨気に種物を蒔きては、生へ出しあしく、不性になること多し。必ず春は南風・東風に雨降るものぞ。南東へむき、種物を蒔く事、陽気をむかへるこころなり。

『百姓伝記』につらぬかれるのは、三思一行、「ものいふとて言葉をたくみになし、永永敷言語をなす事、わざにあらず」という戒めだ。にもかかわらず、物について語るのでなく、物によって語られるその言葉はうつくしく、しばしばすぐれて散文詩のようだ。

〔空地《うつけ》〕　空地と云ふ所は、土かとみれば土にあらず、砂かとみれば砂にもあらず、灰かとみれば灰にもあらず、またごみ・あくたの腐りたるかとみれば、土の類なり。乾きても、また雨中にもくさ〳〵と足入る。水にたててみれば濁りなく、雲母の粉を水に入れたるごとく、そのまま水澄む。かろき事、藤灰か、わら灰のごとく、水をもつこと叶わず。またかつぱりと干あがる事なく、鍬打ち込むに、鍬かまち（框）までたふ〳〵と入る。空地は土かろく、地しまらず、しめりをもたざるゆへ、諸草生えつかず。

〔麦〕　麦の出来よきは、生え出の時より葉ひろくひだりへねぢ、ひるの葉かすいせんの葉を見るやうにあつく、色あひ黒く、ひたものいづる葉つよく、根ぶしより子さき出、繁りふしたつまで、うぶ葉青く、子そだちも親麦も切そろへたるごとく一そろひにのび、丸根のときくわんざう（萱草）の生え出るをみるごとく根ふとく、根はらみの時にはこえたる芦（蘆）を見るごとく、本穂はらみになりて荻・すゝきなどの穂に出るやうに、穂先さしては切そろへたるやうに、色付に随て根より一同にあかくなり、つぶさきいら〳〵として、穂ごとにしひな（粃）なく、穂も殻もきつねいろに、刈りしほをもちて（刈りとるときに左手で握って）節おれせず、刈り跡も小葦などを刈りたる跡のごとく、こわくくじけざる。

『百姓伝記』を繙《ひもと》くと、江戸の民のきびしい生活を支えた心の習慣のゆたかさと、その心の習慣をただもう振りすててきた、今日の市の民のゆたかな社会の貧しさに、いまさらながら思いが走る。ちゃんと自然を見て、ちゃんと自然を生きることがなくなって、いつか日々を支える心の習慣が、市の民の生活にはなくなった。市の民は『百姓伝記』を、いまこそ心のアルマナック（暦）として手にすべきだ。なにより想像力のテクストとして。

歯の神様

柳生飛騨守宗冬は、のちに将軍となる綱吉の剣術指南だったが、総入れ歯だったのだそうだ。奥歯をしっかと噛みしめなくては、剣はふるえない。剣術指南が歯なしでは、話にならない。歯が立たなくては、剣の使い手はどうにもならないのだ。歯の根があわないようでは、どだい様にならない。剣は、無言だ。口先のごまかしはきかない。歯の浮くようなことは口にできない。歯に衣を着せず、正眼に構えなければならない。

歯は、すべてだ。人は、生まれて歯が生えて人になり、死んでなお、自分の証しとなるのも、歯だ。柳生飛騨守が遺したのは、見事な入れ歯だった。とにかく手の込んだもので、義歯床は黄楊《つ げ》で彫ったもの。その床の鳩尾形の溝のなかに、灰白色の蠟石でつくられた義歯が塡めこまれて、三弦糸でしっかり留められている。一個の蠟石に歯二つを彫って、上下五個ずつ。巧妙きわまりない入れ歯だった、という。

歴史は過ぎ去るが、歯はのこるのだ。日本人の歯をめぐる遺聞を集めた神津文雄『歯の神様』という本によると、こと入れ歯にかけては、世界に先駆けていたのは江戸だったらしい。ヨーロッパでは将軍綱吉の時代にやや後れて、ようやくバネつきの義歯が考案されるので、それも総入れ歯となると、北米最初の大統領ジョージ・ワシントンがバネつきの総入れ歯をつくったのも、柳生飛驒守が死んで、じつに百年も経ってからだ。

歯切れがいい。歯切れがわるい。切歯扼腕。歯を食いしばる。歯噛みする。人の心のありようを歯によって表わす言いまわしは、いまも日々に親しい。歯は人なり。歯はただ歯であればいいというのでなくて、歯をむきだしにするのは醜く、歯がゆいのはじれったく、白い歯を見せるのは屈託がないというように、人の心持ちをそのままに見せてしまうのが、歯なのだ。

『歯の神様』を読むと、名を知られない人も名高い人も、ひとしくアーンと口のなかを見せている。人を見るに口中をもってするという按配だから、口をへの字にむすんでとりすますということは、誰もできない。誰だって口あんぐりとなると、まったく思いもよらない表情をどうしたって見せずにはいないので、口のなかから見れば、人の表情は顔がすべてではなくて、歯もまた、それぞれの人生の表情をもっている。

たとえば本居宣長だ。宣長もまた総入れ歯の人だった。それは、殊外宜キ細工成物ニシテ、存じ之外、口中心持わろきもなき物、で、上出来の入れ歯の口をきっとむすんで、宣長はほけ〳〵しき老の寝ざめの、心やりのしわざは、いとゞしく、くだ〳〵しく、なほ〳〵しきことのみにて、あなものぐるほし、と筆を走らせたものの、よほど歯をギリギリ噛みしめて日夜を過ごしたのか、たった二年で、また新しい総入れ歯をあつらえている。

小林一茶は、歯なしだった。膿漏歯になやまされ、歯が次々になくなって、のこっていた最後の歯も、煙管《きせる》掃除の竹の棒を歯で引っぱりだそうとしたばかりに、めりめり砕けてしまう。あはれあが仏とたのみたるたゞ一本の歯なりけり。さうなき過ちしたりけり。しかし、立派な総入れ歯は、素寒貧の一茶にはおよそ無縁だ。隠れ家や歯のない口で福は内——歯をギリギリ食いしばって生きる生き方を、一茶はしなかった。

江戸の時代に世界に先駆けた木床《もくしよう》義歯は、歯に孔をあけて糸をとおして漆で固定するというもので、総入れ歯で相場一両。入れ歯師は香具師《やし》に数えられていた、という。木床義歯は別名、皇国義歯とよばれたが、明治以降は、西洋医術ノ所長ヲ採用ス、という太政官布達とともに、十九世紀末ごろまでにほとんど廃れてしまう。太平洋戦争の半世紀もまえから、人びとの口のなかには、すでに宣長の重宝した皇国義歯はなかったのだ。

歯は、わたしたちの口のなかにある、文明のかたちなのだ。わたしたちの遺す歯を見て、後世はいったいどんな文明のかたちを認めるだろうか、と考える。

近代になるまで、どうしようもない歯の痛みを一手に引きうけていたのは、さまざまな虫歯の神様たちだった。なかでも虫歯の神様として人びとに慕われたのは、神様といっても野の仏で、弥勒菩薩や如意輪観音の、いわゆる思惟像だったと、『歯の神様』は記している。頬にじっと片手をあてたままの野の思惟像の石仏に、その昔、人びとは歯を病む仏のすがたを重ね見て、どうか歯の痛みを癒してくださいと祈ったのだった。

歯の神様を必要としなくなった今日の世は、歯の痛みをたやすく取り除くことができるようになって、歯の痛みをともにしてくれる思惟像がすっかり忘れられてしまった世でもある。口をアーンとあけてみれば、わかる。口のなかの近代にほかならないわたしたちの歯は、きっと、祈るべき思惟像をもたない文明のかたちをしている。

太平の楽事

腹が減っては戦さはできないという諺を、正しいとは思わない。そうではなく、空っ腹こそ戦さの始まりというほうが、ずっと正しいのではないだろうか。とは言え、食足りて礼を知るというのだって、けっして正しいとは言えない。食足りて礼を欠くと言ったほうが、いまではおそらく、もっとずっと正しいだろうからだ。

人の日常の行為を支えるものはといえば、どうしたってまず、その人の感情や思想のはずだ。けれども、実際は感情や思想どころか、しばしば腹具合なのであって、どうでもいいことのようであって、じつはそうではないのが、腹具合だ。その人たちの立ち居ふるまいにのっぴきならず係わってしまう、どうにもならない穏やかならざる問題が、人の腹具合なのだ。

腹具合を口にすることは、いかにも慎みに欠けると思われがちだけれども、事実はちがう。腹具合を言い表わすことで、心のさまを表わす言いまわしほど、むしろ日々に親しい言葉は、あまりない。腹立たしい。むかっ腹が立つ。どうにも腹に据えかねる。腹黒い。腹が読めない。腹を探るのだ。腹を読むのだ。腹芸でゆくか、腹いせするか、腹におさめるか。物言わぬは、腹ふくるるわざだ。腹ごしらえして、腹を決めるのだ。

すなわち、腹をくってかからなければならないのが人生であり、その人の人生はその人の腹一つだ。すべては、腹具合なのだ。それだけに、腹具合というのは、まったく私的なことのようであって、ほんとうはまったくそうでない。社会が貧しければ、腹具合の理想はいかに多く食べるかであり、社会が豊かになれば、理想はいかに少なく食べるかになる。腹も身のうち。腹具合は、身のうちにある社会を測る物差しなのだ。

消閑の書としてならぶものなしと思う本に、近世の奇聞巷説集めた『随筆辞典』五巻があり、その一「衣食住編」（柴田宵曲編）に、江戸で評判だった大食会の話がでてくる。

「享和より文化の頃、東都にて大食会と云ふ事流行して、甲乙を附け、判付に人名を記し、もてはやす。幼き時、父につれ立ちて、柳橋万八楼にこの会あるを見に行く。府内は勿論、近在よりも心得たる者は来り会す。見物も多くありて花々しき事なり。まづ上戸下戸と席を左右にわけて、中央に行事の世話人居る。双方の飲食の員数を帳に記し、また張出す。その日上戸の大関は医師の薬箱のふたにて酒一杯半、関脇同じく黒椀にて三十一杯、下戸の大関黒砂糖二斤、唐がし五合程、関脇大饅頭七十二、二八蕎麦廿八、その余皆これに准ず」

両国柳橋の大食会はよほどの話題だったらしく、青木正児《まさる》『抱樽酒話』にも、江戸の文集からそのびっくりするような番付が引かれていて、それによると、酒組の横綱は、三升入り盃で六杯半飲んで、その座に倒れ、しばらく休息して目を覚ますや、やおら茶碗で水十七杯。飯組の東横綱は、普通の茶漬茶碗で、万年味噌と香のものだけで、飯六十八杯、醤油二合。西横綱は飯五十四杯、唐がらし五十八。蕎麦組の横綱は、二八蕎麦六十三杯。

呆れるのは菓子組で、饅頭五十、羊羹七棹、薄皮餅三十、茶十九杯が東横綱。西横綱が饅頭三十、鶯餅八十、松風煎餅三十枚、沢庵丸のまま五本。張出横綱が米饅頭五十、鹿の子餅百、茶五杯。なんとも恐れ入るばかりだが、「太平の楽事羨むべし」というのが、「僅かばかりの配給米に露命をつなぎ、たまさかの配給酒か闇酒に咽を沾《うる》おし、一きれの羊羹にあゝ甘かったと舌鼓を打つ」昭和の戦争の世の辛酸を生きた碩学の感想だ。

腹具合には、自分の生きている時代のイメージがある。自分を知るというのは、自分の腹具合を知るということだ。自分の腹具合を知らないのが、餓鬼だ。飽食の世に腹の虫がおさまらない向きには、『随筆辞典』からもう一篇、腹蔵なき飢えざる法を。

「黒大豆五合、胡麻三合、水に一夜浸し蒸すこと三度、さてよく干して二色とも手にて皮をとり舂《うすづ》き、拳の大きさほどにつくね、甑《こしき》の中に入れて、戌の刻より子の刻まで蒸して、あくる日寅の刻に取出し、日に干し付けて食ふべし。拳ほどなるを一つ食へば、七日飢ゑず。二つ食へば四十九日飢ゑず。三つ食へば三百日飢ゑず。四つ食へば二千四百日飢ゑずして、顔色おとろへず、手足の働き少しも常にかはることなし」

「黒大豆をよくむして、一日食物をくはず、翌日かの黒大豆を食し、外の食物をくふことなく、渇時は水を飲むべし。如レ此一年ほどすれば、後には一切の食物をくふことなくて仙人となる」

横たわるもの

ヨーロッパ人の喪服は黒。中国人の喪服は白。黒も白も、ともに沈黙の色だけれども、その著しい対照には、ヨーロッパ人と中国人がそれぞれに抱いている内面的な内容の違いがくっきりと表われているといったのは、画家のカンディンスキー。

ヨーロッパ人は、と画家は言った。キリスト教数千年の歴史を経て、死を最終的な沈黙、と感じている。あるいは「無限の穴」と感じている。これに対して、中国人は、沈黙を新たな発言の準備、と解している。あるいは「誕生」と解している、と。

少なくとも古代の中国人にとっては、死が最終的な沈黙でも、「無限の穴」でもなかったのは、確からしい。死者は墓室に、生前とおなじ調度、おなじ食事をととのえられて納められたから、死後の世界は生前の単なる延長、あるいはおそらく「誕生」だったし、死者の生きる空間は、垂直方向に「無限の穴」を下りつめたところにあるのではなく、きっと生けるものの空間とおなじ平面にあったのにちがいない、と科学史家の山田慶児は言う（『混沌の海へ』）。

六方、と言う。六方というのは、平たく言えば、東西南北と天地だ。さらに地下をくわえて、七方。

けれども、科学史家によれば、きわめて特徴的なことに、古代の中国人には七方の観念がなかった。古代の一般的な中国人にとって、世界は六方であって、七方ではなかった。地下の世界、死者の世界は、神々の世界である天や生けるものたちの世界である地と区別された、それとならぶ固有の世界ではなかったらしい。

ヨーロッパ人にとっての七方の世界という空間感覚と、古代の中国人にとっての六方の世界という空間感覚の違いは、この世にそれから、それぞれにまったくちがった価値空間をつくる。かたや垂直線からなる空間と、そしてかたや水平線からなる空間と、だ。画家は、垂直線を「高きに昇るもの」、水平線を「横たわるもの」とよんだ。

価値空間がちがうというのは、天上―地―地下という軸が水平軸をつらぬく七方空間においては、価値指向は、つねに上へとむかう。無限の高みにまでおのれを高めていって、ついには究極的な絶対的な存在に至る。「高きに昇るもの」が、価値を決めるのだ。

しかし、科学史家の言うには、水平軸の上に天―地という軸をのせた六方空間では、逆に、「横たわるもの」が決定的な意味をおびるのだ。価値の原点は、二本の水平軸の交点である中心に置かれる。価値を決めるのは、その中心からの距離だ。だが、「中心は最高の価値ではあっても、決して絶対的な価値ではない」。

つまり、こうだろう。この世界がどんな価値空間をもつのか、その要となったのは、いつだって「横たわるもの」である死者の生きる空間だった、ということだ。

ところで、わたしたちにもっともなじみある、世界をいいあらわす言い方はというと、六方でも七方でもなく、八方だ。八方にらみ、八方ふさがり、八方やぶれという、その八方だ。

六方でも七方でもなく、さらにくわわったもう一つの空間とは何か。思うに、それは、わたしたちの日常にすぐそばに隣りあう虚の空間で、それは死者の生きる空間、というよりも生ける死者の空間、すなわち実は、幽霊のいる空間だったのではあるまいか。

幽霊について、『真景累《かさね》ケ淵』の三遊亭円朝は、幽霊というものは無いといへば無い、有るといへば有るのだと、こう語りのこしている。

「幽霊といふものが有ると、その昔私共も存じてをりましたが、極《ごく》大昔に断見の論といふが有つて、是は今申す哲学といふ様なもので、此派の論師の論には、眼に見え無いものは無いに違ひない、何《ど》んな物でも眼の前に有る物で無ければ有るとは云はせぬ、仮令《たとい》何んな理論が有つても、眼に見えぬ物は無いに違ひないといふ事を説きました」

「すると其処へ釈迦が出て、お前の云ふのは間違つてゐる、それに一体無いといふ方が迷つてゐるのだ、と云ひだしたから、益々分らなくなりまして、へエ、それでは有るのが無いので、無いのが有るのですか、と云ふと、イヤ然うでも無い。と云ふので、詰り何方《どちら》か慥《たし》かに分りません。釈迦と云ふいたづら者が世に出て多くの人を迷はする哉、と申す狂歌も有りまする事で。ですが、只今、幽霊と云ふものは無いと云ふことになりまするると、頓《とん》と怖い事はなくなつてしまひます」

しかし、どうなのか。「横たわるもの」から「高きに昇るもの」へ、絶対的な価値を追いかけるばかりとなったいまのような時代には、幽霊のいる空間をくわえて世界は八方なのだという認識が、いつかきれいさっぱり忘れられたままになっているのではないだろうか。

　生ける死者のもう一つの空間を欠いたきりとなった世の中に、頓と怖いもの無しの所業ばかりがはばかるのは、当然の報いなのかもしれない。なんとなれば、世界が八方でなければ、八方がまるくおさまるなんてことはついにないからだ。

妖怪変化

お化けは怖いという気もちが、子どものころには、いつも心のどこかにあったと思う。お化けは、昼には現われない。お化けが化けてでるとすれば、夜だ。日が暮れて、いつか人の気配が消えて、やがて物音一つしなくなる。闇が木々のまわりを深々とつつんでいる。家の外には、誰もいない。夜のなかに見えるのは、ただ影だけだ。もし化けてでるなら、お化けは、ふッと影のなかから現われるにちがいない。——

けれども、結局、お化けにでくわすようなことは一度もなかった。お化けはもうどこにもいなかったのだ。お化けがいないと知ってのこったのは、何かしら濃密な感覚が失くなってしまったという思いだ。お化けがいない夜の闇は、なんだかひどく希薄になってしまったような気がする。いまは、夜はますます明るくなり、影はどんどん薄れてしまい、そうして、日常の見えない隣人だったお化けもいない世の中になった。

いまでこそ見るかげもないが、そもそもの昔からこの世に出没していたお化けや妖怪変化や幽霊は、とりわけ戦国時代から江戸末期にかけてのほぼ四百年のあいだは、しきりに世の中を騒がせた尋常ならざる花形だったのだ。お化けについての極めつきの一冊といっていい江馬務『日本妖怪変化史』をみると、いるわいるわ、この世を賑わしたお化けや妖怪変化や幽霊のとんでもない多士済々ぶりに、いまさらながら肝を冷やされる。

まるで正体のないお化け。いきなり正体を現わすお化け。生きたお化け。死んでいるお化け。物のお化け。気のお化け。敏捷なお化け。気弱なお化け。哀れなお化け。尊大なお化け。妄執のかたまりのようなお化け。怨み骨髄のお化け。どこまでも祟りぬく執念ぶかいお化け。立ち向かう剛の者の刃にバッサリやられてそれっきりのお化け。愛恋のかぎりをつくすお化けもいれば、絶望のかぎりを背負うお化けもいる。

お化けといっても、「あたかも人間の世界と軌を等しくしているのが可笑しいではないか」と、『日本妖怪変化史』はいう。お化けは怖い。しかし、可笑しいのだ。人間とおなじだ。ただお化けは、人間よりもずっと孤独だ。お化けは幸福は知らないからだ。かなわぬ夢しか知らないからだ。だからきっと、やたら人恋しくて、あるいはやたら人恨めしくて、この世に化けてでていたのだ。

『日本妖怪変化史』が伝える名だたるお化けの面々は、いずれ劣らず怪しく、怖しく、やがて哀しい。ふりむくと顔のない、でかい蒟蒻《こんにゃく》みたいな「のっぺらぼう」。女の髪を不意に根元から切り落とし、空を飛びまわる「髪切」。頭の前にも後ろにも口のある、とんでもない穀つぶしの「二口」。口論のあげくたがいの首を打ち落とし、死んでも争いつづける「踊り首」。どこにいるのか、人のこころを気配もみせずさらってゆく「覚《サトリ》」。

昔の人はうかうか寝てもいられなかったのだ。寝ているあいだにするすると首だけ伸びて飛行する「ろくろ首」もいたし、寝ているうちにみるみる体が膨れてくる「寝太り」もいた。いきなり枕を引っくり返す「枕返し」もいれば、夜は豊満な美女、朝には骨と皮ばかりの骸《むくろ》のお化けもいた。寝込みを襲って、吐く息、吸う息を盗んで絶命させる札つきの凶暴なお化けもいた。夜中に突然大口をあけて焰を吐きかける「提灯火《ちょうちんび》」もいた。

お化けも、化けてでるのが大変だったらしい。お化けはまずその所生、素性が不可解であって、世上に存在するもののようであって存在しないものでなければならぬ。その姿もけっして完全であってはならず、影のように立ち現われるか、火焰のごとく現われるか、もしくはまったく形なきものでなければならぬ。そしてなにより、思いきって異様でなければならぬ。人を魂消《たまげ》させられなければ、お化けはお化けでないからだ。

よいお化けたらんと、がんばったお化けも少なくない。風呂場に住んで、人の垢を嘗めてばかりいた汚いだけの「垢嘗《あかなめ》」。雪隠《せっちん》にいつも籠りきりだった、臭い「雪隠化物」。人に勉強させず、夜作《よなべ》させせず、怠けるのだけが大好きな「ひまむしょ入道」。夜になると買い物帳と瓶を下げて、ご苦労にも酒屋に酒を買いに走った「酒買い小僧」。幽霊には足がないと罵られたのに腹立てて、意地で化けてでた、足しかない「足ばっかり」。

そういうお化けがみんな、いまはいなくなってしまったのだ。人の世のいやなこと、恨みつらみ、不快、無念、鬱屈、失意、挫折、憎悪、願望をことごとく肩代わりしてくれて、人の弱さ、いじましさ、醜さを一身に引きうけてくれたお化けというお化けがいなくなって、明るいばかりの世にのこされたのは人間だけだ。お化けのいない世の中では、もはやみずから思い悩むしか、わたしたちは何もできなくなってしまった。

屁のごときもの

子どものとき盲腸で入院して、手術後数日して、ガスはでたかと訊かれた。ガスがでれば吉報、手術の経過は順調で、ガスとはつまり屁なのだが、おそらく屁が期待されるのは、とにもかくにも病院で手術をうけた後ぐらいだろう。ちなみに屁をガスというのは日本語の言い方で、英語で屁はウインド、屁をすることはブレイク・ウインド。ただし、ふだんはおよそ誰にも期待されざるものである事情は、どこだろうと変わらない。

屁をおならといえばすこしはましかというと、そうではなく、おならはもともとは尾鳴《オナラ》だ。屁のような話。屁っぴり腰。屁の突っ張りにもならない。屁理屈。要するに、問題にもならないのだ。達磨さんが転んだといって十数えるのを、京都では、坊さんが屁をこいたといって、十数える。だが、屁をこく。屁をひる。屁をかます。屁をする。屁はどういっても、やっぱりはなはだしく品格を欠く。

とにかくこの世において、屁はまったくの鼻つまみだ。けれども、屁こそじつはもっとも人間的であると考える人だっていないわけではなく、そうした奇特な人に言わせれば、屁はむしろ薫響なのだ。

天ニ有ツテ鳴ルモノヲ雷トイフ、地ニ有ツテ鳴ルモノヲ震トイフ、人ニ有ツテ鳴ルモノヲ屁トイフ。『薫響集』なる江戸の稀本は、格調高くそう書きだされているそうだ。こうなると、誰が顔を顰めようと、屁のかっぱだ。

さらにそのうえをゆくのが、世故など屁とも思わない、風来山人（平賀源内）『放屁論』（「風来山人集」中村幸彦校注『日本古典文学大系』）。

屁てふもの丶ある故に、への字も何とやらをかしけれど、それ熟《ツラツラ》おもんみれば、人は小天地なれば、天地に雷あり、人に屁あり。時に発し、時に撒《ヒル》こそ、もちまへなれ。つまり、先生に言わせれば、たかが屁とはいえ、屁もまた人の天分だとすれば、屁について考えるとは、すなわち人間について考えることである。

屁などまったくもって無用のものだ。考えてもみよ、と先生はいう。屁は撒《ヒッ》た者、暫時の腹中快きばかりにて、無益無能の長物《スタリモノ》なり。音あれど太鼓・鼓のごとく聞くべきものにあらず。匂ひあれど、伽羅《キャラ》・麝香《ジャカウ》のごとく用ゆべき能なし。却つて人を臭がらせ、韮蒜《ニラニンニク》握屁《ニギリベ》と口の端にか丶り空より出でて空に消え、肥《コヤシ》にさへならざれば、微塵用に立つことなし。けだし人間にしても、この世にあって、そうした屁のごときものなのではないか。

ところが、ここに一人の傑物がいて、江戸両国で、放屁漢《ヘッピリヲトコ》の幟を立てて興行し、こともあろうに屁を売り物にして大当たりをとって、屁から夢が見られるかと疑う先生を仰天させるのだ。放屁漢の芸というのは、こうだ。

上に紅白の水引ひきわたし、かの放屁漢は、囃方《ハヤシ》と供《トモ》に小高き所に座す。その為人《ヒトトナリ》中肉にして色白く、三カ月形の撥鬢奴《バチビンヤッコ》、縹《ハナダ》の単《ヒトヘ》に緋縮緬の襦半《ジュバン》、口上爽やかにして憎気なく、囃に合はせまず最初が目出度三番叟屁《ベ》、トツハヒョロ〳〵ヒッ〳〵〳〵と拍子よく、次が鶏東天紅をブ、ブウーブウと撒分《ヒリワケ》、其後が水車、ブウ〳〵〳〵と放《ヒ》りながら己が体《カラダ》を車返り、左ながら車の水勢に迫り、汲んではうつす風情あり。

先生、粛然としていわく、実に木正味《キシヤウミ》むきだしの真剣勝負。二寸に足らぬ屁眼《シリノアナ》にて、諸《モロモロ》の小芝居を一まくりに撒《ヒリ》潰す事、皆屁威光《ヘイコウ》（閉口）とは此事にて、地口でいへば屁柄者《ヘガラモノ》（手柄者）也。この放屁漢にこそ学ばなければならない、と先生はつくづくと思う。権威でも、門閥でもない。放屁漢の芸を支えるのは、ただただ自身の工夫だけなのだ。

奇とやいはん、妙とやいはん。物いはぬ尻分るまじき屁にて、序破急・節はかせの塩梅、開合・呼吸の拍子を覚え、五音十二律おのづから備はり、其品々を撒分《ヒリワケ》る事、下手浄瑠璃の口よりも、尻の気取が抜群よし。若し賢人ありて、此屁のごとく工夫をこらし、天下の人を救玉《スクヒタマ》はゞ、其功大ならん。心を用ゐて修行すれば、屁さへも猶かくのごとし。アア済世に志す人、或は諸芸を学ぶ人、一心に務むれば、天下に鳴《ナラ》ん事、屁よりも亦甚だし。

そうであれば、屁こそ、人間のキー・ワードだ。先生はそう断案する。歴史をふりかえってみれば、わかる。屁は人間の隠された暗号なのである。

たとえば太政入道清盛だ。清盛は火の病を煩ひ、初は居風呂桶に水入れて体《カラダ》を浸せば、即時に湯となる故、後に大いなる池を掘り、加茂川の水を堰入這入られけるに、水火激して頻に屁を撒《ヒリ》しにより、屁池《ヘイケ》の大将と異名せられ、記せし記録を屁池《ヘイケ》物語といふ。後世、平家物語と書いたのは當《ア》て字也。

この世が厭になったときは、何はともあれ、まず風来山人の屁類《ヒルイ》なき「屁のパンセ」を繙くべしだ。ただ笑うしかない人生の秘密を、きっとおしえてくれるだろうからだ。そこで、一首。

霞立つ春の山屁《ヤマベ》は遠けれどふく春風は花の香ぞする　（風来山人）

狼の糞の話

昔、狼の糞は、はなはだ珍重された。狼糞《ろうふん》の火は、風に散ぜず、直立するというので、烽火《のろし》には欠くべからざる必要品とされていた。

『天工開物《てんこうかいぶつ》』（一六三七）に「狼糞烟昼黒夜紅レ迎風直上興二江豚灰一能レ逆風而熾」とあり、『本《ほん》経逢原《けいほうげん》』（一六九五）にも「狼性追レ風逆行故其矢焼烟能レ逆風而上」と論じられ、風に逆らって直立する理が説かれているといわれ、中国では、周の幽王が寵妃褒姒《ほうじ》の笑いを得るためにあげた烽火からして、狼糞を用いたというのだから、ずいぶん古くからそうだったようだ。

中国から伝わって、日本でも、古来烽火にはかならず狼糞を投じて戦陣の信号としていたのだったらしい。狼の糞中には、つねに骨片が混じっている。そのために、他の糞と容易に見分けられるのだという。それで、のろしは、いまでも狼煙と記されるのだ。

木下謙次郎『美味求真《きゅうしん》』（一九二五）にでてくる話だ。食を語って比びなき稀書にして、貴食のみならず、貴糞について語りうると言うべきだろうか。しかし、古来伝えられてきたとされる狼の糞の薬効の話となると、話がちがってきて、いささか呆然とさせられる。すなわち、

一、白禿には狼の白い糞を黒焼きにし、油わたに溶いてつける。（此居堂薬方）
一、毛生え薬としては、狼糞、真菰、それぞれ等分に、麻油に和して塗る。（諸家奇方）
一、狂病にかかった者には、狼の牙を鮫の皮でおろしたのに、狼糞を和し、鶏頭花を抹して、等分に合わせ、芦の管で、鼻孔に吹き込んでよし。（東邦薬用動物誌）

信じがたいといえば、信じがたい。馬鹿馬鹿しいといえば、馬鹿馬鹿しい。それだけに、真面目に語られれば、語られるほど、いっそう笑止千万だ。けれども、こんな笑止千万な話を、美味の秘密を明かすべき本にさりげなく紛れこませているところに、もしかしたら、『美味求真』という稀書のほんとうの奥行きがあるのかもしれない。つまり、美味もまたおなじ。信じがたいと言えば、信じがたい。馬鹿馬鹿しいといえば、馬鹿馬鹿しい。美味もまた、本質的には笑止千万だということだ。

『美味求真』の狼の糞の話が伝えている、ずっと昔から、いつもどうしようもない笑止千万さを、糞真面目に身に背負ってきた、人という生き物の不思議さ。

八卦、占いの哲学

占うを、字引きで引くと、人の運勢、事の吉凶、将来のなりゆきを、物の兆しなどから判断する、または予言することとだ。占いは当たるも八卦、当たらぬも八卦だが、八卦は、もともとは古代中国で考えられた、この世界を分類するための、いわば方法としての哲学だった。

空間を分割し、秩序づけること。そこに存在する物を分割し、秩序づけること。万物を分類すること。

科学史家の山田慶児の『混沌の海へ』によれば、八卦というのは、さまざまな事物のあいだの関係を、そしてそれらに内包されている意味を考えるための、思考のおおきな枠組みとして、思考のカテゴリーとして考えられた分類の原理だった。

八卦は、世界を、八つのシンボルの下に分ける。八つのシンボルは、乾《けん》が天、坤《こん》が地、震が雷、巽《そん》が風、坎《かん》が水、離が火、艮《ごん》が山、兌《だ》が沢のシンボルで、乾坤＝天地、震巽＝雷風、坎離＝水火、艮兌＝山沢が、それぞれ対をなす。これらの対はいずれも、垂直の軸において対をなすもので、上にあるものと下にあるもの、あるいは、上昇するものと下降するものだ。垂直の軸において対立するものが、四つの水平の軸の端に配されて、八卦―八方ができあがる。万物のそれぞれはそれぞれに、それぞれの卦に分類される。

この八卦という思考のカテゴリーを「易」として体系化したのは、おそらく周の宮廷の占い師たちだったのだが、占い師たちは、複雑かつ多様な現象をとりあつかえるようにするために、さらに八卦を二つ重ねあわせて複雑きわまりない、いわゆる六十四卦をつくりだした。しかし、この体系化は、もっぱら易占いという職能を専門的なもの、特権的なものとするためにすすめられた体系化だったので、八卦は、それからはきわめて限定された、特定の目的にのみ役立つカテゴリーとしか考えられないものになる。

思考のカテゴリーとしての一般性をひろく得ることができなかった八卦は、より抽象された一般性をもった概念に、みずからを高めることができなかった。八卦は、科学史家の目からみれば、一般化の可能性をうばわれたカテゴリー、失敗したカテゴリーだった。

にもかかわらず、八卦が、いまでもなお占いとしての魅力をまだまだ失っていないのは、どうしてなのか。占いは、迷信ではない。占いは当たるも八卦、当たらぬも八卦だから、人は占いをべつに信じているのではないのである。

わたしはこう思う。占いに人が惹きつけられるのは、自分のいる世界というのが自分にはっきり感じられないようなときだ。あるいは、自分のいる世界をはっきりと感じたいと思うようなときだ。言いかえれば、今日の時代をつくっている思考のカテゴリーでは、自分のいる世界というのがどうにもはっきりと摑めないと感じられるときだ。自分が縛られている思考の枠組みから離れて、別の思考のカテゴリーを、心のどこかで求めているようなときだ。

今日の支配的な思考のカテゴリーの下では、人は人として孤立している。物も色も状態も、それぞれに孤立している。けれども、八卦にあっては、人は人として孤立していない。人も物も色も状態も、さらに抽象的な性質までも、それぞれのシンボルの下で一緒のものとして考えられている。この世界が、人や物や色や状態や抽象的な性質が一緒に共生している世界としてとらえられている。占いが占いをとおして差しだしてきたのは、じつは、八卦の下にあるその共生の世界の微かな感覚だったのではないか。

八卦は、占いによって思考のカテゴリーとしての普遍性をもつことに失敗したかもしれないが、また占いによって、この世界を別の仕方で感じるための方法があるということを、いつもある漠然としたかたちで、巷間に伝えてきたのではないか。

事実、『混沌の海へ』に引かれている、周のもっとも古い文献にみられるという八卦の一覧表を見ると、目が洗われるようだ。まったく思いがけない澄んだ視野が展けている。なぜそれがある卦に属するかなど、もっともらしく考えるべきではない。万物が八卦に分類されたことを理解すれば、それだけでいい。科学史家はそう注記している。

（乾＝天）円、君、父、玉、金、寒さ、氷、真紅色、良い馬、老いた馬、痩せた馬、気の強い馬、木の実。

（坤＝地）母、布、釜、吝嗇《けち》、等しさ、子持ち牛、大きい車、文様、多さ、柄、黒い土。（さらに、牝、迷い、四角、袋、スカート、黄色、絹布、果物の汁）。

（震＝雷）龍、黒と黄の雑色、花、大きな道路、長男、決断力にとむ人、若竹、萩や葦の類、美しくいななく馬、後足の白い馬、額の白い馬、殻をつけて芽をだす植物、健やかさ、繁茂。

（巽＝風）木、長女、張った墨縄、大工、白色、長さ、高さ、進んだり退いたりするもの、愚図な男、匂い、髪の薄くなった人、額の禿げあがった人、白眼の多い人、がめつい商人、騒々しさ。

（坎＝水）溝、地下にひそむもの、たわむもの、弓、輪、悩む人、胸を病む人、耳を病む人、血、赤色、背筋の美しい馬、気ぜわしい馬、首を下げる馬、事故を起こしやすい車、貫通、月、泥棒、堅くて芯の多い木。

（離＝火）太陽、稲妻、次女、甲冑、矛や刀の類、太鼓腹の男、乾燥、スッポン、蟹、たにし、蛤、亀、幹が空ろになって上のほうが枯れた木。

（艮＝山）小道、小石、城門、草木の実、門番や官宦、指、犬、鼠、虎や豹の類、堅くて節くれだった木。

（兌＝沢）末娘、巫、口や舌、折れて断たれたもの、剝離、塩分の多い土地、妾、羊。

VI

鍋のデモクラシー

おなじ釜の飯を食うとは言うが、おなじ鍋を囲むとは言わない。しかし、人の仲を確かにするのは、釜というよりも鍋だ。仲に鍋あり。鍋を囲むと、親しい雰囲気が生まれるのは、鍋を囲むときは、その場にどうしてもなくてはならないものがあるからだ。

鍋になくてはならないものは、雑談である。役に立つようでまったく役に立たない話が、まったくの無駄話であるにもかかわらず、ふっと胸に沁むような話。起承転結でなく起承転転、話がどこへゆくのかわからないのが、雑談の理のおもしろさだ。

雑談に理なしというのは勘違いだ。時間を楽しむということ。雑談の理はその一事に尽きる。鍋の席で「不景気ぢやの、寂寞だの、酢だぢやのこんにやくぢやの、と云のは、理にうといやからの、いふことぢやテ」とは、明治の先覚の訓えのとおりだと思う。

世の中が冷えてきて、鍋の季節がやってくると、雑談の理を押し通した、明治の先覚ののこした『牛店雑談《うしやざうだん》安愚楽鍋《あぐらなべ》、一名奴論建《いちみやうどろんけん》』、すなわち仮名垣魯文『安愚楽鍋』を思いだす。鍋を楽しむとは雑談を楽しむこと。そして雑談を楽しむとは、理不尽な天下をわらいとばすこと。『安愚楽鍋』を読んでとくと教わったのは、そのことだ。

鍋にふさわしい雑談として、とにかく忘れられないのは、『安愚楽鍋』の、ある日ある時、牛鍋に冷や酒をまえにして、新聞好きの男が二人、「洋学でなけりやア、夜はあけねへ、方今の形勢」をにらみながら、新聞紙ならぬ「珍聞紙」をひろげて、てんでに大喜びする「随分珍説」のくだり。「鍋と酒のかはりめに、一寸読ンできかせやせう」。

一、恐ながら、書付を以て、建言たてまつり候。凡《およそ》無用をして、有用に充《あて》候儀、経済専務、御国益第一の義と、ぞんじたてまつり候。人民毎戸《まいこ》、炎夏の季に至り候ては、一般蚤を生ぜざるはなし。此虫、人身を刺傷し、短夜睡間《すいかん》を破り、白昼の活計をさまたげ候而已《のみ》にて、実に無用有害の、小虫と申ながら、彼も億万生霊の小数なり。採用によつて、有益《うえき》の一端とも相なるべく哉と、ぞんじたてまつり候。つら〳〵愚考致候所、彼をして火中に投没《とうぼつ》いたし候へば、則ち火気に化し、発響《はっけう》致候より、はからず存《ぞんじ》つき候。彼英国のゼームス・ワットなる者、釜蓋湯気に乗じ、沸躍《ぶってき》いたし候より、蒸気機関を発明仕候と、同論にして、小力を合して、大力とするの窮理と、ぞんじたてまつり候。御府下・近郷、すべて御昵近向々《ごぢっきんむきむき》へ、御布令あらせられ、毎戸《まいど》取溜させ候、数百万びきの蚤を以て、毎日十二字《じ》、刻砲の火薬の代りとあそばさせられ、夏季三ヶ月、御費しに相成候、火薬御積置あそばされ候はゞ、百戦一勝の少端とも、相なるべくや。一粒万倍の成功、則ち無用を以て、有用に充候。遠きおもんぱかりに御座候。賤身を省ず、愚案にまかせ、此段建言奉り候。億万一、御採用にも相成候はゞ、此上の面目、有難く仕合《しあはせ》にぞんじたてまつり候。恐惶きんげん、頓首百万拝。

浅草雷神門前　富田《とんだ》利䮫《りはね》太郎《たらう》

正午（十二時）を知らせる刻砲（ドン）という当時の習慣がない今日に、数百万びきの蚤を以て火薬となす案は通じなくとも、「随分珍説」の馬鹿馬鹿しさと、鍋の場の陽気な気分とは、今にまでもそのままに伝わってくる。時代は変わっても、昔も今も、鍋の座にもっとも似合うのは、無用な、しかし陽気な与太話だ。

鍋の座には、愁嘆も無言もふさわしくない。『安愚楽鍋』とともに思いだすべきは、高村光太郎の詩「米久の晩餐」だろう。高らかに「もうもうと煮き立つ」浅草の満員の牛鍋店の食事を讃えて、ひろく愛されてきたその詩にうたわれてきたのも、鍋にはなくてはならない雑談であり、陽気さであり、人びとを元気にする社会の空気だ。

「ぎつしり並べた鍋台の前を／この世でいちばん居心地のいい自分の巣にして／正直まつたらの食慾とおしやべりとに今歓楽をつくす」人びと。

「まるで魂の銭湯のやうに／自分の心を平気でまる裸にする」人びと。

「かくしてゐたへんな隅隅の暗さまですつかりさらけ出して／のみ、むさぼり、わめき、笑ひ、そしてたまには怒る」人びと。

そうして賑やかに鍋を囲むみんなのなかにいて、誰もが「もうもうと煮え立つ」牛鍋店の「晩餐」の時間から受けとっているのは、ただただ「不思議な潑剌の力」だ。

雑談。与太話。陽気に元気。鍋がつくってきたのは、鍋のデモクラシーなのだ。明治の先覚にならって言えば、「なるほど尤もだ。ぐちは云《いふ》めへ。ア、、牛《ぎゅう》のねもでねへ」。

二人の日本人

一人のおじいさんがいた。占い師だった。武士だった若い日に易学を学んだが、明治の維新で世の中が引っくり返って、旅稼ぎの占い師になった。村から村へ、そして町へ歩いて旅し、旅しつづけて、めったに故郷に帰らない暮らしを重ねて、いつか還暦を過ぎた。旅の荷物は、易学の本一冊と、筮竹《ぜいちく》。

おじいさんはいつでもまず、神々に心をこめてお祈りをしてから、占いをした。ものごしは誠実で、いつもものやわらかな態度をたもち、占いは易学の道をとことん究めれば、けっして間違いのないものと固く信じていた。しかし、私はなんどか間違えたことがある、易学の道をもっと正しく学べたらよかったのだが、とおじいさんはしみじみ言った。

季節がめぐるように、ある日ふっと町に姿をみせ、またふっといなくなる。旅稼ぎの占い師は、占い師であるとともに、人びとの消息の運び手であり、噂や奇聞の伝え手だ。伝承や伝説におどろくほど精しかった。談笑の名手で、よく当たる占いという評判の持ち主だったが、占い師の身の上知らずで、自分は一生、幸運とは無縁だった。

旅稼ぎの占い師として、たった一人でおくったこの世を、おじいさんは、おなじようにたった一人で去っていった。冬、山越えをして、吹雪に遭って、路に迷った。それから幾日も経っての ち、道行く人がおじいさんを見つけたとき、おじいさんは小さな荷物を肩に括りつけたまま、松の木の根もとにまっすぐに突っ立っていた。

おじいさんは、あたかも瞑想でもしているように腕を組み、目を閉じて、氷の像となっていた。おそらく、吹雪が去るのを待つあいだに、寒さのために眠気に襲われ、こうして眠っているうちに、雪が吹き寄せて、おじいさんの上に積もったのだ。おじいさんは、それまで生きてきた姿勢のままで、ふっとこの世を去っていったのだ。


一人のおばあさんがいた。草津白根の山小屋を、たった一人でまもっていた。山小屋は多数の峠道と山道が交わる二千メートルの高さにあり、おばあさんは日常のいっさいを自身で切り盛りし、徒歩や馬で登山の往き来に小屋で休む人びとの世話をしていた。

仕事はきつい。おばあさんは、七十歳を過ぎていた。山奥の淋しい住まい、皺のよった顔、腰の曲がった姿は、どことなくおとぎ話にでてくる魔法使いの老婆を思わせるが、実際はとても親しみがあって、誰からも労《いたわ》られた。

草津白根は、活火山だ。明治には、大爆発をなんどか繰りかえしている。山小屋は、噴火口から直線距離でわずか二キロほど、すぐ近くまで、無数の枯れ木が無残に迫っている。しかし、おばあさんの山小屋は、いつも不思議に無事だった。

明治三十年（一八九七）の大爆発のときのこと。「あのときは本当に不気味でございました。真っ暗な夜で、風がおそろしい勢いで唸っておりました。小屋中が、がたがた揺れるのでございます。すると、急に、只事でない気配がして、硫黄臭くなりました。激しい雷のような響きが聞こえてきて、ひどい灰煙が小屋のなかに舞い込みました。そこで、またまたお山の噴き出したことが判りました」。

おばあさんはいった。「まず考えましたのは、嵐のなかを谷へ逃げることとでございました。けれども、灰が降るだけで、石は飛んでこないことに気がついたものでございますから、腰を下ろしてキセルに火をつけ、成行きを待つことにいたしました。何もかも一面に、深く灰を被っておりました。そして、お山には新しいお釜ができていたのでございます」。翌日は、

ともすれば他人に「従容として運命に服すべし」と説く講壇の連中に、人生の何がわかるだろう。そうした連中というのは、そんなとき、落着いてパイプに火をつけるどころか、えてして狂気のようにふるまう。老いて一人、人里はなれた山小屋に暮らすおばあさんの身の上は、不幸かもしれない。しかし、おばあさんはたった一人で、黙々と日々の仕事を励んで、楽なあの世へ往く日がくるまで、おなじ毎日をつづけるだろう。そうして、たぶん、ある朝、静かに死んでいるおばあさんを、山小屋を最初に訪ねた人が見つけるのだ。

占い師のおじいさんの話はラフカディオ・ハーン（小泉八雲）の本に（『日本の面影』）、山小屋のおばあさんの話はエルウィン・ベルツ博士の日記に、それぞれ書きのこされている。明治の時代にやってきて、誰よりもこの国を愛した二つの異国の知性が、心から密かな敬意をはらった、年老いた二人の知られざる日本人の、とても穏やかでいて、とても烈しい生き方と死に方。

十九世紀の自由人

よくそだったへちまの茎を切って、大瓶に差す。たっぷり瓶に溜まったへちま水に、グリセリンと、ホウ酸をほんのすこし混ぜる。へちま水をつかわない場合は、水をカップに一杯、アルコールとグリセリンを二分の一杯、それに苛性カリをちょっぴりくわえる。それだけでいい。それはベルツ水とよばれて、肌の荒れをふせぎ、手をきれいにする水として、かつては日々にひろく重宝されたのだった。

ベルツ水のベルツというのは、エルウィン・ベルツ博士のことで、明治がはじまってすぐのころ招かれて東京にきて、東京帝大医学部ができたときからの教授として、それからほぼ四半世紀を過ごし、日本の内科の礎をつくったとされるドイツの内科学者だ。いわば明治の世に「権威」をもたらした一人だったが、人間好きで、温泉を愛し、草津や伊香保や箱根の名を高からしめるのに力を貸したのも、知る人ぞ知る、ベルツ先生だったらしい。

ベルツ水と温泉によって人びとの日常の記憶に親しくのこったベルツ先生の、真の面目を後世に伝えたのは、遺された『ベルツの日記』だ(トク・ベルツ編　菅沼竜太郎訳)。日本への親しみに誘われつつも、異邦人であることを自覚して引きうけた一人の医師の手で書き留められた、明治という時代の診察記録。私心のない言葉で綴られたその日記は、あたかも近代日本のカルテのようだ。読むうちに、いまは遠い時代の脈拍がじかに伝わってくる。

日本は「昨日から今日へと一足飛びに、われわれヨーロッパの文化発展に要した五百年たっぷりの期間を飛び越えて、十九世紀の全成果を即座に、しかも一時にわがものにしようとしている」。その「途方もなくおおきな文化革命」の立会人となったベルツ先生の胸中から去らなかったのは、「このような大跳躍――これはむしろ死の跳躍《サルト・モルターレ》というべきで、その際、日本国民が頸《くび》を折らなければなによりなのだが」という深い懸念だ。

やがて東京帝大を去ることになった日、明治三十四年、一九〇一年、すなわち二十世紀がはじまった年の秋、先生は来るべき時代に期待して、学生たちに別れの挨拶をのこす。

「私の見るところでは、西洋の科学の起源と本質に関して、日本ではしばしば間違った見解が行われているように思われるのであります。人びとはこの科学を、年にこれこれだけの仕事をする機械であり、どこか他の場所へたやすく運んで、そこで仕事をさすことのできる機械であると考えています。これは誤りです。西洋の科学の世界はけっして機械ではなく、一つの有機体でありまして、その成長には他のすべての有機体と同様に、大気が必要なのであります。地球の大気が無限の時間の結果であるように、西洋の精神的大気もまた、自然の探求、世界の謎の究明をめざしての数千年にわたる努力の結果であります。しかしながら、その苦難の道こそが、精神の大道なのであります」

「諸君！　この三十年のあいだ、西洋諸国は諸君に教師を送ったのでありますが、かれらの使命はしばしば誤解されました。もともとかれらは科学の樹をそだてる人たるべきであり、またそうなろうと思っていたのに、科学の果実を切り売りする人として取り扱われたのでした。日本は、いまの科学の最新の成果のみを受けとろうとし、その成果をもたらした精神からは何も学ぼうとしていないのです」

「諸君！　いまが潮時です。私が諸君にお勧めしたいのは、科学の成果のよってきたる精神の仕事場に、心底学ぶということであります」

『ベルツの日記』のなかにいるのは、一人の良きヨーロッパ人だ。時勢に向きあって、ベルツ先生は自分のうちに、一人の自由人としての思考をどこまでもまもる。ベルツ先生にとって医学は、病気の学ではなかった。健康の学であるべきものだった。「医師なるものは、生きた人間を相手にするので、死んだ人間を相手にするのではない」という信念を、ベルツ先生は手放さない。そして、なにより医業の専門主義をきびしく斥けた。

印象的なのは、日記の行間に写されている、明治という時代を生きた無名の日本人たちの表情だ。誰も呑気で無邪気に見えるが、それでいて困苦に怖じていない。不景気で、たいていは借金を背負いこんでいるのだが、飲むと、陽気に、いささか軽々しく、まるで子どものように打ち興じる。人びとの日常を支えているのは、政治ではない。

人びとをとりまく医療環境の、なんと劣悪なことか。公布された明治の憲法にしても「もともと国民に委ねられた自由なるものは、ほんのわずか」だ。人びとは強権にそっぽをむいていて、「情けないほどその君主に寄せる関心の程度は低い」。この国で信じられないのは、人びとではない。

信じられないのは、内閣と新聞だ。言説が、ころころ変わる。東京帝大を退いてのち、しばらく宮内省御用（侍医）を勤めたベルツ先生には、やがて世上にしばしばもちだされるようになった「御稜威《みいつ》」といったものも、まったく権力のご都合主義としか思えない。正義と政治は、いかに贅言を費そうと、どのみち一致しがたいのだ。

文化というのは、生きる技術である。理論をより少なく、経験をより多く。ベルツ先生はそう考える。儀式が嫌いで、監督することを土台とする国家制度、横柄な軍国主義や官僚主義が大嫌いだった。神を信じなかった。「自由な限界をもつ、自主的で不屈な国民精神の発達」をうながすことがないなら、国家とは、政治とはいったい何なのかと、先生は思いつづける。人は人生を自分の率直な目で見ることができなくてはいけないのだ。

十九世紀の自由人の姿勢を生涯崩すことがなかったベルツ先生が来るべき二十世紀に寄せた期待は、間違う。ベルツ先生の信じた「精神の大道」をむしろみずからすすんで無くしてきたのが、いまとなってみれば、それからの二十世紀という新しい時代だった。

クラーク博士異聞

Boys, be ambitious！　たぶん最初に覚えた英語は、クラーク博士のその言葉だったかもしれない。「少年よ、大志を抱け」という日本語も、もちろん同時に覚えた。日本の近代の記憶にきざまれた、おそらくもっとも有名な言葉の一つだ。

けれども、「少年よ、大志を抱け」というのは、ほんとうは誤訳だったのだ。ジョン・エム・マキ『クラーク　その栄光と挫折』（高久真一訳）という興味ぶかい伝記によると、クラーク博士の言葉は、札幌を去る際に、札幌農学校の学生たちへの別れの言葉として、馬上から叫んだ言葉だ。風に吹きとばされた言葉だったから、学生たちの耳にのこった記憶は、学生たちそれぞれの抱いたクラーク博士のイメージにしたがって、びっくりするほどにちがう。いわく「少年よ、神を求めんと、望みを高く持て」「少年よ、人として当然なすべきことをすべて達成せんと望め」「少年よ、金、利己、はかなき名声を求めて野望を燃やすことなく、人の本分をなすべく、大望を抱け」「少年よ、この老人のごとく、大志を抱け」などなど。そのどれがほんとうで、クラーク博士が馬上から叫んだ言葉だったかはわからない。

『クラーク　その栄光と挫折』は、クラーク博士のありのままを、クラーク大佐の肖像として、北海道にやってきた一ヤンキーの肖像として、語る。少壮の地質学者として出発したものの、南北戦争では血気にはやる無鉄砲な北軍の大佐として名をあげ、熱心な平等主義者で、「頭脳と大型ナイフ以外に何ももたない」若者たちのためにマサチューセッツ農科大ができて初代の学長になると、第一回全米大学ボートレースで名にしおうハーヴァード大を破って優勝させてあっと言わせ、無類の乗馬好きとして鳴らし、馬に乗ると無茶なまでに飛ばして、悪名を馳せるといった、ヤンキー気質まるだしの一徹者だったが、札幌からかえったあとがいけない。世界一周科学探険をかかげて、洋上大学の設立をくわだてて失敗。さらに鉱山投機に乗りだして、事業に倒産。裁判に悩まされて、失意のままに、一生を終えている。

　クラーク大佐は、その豪勇と意志力で反対を押しきって、ただひたすらに突きすすんだ。どんなときにも真の市民としてもつべき行動の原則に立ちながらも、その熱烈な気性と生来の楽観的なものの見方ゆえに、つねに極端に走った。強い願望のあまりに、物事にはゆったりとした着実な成長が必要だということを忘れた。待つということができなかった。――クラーク博士の死に際して、マサチューセッツ農科大の旧友は、そんな弔辞を贈ったそうだ。直情径行の人だったが、偉大な人ではなかったというのが、その生涯をたずねての、伝記作者の冷静な結論だ。

　クラーク博士は一冊の著書も持たず、雄弁に勝れながら、演壇に立ってひろく注目を浴びることもしなかった。一流の軍人や知識人になる道を選べたのに選ばず、政治家でもなく、実業家としても失敗した。した事の大小を問わず、「偉大な」という形容詞はおよそ似あわない。しかしクラーク博士は、と伝記作者は記している。たゆみない行動人で、実に多くのことをなしとげた。自分のため、他人のため、つねに野心的だった。なにより野心の人だったのだ。

クラーク博士の足跡を丹念に辿って、伝記作者は、クラーク博士が札幌農学校の学生たちにのこした最後の言葉が、たとえBoys, be ambitious !だったとしても、それは「少年よ、(この老人のごとく)野心を持て」ということだったのだ、としている。「少年よ、大志を抱け」は、名訳だったかもしれないが、誤訳だった。たかだか一つの言葉、にすぎないかもしれない。しかし、たかが一つの言葉のうちにも、歴史の表情がある。

それにしても、たとえ誤訳だったとしても、その一句が日本人の胸を叩く言葉となったのはどうしてだったのか。

「札幌の街には、古典アメリカの表情がところどころにのこされている」と、昭和の敗戦直後に札幌を訪ねた歴史家の服部之総《しそう》は、その『微視の史学』に感懐を込めて書き留めている。「アカシヤの街、詩の都、大札幌の風光と、駅前で買った絵ハガキ集の表紙に謳われている。絵ハガキの道庁の写真には赤煉瓦古風床しきと書いてあるが、この赤煉瓦の先代の建物である開拓使本庁舎は、ドームのてっぺんたかく青地にまっかな星一つある開拓使旗をひるがえして、絵になってのこっている」。

札幌の絵ハガキのなかの「それら遺物は、青地に赤い星一つの開拓使旗とともに、太政官日本の『古風』ではなく、古典アメリカの健康な肌あとをしのばせてくれる。古典アメリカ。それはリンカンが象徴する。リンカンと共に革命を闘いつつ実業家から北軍の少将となり、勝ってのち農商務長官となっていたホレス・ケプロンこそ、一八七一年から七五年（明治四年—八年）まで、北海道開拓事業の基礎を設計した恩人である」。

そして歴史家もまた、クラーク博士の言葉を思い起こすのだ。「『ボーイズ・ビー・アンビシァス』という別離のことばでいつまでも記憶されている札幌農学校初代校長クラーク博士も（北大構内にある彼の胸像は戦時中台座から追放されていた）、北海道鉱業のための基礎調査を完成した当年の世界的地質学者ライマンも、北海道畜産の育ての親エドウィン・ダンも、みなケプロンの推薦で赴任した斯道《しどう》一流の人士であった。往年ケプロンについてなにがし調べたおぼえのある私は、彼らの胸に一片の侵略者の野望が含まれていなかったことを断言することができる。『青年よ大望をもて！』といったクラークの別辞のなかに、革命を戦った古典アメリカの清純なアンビションをみる」と。

清純なアンビション！　ペリー提督の黒船が姿をみせてからわずか二十年あまり後に、クラーク博士は札幌農学校に招かれている。ふたたび『クラーク　その栄光と挫折』に戻ると、札幌に着いて、このまだ出来立ての学校がすでに校則や規定でかんじがらめなのを知って、クラーク博士は厳しく忠告したという。「こうした校則や規定では、人をそだてることはできない。すぐに撤廃すべきです。たった一言、Be gentlemen！でいい」。

むしろ後世にのこってしかるべきは、クラーク博士のこの忠告のほうだったかもしれないのだが、そうはならなかった。その Be gentlemen ! が忘れられて、Boys, be ambitious ! が覚えられ、そして「野心」がもっぱら「大志」としてむかえられて、ひろく人びとのあいだに伝説となってきたというところに、それからの日本人のあゆんできた精神の軌跡があるだろう。

クラーク博士が日本に残していった、もう一つのものがある。泥棒除け警報器だ。ボストンで買ってもってきたゼンマイ式の旧式のものだったが、実際に泥棒が入って、泥棒がその音に引っくりかえって、評判になった。すると、非常な興味を示した日本人が次々にやってきて、ためつすがめつ警報器を手にとって調べていったそうだ。

クラーク博士は偉人でも何でもなく、ごく普通の、野心に満ちた、剛毅な一アメリカ人だった。あくまで普通の人としてのクラーク博士を描いた『クラーク　その栄光と挫折』は、アメリカで書かれたただ一冊のクラーク博士の伝記だというが、この本はアメリカでは出版されていなかった。アメリカではクラーク博士の名はまったく知られていない。浩瀚《こうかん》な百科事典『アメリカーナ』にも、クラーク博士の名は見あたらない。

あるニセモノの一生涯

幕末に長崎出島で、ドイツ人を父に日本人を母に生まれ、そのまま父に連れられてドイツに渡り、それっきりだ。成長して北米に移り住んだが、日本の土を踏んだことはない。日本の明治も大正も昭和もまったく経験しないまま、日本が太平洋戦争に敗れる直前に、フロリダの町で一人ひっそりと死んだ。

日本ではほとんど知られることのなかったその一人の日系人の生涯を克明に追った太田三郎『叛逆の芸術家』を読むと、サダキチ・ハルトマンという名の、日本も日本語も知らなかったその日系人が送った人生には、ホイットマンの時代と太平洋戦争の時代という、遠く隔てられた二つの時代が一つにすっぽり収まっている。そうして、その一個の人生には、まるで不思議な手鏡のように、彼が生まれてすぐ去ってからの日本の近代の肖像が映しだされている。

十三歳のとき、単身、ハンブルクからフィラデルフィアへ。そして、晩年のホイットマンをいきなり訪ねたのが、十五歳のときだ。それから老詩人の許に幾度か出入りして、世にでるためにデッチあげたのが、ホイットマンとの対話。「ハルトマンの伝える話は、あれはひどい災難だ、デマだ。あの男の話の全部、文句、言葉、思想、その全部が大間違いだ。すべて言わないことを書いている。だが歴史は、こんなふうにできあがってゆくものだ。噂が次々と噂を生む。私が死んだら、ありとあらゆる嘘が、嘘つきによって広められるだろう」。死の際にあった老詩人は、そう言ったそうだ。

それがサダキチのそれからの奇妙な人生の、いってみれば芸術的な香具師《やし》としての出発だ。次はヨーロッパだ。ニューヨークの新聞に話をつけて、こんどは裸一貫、ヨーロッパに乗りこむ。『草の葉』の詩人と親しかったことを手形に、片っぱしから名だたる文人たちを訪ねては、金を無心し、紹介状をねだって、訪問記をものして歩く。そうして、イプセンからマラルメまで、近代劇の、象徴主義の、北米への最初の紹介者という名乗りを手に入れている。実際は、イプセンはサダキチを疑って口をきかず、マラルメはそのサロンにもぐりこんだだけだったらしいのだが。

サダキチの訪問記は、ほとんどガセネタとして、後世に重んじられなかった。しかし、話のおもしろさは類がなかったようだ。ロンドンでは、ウィリアム・モリスのところへ、貸衣裳のフロックコートを着こんで、襟にパセリを挿して出かけていった。モリスが金の無心を断ると、サダキチは何が生活の芸術化だとばかりにモリスの家具をさんざんにけなし、襟のパセリをむしゃむしゃ食べだして、モリスを呆然とさせた。

パリでは、落ちぶれていたヴェルレーヌと、一晩飲み明かした。ヴェルレーヌが死んだとき、葬式の費用をまかなったのがサダキチだ。詩人にはいつも鉛筆の頭を噛むくせがあった。そこでさっそく安鉛筆を数十本買いこんできて、せっせと鉛筆の頭を嚙んで跡をつけ、それを詩人が死ぬまぎわまで使っていた鉛筆だとして、唯一の形見として、友人たちに売りつけて、葬式の費用を払ったというのだ。

もちろんサダキチの言を信じるならばの話だと、伝記作者は誌《しる》している。嘘だろうと何だろうとかまわない。背が高く、いわゆる「いい男」だったが、サダキチが自分の人生に持ち込んだのは、はじめから他人の思惑を蹴とばして、捨て身で生きるという流儀だ。ニューヨークに舞いもどってからは、どこにでも頭を突っこみ、どんなことも人に先んじてして、新しがりの口舌の徒として顔を売り、名を売り、放縦無類に走って、グリニッチ・ヴィレッジの伝記のなかに、首尾よくまぎれこんでいる。

批評家として高踏派を気どり、売文家として悪口雑言を書きとばし、絵画きとして幽玄を売りものに腕をみせ、商業写真家としてスティーグリッツなどに交じって幅をきかし、舞踏家として鳴らしてイサドラ・ダンカンと一緒に踊ったことがあり、またモデルとしておびただしい絵や彫刻や写真に登場し、エズラ・パウンドの知遇を得てイマジズムに近づいていたかと思えば、社会主義者たちとともに戦争を起こすのは資本主義だと叫び、朗読家として各地を歩き、所作つき朗読会や香を焚きしめてのコンサートを開き、といった具合に、派手だったが、熟成したものはない。すべてがハシリ、それだけだ。

本にしてもそうだ。著したものにキリストあり、ブッダあり、孔子あり、マホメットあり、またルバイヤート、シェイクスピア、ホイットマン、ショーペンハウエルあり、さらに一転して、アメリカの美術史を論じ、写実論から霊魂論まで手を延ばしたあげく、浮世絵と日本画によって世界に開かれた日本芸術を説き去って、結局、サダキチの最後のゴールとなったのはハイカイとタンカだ。あるいはアメリカの文学をゆたかにしうることもできたかもしれないが、サダキチはリトル・マガジンが散逸するとともに忘れられたと、エズラ・パウンドは言ったそうだ。

さらに、ニューヨークから西海岸へ。ハリウッドへ。すぐに人気のダグラス・フェアバンクスやジョン・バリモアと知りあって、トルコ人の魔法使役で映画にでたものの、ハリウッドは個性を殺すとして逃げだしている。後に残ったのは、「孤独の道を行かなけりゃならない、今日も昨日のごとく」という自負と、度しがたい盗癖と、アルコールに冒された零落の日々だ。サダキチは「並みはずれて背が高く、日本人の顔にドイツ人の表情をただよわせ、不愉快な、しかも人の心を惹きつける醜さをもっている」と言われた。

第二次大戦がはじまると、父がドイツ人、母が日本人のサダキチは、いわばアメリカの二大敵国の結晶である疑わしい存在だ。軍人に悪態をつき、一度は拘留されたが、裁判で放免されたのちは、日系人の強制収容を避けて、みずからインディアンと偽り、インディアン居住区に小屋を建てて、たった一人で暮らす。最後は、カリフォルニアを出て、消息を絶ち、フロリダの小さな町を死に場所に選んでいる。日本語を解さなかったにもかかわらず、英語もドイツ語もフランス語も堪能だったサダキチが、不遜な心の捨て所として求めたのは、「人生のはかなさを嘆く」容れ物としてのハイカイであり、タンカだったことを、伝記作者は明らかにしている。

サダキチの生きっぷりを伝えるエピソード。カーネギー・ホールで、リストの高弟による『ハンガリー狂詩曲』の演奏会が催されたときのこと。演奏のさなかに、ピーンと張りつめた静けさをやぶって、天井桟敷にいたサダキチが、突然、長い手をメガホンにして大声で怒鳴った。「こんなもの、何の必要があるんだ！」演奏はめちゃめちゃになり、サダキチはむりやり外に連れだされたが、喚きつづけた。「おれはなくちゃならぬ人間だ。ところが、いてくれと、誰もおれに頼まないんだ」。

日本の近代の外にあって、いわばニセモノとして、自分の人生を生きなければならなかったサダキチ・ハルトマンという名の日系人のたどった裏通りは、サダキチが生涯じかに知ることのなかった、国家としての日本の辿ってきたいわばニセモノの近代の表通りに、そっくりそのまま平行しているだろう。ニセモノという意識、香具師としての生き方しか、身にもつことができない。「桃の木にバラの花は咲かすわけにはゆかない」。若いサダキチは、老詩人ホイットマンの口を借りてそう書きとどめたが、ありとあらゆる世界の最先端を追いかけて、パフォーマンスを重ねて追いつかず、とどのつまりは「人生のはかなさを嘆く」しかなくなる光景は、いまも変わったと言えないかもしれない。

「角田柳作先生」のこと

一　司馬遼太郎氏への手紙

このようなかたちで、手紙を差しあげることを、ご海容ください。

『ニューヨーク散歩』（街道をゆく三十九）を読んで、とりわけ「角田柳作先生」をめぐる文章に、感慨を深くいたしました。

「角田柳作先生」。ニューヨークはコロンビア大学に四十歳を過ぎて学び、やがてその「日本文化研究所長」となり、日本思想史を教え、ドナルド・キーン氏のような逸材を生み、コロンビア大学で「日本語でセンセイと発音すれば角田先生のことにきまっていた」そうであって、講義に没頭して著作をなさず、日本にもほとんど知られず、ただ知る人のみぞ知る「無名の巨人」として、『ニューヨーク散歩』に描かれる一明治人の肖像は、銅版画のようにあざやかです。

その「角田柳作先生」の名を、たまたまわたしは、郷里の伝説をとおしてつとに親しく記憶してきました。そして、『ニューヨーク散歩』を読みすすむうちに、ニューヨークに遺された「角田柳作先生」の伝説の奥に、奥州のわが郷里の「角田柳作先生」の伝説が遠景のように重なってきて、いまさらのように、すぐれた一人の明治人の独立の気概に、その生涯につらぬかれた生きかたの姿勢に、強く想いを誘われました。

わたしの郷里は福島市で、母校は福島県立福島高校です。

その福島高校の前身である福島中学が第一回の卒業生をだしたのは、明治三十六年（一九〇三）三月。『福高（福島高校）八十年史』（昭和五十三年九月刊）年表によると、その翌月の四月に、「角田柳作先生」が福島中学に赴任されています。

それから五年のあいだ英語の教鞭をとり、さらに明治四十年に修身科免許を取得（教諭4級俸）。明治四十一年（一九〇八）九月、当時の東宮（のちの大正天皇）が来校参観の折、英語の授業（5年級）を披瀝。しかし、その翌月、「角田柳作先生」は突如、転任となります。「角田事件」として福中（福島中学）の伝説となる出来事が起きたのはそのときで、それは年表には、史料に拠って、次のように記されています。

「1908（明治41）10・1　教諭角田柳作、宮城県仙台第一中学校教諭に転任のため、告別式挙行。角田柳作教諭の仙台一中転任の報に接した全校生の大半が、同教諭の留任を嘆願のため、5年生一同を実行委員として、留任運動推進のため秘密会を決議す」

以下は『福高八十年史』の「角田事件」にかかわる記述です。

明治四十一年（一九〇八）九月に、東宮殿下の東北地方への行啓があった。戊申詔書渙発の一月前であった。

皇太子殿下行啓

（……）我福島中学校に台臨遊ばされる是れ実に九月十三日なり（……）桐谷校長御先導申上げ生徒成績品陳列室に成らせらる此所には全校生徒が台覧に供せん為心を込め思を凝して製作したる作文、図画、習字、郷土誌等を陳列せるなり（……）五年西組に成らせる生徒三十二人角田教諭の英語教授にしてクライブ伝の一説なりき（……）やがて西沢知事を経て御真影を下賜せられたれば校長恭しく拝戴して之を奉安所に納めぬ（……）嗚呼殿下の行啓是れ実に本校空前の名誉なり、吾等益々徳を修め学を励み以て殿下恩澤の万一に報い奉る所なくして可ならんや（校友会誌、信夫《しのぶ》草《ぐさ》十三号）

この行啓が、角田事件の発端になった。

角田事件

授業を台覧に供する予定の組が、都合により取り止めになった。張合抜けした生徒らの一人が不服として、奉迎送へ参加せず早退してしまった。学校当局では、その生徒の処置に苦慮した末、諭旨転校に処したとの噂、またその処置に異存のあった角田柳作教諭も、仙台一中へ転出するにいたったとの噂が、生徒にも伝わったように記憶しています。

ところが、角田先生を惜しむ五年生らが留任運動を策し、ある日昼の休憩時間に、全員を信夫山公園広場へ集合させ、留任要請運動を提案、決議しようとした。これに対し四年生の森徳治（後に海軍少将）が独り決然立って、運動反対の慎重論を主張、その後運動は挫折しました（中十回卒服部実「編集委員会宛メモ」）。

これがいわゆる角田事件である。角田柳作は仙台一中（明治四十一年十月三日〜四十二年三月三十日）で教鞭をとり、明治四十二年ハワイに渡る。

福島中学において「角田柳作先生」の薫陶をうけた生徒のなかには、後に東京大学教授となって英語学の泰斗となる斎藤勇《たけし》（中三回卒）のような人がいました。また、佐藤健（中四回卒）という人は「角田柳作先生」を慕って、ニューヨークに渡って劇作家を志して果たさず、さらに欧州に渡ってパリで西鶴の英訳本を出版して、ジェイムズ・ジョイスと知り合い、ジョイスの署名入り献呈本をわが郷里に遺したと聞きます。終生みずからについて語ることをしなかったといわれる「角田柳作先生」の身近な横顔を、『福高八十年史』は、さらに「角田事件」直後の史料を引いて伝えています。

角田柳作　一八七七年（明治十年）群馬県勢多郡敷島村（現在の渋川市赤城町）に生まれ、県立尋常中学校（のちに前橋中学、現在の前橋高校）から東京専門学校（早稲田大学の前身）に学びさらに同志社・東寺に学ぶ。徳富蘇峰の「民友社」に入り、ついで真言宗中学校教授となる。明治三十六年四月から四十一年九月までの五年間、福中で教鞭をとった。英語と修身を担当し、野球部・文芸部部長でもあり、生徒たちに与えた影響は非常に大きいものがある。斎藤勇（中三回卒）はその思い出のなかで「角田柳作先生の御恩を忘れることができない。先生は正しい発音で読み、訳はすばらしく正確であった。私はこの博学の先生からすすめられて色々の本を読んだ」と語っている。

このように先生を敬慕していた生徒たちが、突然仙台一中へ先生が転出することを知ったとき、「離別の悲しみに堪へず、徒《いたづら》なる此秋の憾に泣き」告別の式では「感慨無量涙滴々頬を伝ふて止ま」なかった。

このとき「先生壇上に於て多くを言はれず、只一言『自重せよ』とのみ」と、信夫草（十一号）は伝えている。

転出した角田は仙台で半年過ごすが、この間に福中同窓会仙台支部を結成する。明治四十一年十二月七日の「角田先生の書簡」（信夫草十一号）によれば「福島中学校同窓会は芽出度組織せられ毎月一回（当分小生宅にて）開催する事となり、大抵二十名内外の来会者ありて、新旧を叙し清興湧くが如く誠に愉快に暮し居り候」とある。

一九〇九年（明治四十二年）角田はハワイ中学校長となり、日本を離れ、一九一七年から六四年まで合衆国で活躍する。

一九六四年（昭和三十九年）八十七歳で他界。

そしてもう一つ、「角田柳作先生」の伝説に重なりあうのは、もう一人のすぐれた明治人が奥州のわが郷里に遺した記憶です。

『ニューヨーク散歩』に描かれるもっとも印象的な場面の一つは、一九四一年、太平洋戦争開戦とともにハドソン河口のエリス島に「敵国人」として抑留された「角田柳作先生」をめぐるドナルド・キーン氏の回想ですが、それで思いおこしたのは一通の手紙のことでした。

その冬「角田柳作先生」の身を案じて認《したた》められたイェール大学の「朝河貫一博士」の一通の手紙が、抑留されていた「角田柳作先生」には届かなかった手紙として、阿部善雄氏の『最後の「日本人」――朝河貫一の生涯』に引かれています。

さぞ不自由なことであろう。ニューヨークでは居宅在留、店の締め切りなどが強制されたことは新聞が報じているが、その後緩和されたであろうか。大学への通勤は許されているのであろうか。「都」やジャパン・アート・センターなどは再開したであろうか。自分はクリスマス後ニューヨークに買物に出て、いつものプリンス・ジョージ旅館に二泊するが、そのときは会って話を聞きたい。

生涯をイェール大学に過ごし、比較法制史の大家にして、イェール大学図書館の「東アジア・コレクション」に力を注ぎ、なおぬきんでた警世の人でありつづけた「朝河貫一博士」の生涯をつぶさに辿った『最後の「日本人」』を読んで、想像をかきたてられたのは、早くからの知り合いだったという「朝河貫一博士」と、そして「角田柳作先生」の、ともに北アメリカに骨を埋めた二つの個性の二つの人生に共通する、わたしにとっては思いがけなく懐かしい風景でした。

「朝河貫一博士」は明治六年（一八七三）生まれ。「角田柳作先生」は明治十年（一八七七）生まれ。相似て、いずれも尋常中学校から、早稲田大学の前身の東京専門学校にすすんで、坪内逍遙に親しくし、しかも、明治二十八年（一八九五）に渡米した「朝河貫一博士」も、また明治四十二年（一九〇九）に出国した「角田柳作先生」も、ともに第一次世界大戦後、二度と日本に帰ることがありません。「朝河貫一博士」は昭和二十三年（一九四八）になくなられますが、その「朝河貫一博士」が生まれそだったのは、現在は福島市になる立子山《たつこやま》村でした（ゆくりなくも、もう亡くなったわたしの伯父はその立子山村の生まれで、おそらく立子山小学校の教員だった「朝河貫一博士」の父の生徒だったはずで、姓も地名のとおりの立子山でした）。

明治の初め福島市につくられた、当時それぞれの県に一つとさだめられていた尋常中学校の、「朝河貫一博士」は第二回入学生でしたが、福島尋常中学校は、明治二十二年（一八八九）に県中央部に位置する現在の郡山市に移転、後に安積《あさか》中学（現在の安積高校）と改称します。そのため、明治三十一年（一八九八）になって新設をみとめられて、福島市に新たにつくられたのが、「角田柳作先生」が赴任されることになる福島中学でした。

後に、かたやイェール大学において、かたやコロンビア大学において、それぞれに国際交流の原点を築く二人の類いない明治人が、またともに胸底に、遠く知られざる奥州のわが郷土のトポスを共有していただろうことを空想すると、不思議な明るさを覚えます。

『福高八十年史』は、ふりかえってリベラリズムを福中（福高）の伝統というふうにいって、とりわけ昭和の戦争の時代において、「時流に逆らってまで英語教育を推進し、守った」戦前の校長たちの謹厳なリベラリストぶりを伝えます。戦時中にもけっして英語の時間数を減らさなかったこと、そして、当時中学生には禁じられていた映画の鑑賞を、土曜日だけの制限つきで認めていたこと、など。

リベラリズムかどうかは措いても、知るかぎりの福島高校は、近年までほとんどが素足に下駄履きをつねとした、とTVで伝えられたこともありますが、この国でたぶんいちばん最後まで下駄履き通学だった高校（男子校）で、わたしもまた、長髪に金線二本の学生帽、素足に朴歯の高下駄の、昭和の戦後の高校生でした。旧制中学の気風がまだのこっていました。

『ニューヨーク散歩』の余白のうつくしさを、ただ徒らに、わたしは損ねてしまったのではないかと惧れます。『ニューヨーク散歩』を読んで思わず誘われた不意の懐かしさゆえに、面識を得ぬまま、このようなかたちの手紙を認める非礼をお有《ゆる》しいただければとねがっています。いま、ニューヨークをめぐるこころに沁みる物語をとおして、ニューヨークから遥かに遠い、高校をでてから離れたきりになった奥州のわが街の記憶へみちびかれようとは、『ニューヨーク散歩』を繙《ひもと》くまで思ってもいませんでした。

『ニューヨーク散歩』には、コロンビア大学で「角田柳作先生」のよき学生だった、歴史学者のハーバート・ノーマンの横顔の忘れがたい素描が挿まれています。その素描をまえにあらためて強く感じたことは、縁、ということでした。わたしは『失われた時代　1930年代への旅』（一九八九）という本で、スペイン市民戦争で死んだイギリスのケンブリッジの若い詩人ジョン・コーンフォードの生き方をたずねたことがあり、コーンフォードがケンブリッジに留学したノーマンに深い影響をあたえたこと、そうしてそのノーマンがまた北アメリカでほかならぬ「角田柳作先生」に親しく学んだ人でもあったということに、ずっと、縁というよりないような、名づけがたい感情を覚えてきました。

歴史のなかにはもう一つの歴史が、一人を一人に繫いできた見えない歴史があるのだというふうに思います。『ニューヨーク散歩』がくださったのは、国境を越え、時代を超えて、人と人のあいだにむすばれてきた不思議な縁を、歴史の織り糸にもつ百年の時代として、二十世紀という不確かな時代をいま、ここにふりかえって考えてみる時間でした。読み終えて、しみじみとのこったのは、まさに結びの言葉に書きとめられた「人間へのさまざまな思い」です。

二　司馬遼太郎氏からの手紙

「角田柳作先生」について、「司馬遼太郎氏への手紙」を書いたのは、一九九四年の晩冬でした。上梓されたばかりの『ニューヨーク散歩』を読んで、目をひらかれて、ずっとこころにあった郷里で聞き知った「角田柳作先生」にたいする感慨が、思わずふくらんだためでした。司馬さんには一度も会ったことはなかったのですが、手紙のかたちで書くことで、司馬さんの語られた「角田柳作先生」に、郷里にのこされた「角田柳作先生」のイメージを親しく重ねあわせられるように思えたのです。

そののち司馬さんからいただいた手紙のうち、「角田柳作先生」をめぐる手紙は二通です。「司馬遼太郎氏への手紙」が雑誌『図書』に掲載されてすぐに一通、それからほぼ一ヵ月後に、「角田柳作先生」を追悼する文集をおさめた小包とともにもう一通。いずれも「角田柳作先生」にのこされたこころを刻まれて、すでに私蔵しがたいものですが、わたし個人のなかには、「角田柳作先生」のような日本人の記憶を大切にされた司馬さんの気もちを直接手わたされたようなあたたかな思いが、いまものこっています。

「図書」のお文章拝誦いたしました。

角田柳作先生への小生の微衷《びちゅう》をみごとにおすくいあげ下さいました上、小生の存ぜぬ福島中学時代のことまでお教え下さいました。なにやら、角田先生と歩いている思いでありました。先生の英語は咄々としていたとアメリカの人は言いますが（語彙はじつに豊かだったそうですね）福島中学の先生のころに生徒たちの尊敬を得ていたとのこと、明治人の英語の一側面をうかがわせて趣きを覚えました。バーバラ・ルーシュ教授が、美男でおわしたといわれたこととともに、角田像に濃い陰翳を見る思いでした。ありがたく。（一九九四年）二月二十八日

もう一通は、原稿用紙に書かれたもので、小文にかかわる部分は贅言ですが、『ニューヨーク散歩』に「私は角田柳作先生の写真さえみたことがない」という補筆をあえてくわえられた司馬さんの、弾むような心もちが、文面からそのまま伝わってきます。

同志社大の図書館につとめる井上真琴氏という方が、図書館をかきさがして、角田柳作先生の追悼文集というべきもの（コピー）を、送って下さいました。

御文章に触発されてのことと存じ、小生のみが読むのは果報すぎると思い、お送りします。（井上真琴氏には、断わり済み）。

遺影あり、最後の大学生というべきバーバラ・ルーシュ教授が、少女のように目をかがやかせて〝光源氏とはこういう人だったか〟と想像したように、美男におわしますようです。小柄で、八十をこえた老碩学（さらには独身の角田先生）に光源氏を想像したというのは、すばら

しいことですね。

小生の『ニューヨーク散歩』よりも、貴文の『手紙』のほうが、はるかに角田柳作先生の陰翳が濃くて、ひとびとの心を打ちました。同志社の前記井上さん（小生面識ありません）も、そうでした。

きのう、台湾から帰り、疲れた朝を迎え、この郵便に接し、うれしくなりました。

（一九九四年）四月三日

司馬さんのあげられたバーバラ・ルーシュさんはコロンビア大学教授で、その『もう一つの中世像』は中世の日本人の「日常的宇宙」をとらえてあざやかですが、『ニューヨーク散歩』には、もし光源氏が八十くらいまで生きていたならば、きっと角田先生のような容貌になっていたにちがいない、というルーシュさんの手紙の一節が引かれています。

「角田柳作先生」の追悼文集というのは、『RYUSAKU TSUNODA SENSEI』という由縁あるさまざまな人びとの筆になる私家版の英文の回想録で、そのなかで福島中学の生徒だった斎藤勇氏は、福中時代の「角田柳作先生」の思い出に、「暮らしは低く、思いは高く」として知られるワーズワースの詩の一行をささげています。思いがけなかったのは、「角田柳作先生」の詩が、最後の詩として、その本におさめられていたことです。

「角田柳作先生」の詩は漢詩で、一九六四年秋に八十七歳にして日本への帰国をのぞみ、ニューヨークを発つ直前に書かれたもので、墨筆のまま載っており、付せられたローマ字の読み下しによって書き下すと——乾坤ハ孤筇《こきょう》ヲ樹《た》ツルニ余リ有リ。且ツ悦ブ、青空東海ニ連ナルヲ。鵬翼一夜、七千里。清風明月、イザ帰リナン。そして、次のように、詩は英語にかきあらためられています。

In this world
There still is room
For this solitary walking-cane——
And I rejoice.
Azure skies stretch
Across the Eastern seas.
But one night on phoenix' wings
Can span
Seven thousand *ri*
With fresh winds and a bright moon
I may return.

（Poem, Fall 1964）

けれども、帰国の機上で、ハワイへむかう途次、「角田柳作先生」は亡くなります。ただ、その九年まえ、一九五五年に日本を訪ねた「角田柳作先生」が母校の前橋高校（前橋中学）で講演していたことを、「司馬遼太郎氏への手紙」を読まれた、同校出身で生徒としてその講演を聴いた宮下恒雄氏の手紙で知りました。前橋高校同窓会誌第二十号（一九八一年三月）に、みずから手を入れたという講演の速記録が、やはり同校生徒としてその講演を聴いた内山武氏によって再録されています。

そのとき「角田柳作先生」は生徒たちに、「三」ということの大切さを説いています。

「最小限に物を考えるとき、どの位まで切りつめることが出来るかというと、一つでいいという考え方がある。二つでなければならないという考え方がある。私は少なくとも三つなければならないと考える考え方をとる。ものを考えることは生一本に考えることではなく、自分と反対の人と二つを考えるということでもない」。さらにもう一つ、三つ目を考えることができなければいけない、と。

そして「人の世の光」について語って、「世の光と云うのはどこから来るかと云うと、三つのエルから来る。法（Law）、愛（Love）、行（Labor）です」と言い、「ロー、ラヴ、アンド、レイバーの相対性」をみずから持して、その心持ちで通してゆくときに、われわれの生活というものがはっきりしてくるのだ、と語りかけます。座右の言葉だったという次の端的な言葉が、「角田柳作先生」の気韻を伝えています。

Only in relativity, not in absolute isolation, will the three L's be the light of life.

「角田柳作先生」にとって、人の世とはすなわちLifeのことであり、のこされた講演を読んで強くのこるのは、詩人ミルトンにまなんで、「自分の心の奥にもっていることは世界のはしに達するほど明らかにいい表わすこと」を、人生の「要求」とした人の気概です。「角田柳作先生」は、五十年以上のアメリカ在住にもかかわらず、アメリカに帰化せず、最後まで一日本人として、友人をもてなすときも「旅先のことですので……」と断るのをつねとしたと聞くと内山武氏の注記にありますが、みずからの生涯に「三」を求めつづけた、その生き方の姿勢はあざやかです。

　太平洋戦争中、ニューヨークの「角田柳作先生」は黙々と日々をおくり、ただハドソン河畔に立って夕陽を眺めるのを好んだ、といいます。敵と味方しか認めない戦争は、「三」を求める考え方、生き方を斥けます。日米開戦とともに抑留されて、裁判をうけた「角田柳作先生」について、司馬さんは『ニューヨーク散歩』に、「角田柳作先生」にまなんだドナルド・キーン氏の回想（そのもともとの英文も『RYUSAKU TSUNODA SENSEI』におさめられています）から、次の場面を象徴的に抽《ひ》きだしています。

　尋問にたいする「角田柳作先生」の毅然とした言葉にうたれて、裁判官は、最後に、

「あなたは詩人か（"Mr.Tsunoda, are you a poet ?"）」

と問うのです。

この「詩人」というのは、詩をつくる人ということではなく、「詩人」という言い方でしかあらわせないような或る生き方のことです。

「詩人」という生き方というのは、詩心をもって、もうすこし強い古くからの言い方で言えば、詩魂をもって自分の時代を生きる、あるいは生きてしまう、いわば「詩の人」としての人の生き方と言っていいかもしれません。自分のうちに「詩」を抱いてこの世を見る人を、わたしは「詩の人」とよびたいと考えますが、そうした「詩の人」の「詩」を語るものとは、その人の人生のかたちをなす「史」であり、そして、その人の遺した「死」です。「角田柳作先生」の生きたのは、そうした「詩の人」としての気概をみずから失うことのなかった生涯でした。

VII

二十一世紀のための「論語」

初めに思いさだめておきたいこと。これからを生きる糧となるだろう言葉は、これまでにわたしたちに遺されてきた言葉しかないだろうということ。そうして、わたしたちにとって、遺されてきた言葉を読むとは、いま、わたしたちに遺されてある言葉をどう読むか、すなわちその言葉の読み方を読む、ということにほかならないだろうということ。

「読み方を読む」という読書にもっとも適う本を、もしいま挙げるなら、それは伝記です。ひとの人生とよばれるものはその人生の読み方であり、伝記は或る人の生き方をどう読んだかという報告の書にちがいないからです。そのために、たぶん伝記くらい、読む人の読み方を試しにかかってくるような本もまたありません。

あまたある名高い伝記のなかでも、読むものに「読み方を読む」読書の深さを直接手わたしてきたのは、世にもっとも知られてきた自叙伝です。それでいて、それは世界でおそらくもっとも短い自叙伝です。

『論語』為政第二（四）。その言葉は簡潔きわまりないのに、これほど陰影を畳んだ読み方をうながしてきた自叙伝もまた、ありません。

子の曰く、吾れ十有五にして学に志す。三十にして立つ。四十にして惑わず。五十にして天命を知る。六十にして耳順《したが》う。七十にして心の欲する所に従って、矩《のり》を踰《こ》えず。

子曰、吾十有五而志乎学、三十而立、四十而不惑、五十而知天命、六十而耳順、七十而従心所欲、不踰矩。

この短い文章が、どれほどの「読み」もしくは「読み込み」を求めずにいなかったか。そのことを端的に語るのは、日本語に訳されてきたさまざまなテクストです。

先生がいわれた。

「わたしは十五歳で学問に志し、三十歳で一本立ちとなり、四十歳で迷いがなくなり、五十歳で天から与えられた使命をさとり、六十歳で人のことばをすなおに聞けるようになり、七十歳で自分の思うままに行なってもゆきすぎがなくなった」（貝塚茂樹による）

先生のお言葉。「自分は十五歳で（君子の）学に志し、三十歳で立場が確立し、四十歳で腰がすわった。五十歳で生涯の在り方を自覚し、六十歳で何を聞いても表裏や真相が自然に理解できるようになり、七十歳で思いのままに振舞っても、道理をふみ外すことはなくなった」（木村英一による）

先生「わたしは十五歳で学問にこころざし（いつも心を学問に寄せて怠ることがなく）、三十でひとりだちができ（固くまもってゆけるから、わざわざこころざすこともいらなくなり）、四十で迷わなくなり（事物の道理がはっきりわかるから、わざわざ守ることもいらなくなり）、五十で天命（天の道がおこなわれて万物に分かちあたえられたもの、つまり物事のさもあるべき道理）をさとり（さとりが開けた以上迷うこともなくなってしまい）、六十で人のことばをすなおに聞き（人の声が耳からまっすぐ心に通って、どこにもつかえることがない、さとりもここまで来ると、わざわざ考えることもいらず、自然に身についてくる）、七十になっては心の望むままにしても、度（ものさしや定規、物の切りめきまりになるところ）を過ごさなくなりました（ただ落ちついてやるだけのこと、無理をせずに通ってゆける）」（倉石武四郎による）

もとはおなじ言葉がこれだけ違う。そこに、どんな時代にも、『論語』に託されてきた、読む、読みかえす、読みなおす、「読み」の奥行きがあります。ただ一冊の本であると同時に、無数の読み方を刻む無数の本でもあるような本。

この短い自叙伝について、「年齢による階段があるのはなぜだろう」と、江戸時代、この国の儒学を新しくした伊藤仁斎は記します。


人間の一生は少年から壮年、壮年から老年になる。年齢がそれぞれの年に達すると、知恵も自然に変わる。聖人（孔子）のような素質があっても、老年と少年の差異がないわけにはいかないから、老・少年の区別をしないわけにはゆかない。天に四季があり、春から夏・秋・冬となり、寒さ・暑さ、暖かさ・涼しさが、自然に季節に相応するようなものである。これこそ、聖人が生まれながら知り楽に行動されるという最高の境地で、天地の徳、日月の明るさ、四季の順序と合一された根拠である。（『論語古義』貝塚茂樹訳）

『論語』を繙《ひもと》くことは、先人のよく吟味された注釈を手繰りよせつつ繙くことですが、とりわけ、この短い自叙伝の読み方で際立つのは、「天命を知る」をめぐるそれぞれに直截な注釈です。それはおそらく、「天命を知る」という言葉についての読み方が、そのまま『論語』全体の読み方の姿勢を避けがたく表わしてしまうためです。

「天命を知る」をめぐる注釈の交錯は、孔子が『論語』のなかで、「選択 choice あるいは責任 responsibility といった語を十全なかたちで論じていない」ことに、たぶん係わっています。

「時にはある程度それに類する言葉が使われはする」と、哲学教授のハーバート・フィンガレットは言います。「それでも、西洋の哲学的・宗教的人間理解における選択・責任の重要性に匹敵するような展開や厳密化が、それらの言葉には欠如している。つまり、孔子は選択・責任の語を次のようなものとしては考えていなかった。個人が自分の意志で運命を切り開くために正しい選択肢を選ぶという考え方や、精神的罪悪感、またそれに伴う後悔や報い等の考え方が、選択や責任という概念に分かち難く結び付いているとは考えなかったのである」（『孔子　聖としての世俗者』）。

そうであればこそ、「天命」をめぐるそれぞれの注釈は、あたかも注釈という名の波瀾にとむ物語のようです。

「五十にして命ぜられて大夫と為る」（内則）。「五十にして爵す」（礼記、王制）。以て先王の道を其の国に行ふ。学の効は、是に至つて極まる。然れども「五十は始めて衰ふ」（王制）。ゆゑに此れ自《よ》りしてのちは、復た営為するところ有るべからず。ゆゑに五十にして爵至らざれば、以て天命を知ること有るなり。（……）是れ皆な孔子のみづから言ふ所、亦た常人の能くする所なり。聖人あに人に遠くして道と為ん乎。宋儒の解は、高妙なるに過ぎたり。聖人の道にたがひて仏・老に流るるゆゑんなり。（荻生徂徠『論語徴』小川環樹訳注）

「聖人と人はいへども聖人の類ならめや孔子はよき人」と、本居宣長はうたったと言われますが、和辻哲郎は記します。

この孔子の自伝は、時とともに一般的な人生の段階として広い共鳴を受けるに至った。人はそれぞれその一生に志学の年、而立の年、不惑の年、知命の年、耳順の年を持つと考えられ（……）常人の生涯の段階として当然踏まるべきものと見られている。（……）それにもかかわらず孔子を聖人化しようとする努力が試みられていることはもちろんである。いわく、孔子が天命を知ると言ったのは己れのなし得べき事の限度を知るというくらいの浅い意味ではない。先王の道を復興するという天よりの使命を覚ったのである。この時以来孔子は先王の道の使徒として活動を始めた。天命を知るの一語は孔子の生涯にとっては甚深の意義を蔵する。これがそれらの人々の主張である。が、（……）孔子は五十の時に公山不狃《こうざんふちゆう》に仕えんと欲し、五十一から五十六まで魯の定公に仕えて官吏となった。孔子がその生涯において実際に政治に関与したのはこの五十代の前半だけなのである。孔子は四十代の理想主義的な焦燥を脱したからこそ、五十に至って妥協を必要とする現実の政治にたずさわったのである。そうしてその体験が耳順うの心境を準備したのである。（……）前掲のごとき解釈によって孔子を偉大化しようとするよりも、孔子の自伝が一般的に人生の段階として通用したという事実の意味を明らかにする方が、はるかに孔子の偉大さを発揮するゆえんではなかろうか。（和辻哲郎

『孔子』）

十有五にして学に志し、とは、と吉川幸次郎は言います。十五歳の時に、決心をした、その決心は、学問をしようとすることであった。「それは恐らく、文化によって人間に貢献するということであったであろう」。

五十にして天命を知る。かく文化のために努力することが、天から自己に与えられた使命であること、ないしは、かく文化のために努力せざるを得ないことが、天から人間に与えられた運命であることを、感知しうるに至った。そういうことであると、私は思う。

（……）六十にして耳順う、もしくは、耳順う。これは、難解な言葉であるが、人間の生活の多様性を認識し、むやみに反発しないだけの心の余裕を得た、ということだと、私は解する。

七十にして心の欲するところに従って矩を踰えず、とは、自己の行動に、真の自由を得たことであって、欲望のままに動いても、人間の法則を踰えないという境地に達した、ということで、これはあるに相違ない。（……）徂徠はいう、孔子は自己の経歴を述べるにあたっても、何も特別のことがらはいっていない。普通人でもできることを述べている。孔子の道が、日常的なものを尊重することは、この条においても顕著である、と。その通りである。しかし、私は、その言葉が、抽象に過ぎて、具体的には、いかなることをいうのか、私などにはよくわからないものをも含んでいることを、この条については、うらみとする。（吉川幸次郎『論語』）

「私は孔子を神格化したくないが、また逆に、彼もまた弱い人の子であったなどとは決して言わない。身心ともに卓越した、希有の『よき人』と見たいのである」と記したのは、桑原武夫です。「彼は身のたけ九尺六寸（2・1メートル）、閉じられた城門をこじあけるほどの腕力をもち、七十五の長寿をたもった。まずその肉体に敬意をはらう」。

しかし、孔子は歴史上の人物であった。歴史社会に連関させてよむこともまた許される。いな必要なアプローチであろう。（……）不遇の少年（孔子）は、正規の教育を受けられるはずはなく、十五になって始めて独学を決意したのであろう。無学だったルソーが二十歳を過ぎて学問に生命がけで取り組んだところに、彼の革命思想の原点があるといわれることが想起される。当時貴族は二十歳で成年式をあげるのだが、孔子がことさら三十といったのは、卑賤な職業を転々としつつ学んだあと、三十になって始めて博学者として世に認められたことをいう。「不惑」は、四十を越した孔子が祖国を復興させるために帰国したことを指し、五十歳で天命を知ったというのは、魯の政治を壟断《ろうだん》していた御三家を打倒しようとして果さず、五十六歳以後放浪の旅に出る、この運命をさとったことである。（……）私の感想を一つつけ加えると、人間の成長には学問修養が大いに作用するが、同時に人間が生物であることもまた無視できないであろう。「天命を知る」というのは、自分がこの世で完遂すべき使命を自覚することであると同時に、五十の衰えの感覚から自分としてはこうしかならないのだということを認め、その運命の甘受の中で生きようと思うことでもある。「耳順」は、自覚的努力というより、生理の作用する寛容、あるいは原理的束縛からの離脱であることが少なくないのではないか。よく言えば素直さだが、あくまで突進しようとするひたむきな精神の喪失ともいえる。（桑原武夫『論語』）

印象的なイメージをのこすのは、白川静の描いた「天命」、そして宮崎市定の描いた「天命」です。

孔子は、一生夢をみつづけた。夢に出てくるのはいつも周公であった。殷周の革命、西周の創業をなしとげたこの聖者は、明保として周の最高の聖職者であり、また文化の創造者であった。同時にこの聖者はまた、悲劇の聖者でもあった。孔子は晩年のある日、「甚だしいかなわが衰へたること。久しいかな、われまた夢に周公を見ず」（述而）と歎いている。孔子は生涯、周公を夢にみ、周公と語りつづけていたのであろう。周公が何を語ったのかは知られない。「斯文《しぶん》を喪《ほろ》ぼすことなかれ」というような、命令形のものであったように思われる。それで孔子は、安んじて天命を語ることができたのである。それでなくては、天命を語ることは冒瀆にひとしい。（白川静『孔子伝』）

私の考えでは孔子の当時、天とか命とかいうのは、何かわからない運命のことであって、まだ正義を執行する神さまにはなっていません。何か知らず不思議な神秘力であって、それが人間の上に善とも悪ともつかぬ重大な作用を及ぼす。それは恰も北方アジアに後世まで残っていたシャーマン教の神のようなものであったと思われます。孔子はそのように天や命を取扱っています。

人間の運命は何か知らない力によって左右される。それはどうすることも出来ぬ不可知な力であるからそのことを考えて見ても仕方がない。人間は自分が義務だと思うことを、わき目をふらず、尽力しなければならない。どんなに自分が骨を折っても、ときによると、失敗することがある。しかし、それで勇気阻喪してはならない。それは天とか、命とか、超自然力の作用で人間はどうすることもできぬものだと知ってあきらめる。それによって自分の義務を怠ってはならない。人事を尽して天命を待つのだ。そういう境地にまで達した、ということを言ったのだと私は思います。（……）孔子には先覚者に免れえない孤独感があった。そこを摑まなければ、孔子は生きてこないと思います。（宮崎市定『論語の新しい読み方』）

「天命」について、金谷治訳注『論語』は、「天のさだめごと、人間の力をこえた運命としての意味が強い。天は不可知なものである」と記します。平岡武夫訳注『論語』は、この世界でたぶんもっとも短い自叙伝を「孔子が述べる一生の精神史である」として、孔子の紙碑をこう記します。「孔子は七十四歳で歿する。生涯を閉じる時点において、究極の自分を視点にして、そこから精神生活のふしふしに思いをめぐらせる。いかに生きるべきか、その道を求めて絶えざる努力をして、それが報いられたこと、生を求めて生を得たよろこびが、孔子の瞑目するまぶたのうちにあったことであろう。円満なる死である」。

孔子の紙碑を違う「ざわめく」言葉で、昭和の戦後生まれの呉智英は、その『現代人の論語』に記します。孔子は天命を知り、確信しているつもりであった。しかし、天は非情であった。天は徳行の士を不治の病に苦しませた。天命は不条理である。孔子は五十にして天命の不条理を知り、六十、七十にして諦観を得た。「孔子の心は、だが、ざわめき、波立っている」。その「天命の不条理」に、「子、川のほとりに在りて曰く、ゆくものはかくの如きか。昼夜を舎《や》めず」という忘れがたい孔子の言葉を、呉はかさねています。

そして、もう一つ、思いだしておきたいのは、幕末に生まれ、維新後この国の資本主義の流れを主導する一人となって、昭和の戦争の時代の始まりの年に没した、渋沢栄一の遺した『論語講義』です。『論語』を人生の書とした渋沢は、孔子のいう「天命」を「一身の出処進退」と、「矩を踰えず」を「一に克己」と言い切って、ふりかえって戒心の言葉を記しています。

余もし克己心なく私心を制しなかったならば、決して今日の余であり得る者でない。とくに反対論者と刺し違えて死んだかも知れぬ。克己は実に偉大なる力である。
孔聖の四十にして達し給うた不惑の境涯は、余も七十歳頃よりどうやら手に入ったように思う。知天命の一段に至っては、余のごとき菲徳の者が、何歳の時より天の命ずる所を知ったなどとは高言はできぬが、余が一身の出処進退については、明治元年より一貫の精神を有している。一時明治政府に仕え、大蔵省に入り理財の局に当りたれども、明治六年五月七日退官して、素志に従い民間の事業に任じ、再び官につき政治に容喙《ようかい》せぬ決心をなせり。その後貴族院議員に勅任せられたけれども、少時にしてこれを辞す。あるいは大蔵大臣になれと勧められ、あるいは東京市長になれと強いられたけれども、皆これを拒絶して初志を貫けり。もしこれを天命を知ったといえるものならば、そういえるかも知れぬ。

これからの二十一世紀という時代の未来でわたしたちを待ちうけているのは、どのような「天命」だろうかということを考えます。思うに、来るべき新しい時代とは、手から手へ手わたされてきた世界でもっとも古い「よき人」の言葉を読む、読みかえす、読みなおすということが、きっと、ますます必要とされるにちがいない時代のことです。

露伴のルビのこと

幸田露伴の文章を読むのが好きです。目で読んで耳にひびくような、明治の人の張りのある文章。文語体であっても、文語体特有のリズムが、言ってみればジャズのドラムスのように、歯切れよく感じ考えるリズムをきざんで、いま読んでもじつにすっきりとしています。そして、その文章でひときわ際立つのが、露伴が文章に多用するルビです。そのルビには独特の喚起力があり、それが露伴の文章に、文字通り独特の魅力を添えています。

ルビというのは、ふりがなのことです。ふりがなは、むずかしくてまず読めないような漢字に添える。ルビは知らない漢字、むずかしい漢字を読むための、日本語ならではの工夫で、子どもの本にはいまもしばしば使われますが、大人の読む本も、昔はたいていはルビ付きでした。けれども、露伴のルビの付け方はちがうのです。むずかしくて読めないから、ルビをつけるというのではありません。

たとえば、露伴に『論語』(一九四七)と題された一冊の本があります。もともとは一冊の本として書かれたものでなく、『論語』をめぐる露伴の積年のエッセーを集めた本なのですが、論じられるのが『論語』とあれば、のっけから問われるのは言葉の読み方です。なにしろ二千年を生きてきた言葉なのですから、含蓄にとむその言葉の一つ一つは、読み方によって、言葉のニュアンス、意味の奥行きまでも、微妙にちがってきます。

『論語』は、中国の古典のほとんどとおなじく、読み下された日本語によってひろく親しまれてきました。読み下しというのは、まことに巧妙に考えられた読み方だと思うのですが、その読み下しに、欠かすことのできないのがルビです。わたしのようにはじめから読み下された文章によって『論語』になじんだものは、そもそもルビにみちびかれて『論語』にみちびかれたのです。しかしそのルビが、ただのふりがなとはちがうのです。

『論語』の最初の一行は、「学而時習之、不亦説乎」。孔子の言葉です。普通は「学びて時にこれを習《なら》う、また説《よろこ》ばしからずや」（「ものを教わる。そしてあとから復習する。なんと楽しいことではないか」）と読み下します。露伴の『論語』の読み下しは、ちがうのです。露伴は「学びて時にこれを習《かさ》ぬ、また説《よろこ》ばしからずや」。最初の一行からして、もうただのふりがなではありません。その言葉をどう読むべきか。それが露伴のルビなのです。

習はならふと訓ずれど、かさぬと訓ずる方、此処にては意《こころ》明かに見《あら》はる、と露伴は言います。

鳥の雛のハタ〳〵と幾度と無く飛び習うを習といふ。習の音は羽下の自より来れるなり。数々《しば〳〵》飛ぶを習といふ。学習の二字の禽の事に用ゐられたる例は、礼記に見えて、月令季夏之月の條に、鷹乃ち学習すとあり。又人の事に学習の二字の用ゐられたる例は、同じ月令孟春の條に、是《この》月や楽正に命じ、入って舞を学習せしむと見えたるあり。
鷹の搏《う》つも、人の舞ふも、皆数々《しば〳〵》して後に漸く之を得るなり。だから、習を習《かさ》ぬとすると言い、「習の字の味、おもひ知るべし」と、露伴はきっぱりと言い切っています。こうした『論語』の独自の読み下しにみられるように、露伴のルビは、その言葉が秘める思いがけない「字の味」を引きだしてきて、読むものをその言葉のなかに引き入れずにはいません。

他と書いて（ひと）。仁和と書いて（やはらかみ）。神と書いて（こころ、たましひ）。差と書いて（けぢめ）。酷くと書いて（よく）。錯らずと書いて（あやまらず）。正當と書いて（ほんたう）。露伴のルビの付け方には、言葉に対する思慮が籠もっています。言葉が尽くすべき情理を尽くし、きれいな後味をのこす露伴の文章を読むと、言葉がおよそ信じられていない今日にあって、なお言葉は信じるに足るという思いにゆっくりと誘われます。

大袈裟な言葉を操らない。ただ「正當」と書いて「ほんたう」と読む。その「正當《ほんたう》なるところ」はどこにあるのでもないのだと、露伴は言います。すなわち、「耕す時も、漁《すなどり》する時も、陶《すゑ》器《もの》つくる時も、時を遂《お》ひて利を求むる時も、それどころにはあらで、家に在りて飲食する時も、外に在りて進退する時も、一挙手、一投足、一轉瞬、一彈指の間にも、如是《かく》〳〵するが正當《ほんたう》なりといふところあり」と。

ふしぎに雅量あることば

受けとめることばとしての日本語のちから、ということを考えます。ことばを受けとめることばとしての、日本語のたおやかさ。そうした日本語の撓《しな》うちからを感得するようになったのは、はしなくも、漢詩を日本語の読み下しによって読むという、日常ふだんの経験をとおしてでした。漢詩を日本語の読み下しによって読むというのは、日本語に訳された漢詩を読むというのとは違う、きわめて独自なものです。読み下すという日本語の技がつくってきたのは、日本語に読み下された詩としての（中国語の音をもたない）漢詩という、ほかに例をみない、きわめて真味なことばでした。

日本語に読み下された漢詩が記憶にのこすのは、まず、そのことばのかたちと、そのことばのかたちからおのずと引きだされてくるリズム。そのために、どんなに机上の書きことばのようであっても、それは、読むものの日々の気もちをすっと受けとめる、ふしぎに雅量あることばでありつづけてきたと思うのです。

「菊を采《と》る東籬《とうり》の下、悠然として南山を見る。山気　日夕《ゆうべ》　佳《うるわ》しく、飛鳥　相与《うちつれて》還る。此中《ここ》にこそ真意あれ、弁《の》べんと欲して已《すで》に言を忘る」

たとえば、陶淵明の、ひろく知られるこの詩の読み下し（入矢義高による）の、最後の二行。――ここにこそ、人のありうべき真の姿はあるのではないか。そう思ったが、それを言いあらわすべき言葉は、もうなかった。

言いがたいもの、言いあらわせないものを、そのまま言いがたいもの、言いあらわせないものとして、すすんで受けとめる。漢詩のもつ、そうした言いがたいもの、言いあらわせないものを、静かに受けとめる仕掛け、枠付けというものを、漢詩の読み下しは、呼吸を整えさせるような仕方で、読み手の胸のうちにうまくつくってきた日本語だった、と言えるのではないでしょうか。

言いあらわすことば、なのではありません。漢詩の読み下しは、あくまでもまず受けとめることばであり、受けとめて、そして手わたすことばです。何を受けとめ、何を手わたすのか。すくなくとも、わたしの場合、読み下された漢詩の日本語から直接手わたされてきたものは、つねに、ことばにならないことば、ことばでないことば、ことばでは言い得ないことばを言うためのことばでした。

「竹の涼しさは臥《ふしど》の内を侵し、野の月は庭の隅に満てり。重なれる露は涓滴《けんてき》と成り、稀《まば》らなる星の乍《たちま》ち有りてまた無し。暗きに飛ぶ螢は自ずからを照らし、水に宿る鳥の相い呼ぶよ。万事は干戈《かんか》の裏《うち》なり。空しく悲しむ清夜の徂《ゆ》くを」

杜甫の、忘れがたい夜の詩の読み下し（吉川幸次郎による）。竹、月、露、星、螢。ときおりきこえる水鳥の声。けれども、こんな清らかな夜にも、人が覚えるのは、ただに、ことばにならないことば、ことばでないことば、ことばでは言い得ないことば、空しい悲しみです。今日なお、万事は干戈のうちにあるからです。干戈は内乱、戦乱のこと。悪意と暴力の時代は、いまも去っていないのです。

「寒夜　空斎の裡《うち》、香烟　時已《すで》に遷る。戸外　竹千竿。床上　書幾篇。月出でて半窓《はんそう》白く、虫鳴いて四隣禅《しず》か。箇中　何限《かげん》の意。相対するも也《ま》た言《こと》なし」

これは破格の人良寛の、漢詩の読み下し。その入矢義高訳を（改行せずに句読点をくわえて）引くと、「寒い夜に人げのない部屋のなかで、香烟立ち昇るうちに早や時は移りゆく。戸外には千竿《かん》の竹。床上には幾冊かの書。月が射しでて窓の半ばは白く、虫の声してあたりはひっそり。この境涯——限りない心中。向かい合っていても言葉はない」。

日本語に読み下された漢詩の、受けとめて手わたすためのことばがゆっくりともたらしてきたのは、そう言ってよければ、ことばなきことばの前に人は在るのだという、まっすぐな認識だったのだと思えます。

漢詩を読み下した、リズムをもった日本語が、これまでわたしたちのことばに対する感受性におよぼしてきた影響は、考えられる以上に深く、大きいのではないでしょうか。なぜなら、ことばのうつくしさは、そのことばによる認識のうつくしさなのだということを、漢詩の読み下しの日本語くらい、端的におしえてくれる日本語はあまりないような気がするからです。

『荒城の月』逸聞

よくよく知られている。けれども、ほんとうは何も知られていない。そうした逆説をしばしばまぬがれないのが世にいう名作のたぐいです。『荒城の月』が、そうです。

佳作傑作あまたある、この百年の日本の歌のなかにあっても、つねに、ほとんど日本人の主題歌と言い得るくらいの人気を抜きんでてたもちつづけてきたのが、『荒城の月』です。そうではあっても、その歌について言えば、それほどひろく愛されながら、これほど知られていないという歌も、あまりないでしょう。文字通りの名作の逆説を、ぜんぶ背負っているような歌です。

愛唱歌として知られる『荒城の月』は、もともとは、詩が土井晩翠、曲が瀧廉太郎による中学唱歌で、明治三十四年三月に東京音楽学校編ででた教科書の「中學唱歌」三十八曲のうちの一つ。しかし時へて、やがて時代に育てられ、社会にひろく歌われて世に愛され、大正デモクラシーの時代にも、昭和の戦争の時代にも、そして戦後の時代にも、さらに平成の憂き世となっても、人気の替わらなかったのが『荒城の月』です。

『荒城の月』は不思議な歌です。ただ人心を離さないというだけでなく、その歌には、初めからどこか不思議な影がのこされています。

不思議の第一は、『荒城の月』として、わたしたちのあいだに歌われてきた歌というのは、中学唱歌として誕生したそもそもの歌とはちがうことです。『荒城の月』と言えば、瀧廉太郎の名作。そうにちがいありませんが、瀧廉太郎のつくったのは八分音符の『荒城の月』。しかし、今日知られるのは、四分音符の『荒城の月』。

瀧廉太郎の原曲を編曲して、中学唱歌の『荒城の月』をゆったりと親しい四分音符の歌にあらためたのは、作曲家の三枝成章氏に聞いたのですが、山田耕筰です。

『荒城の月』が抜きんでて人びとに親しまれる歌にそだってゆくのは、それからなのですが、そこにはさらにもう一つの不思議がかかわってきます。瀧廉太郎の原曲にあって、山田耕筰の編曲にも初めはのこされていたという、シャープが消えるのです。

「春高楼の花の宴」とはじまる、詩の「はなのえん」の「え」のところに、瀧廉太郎は♯を付した。その♯が、大正の時代に、中学唱歌の譜から消える。三枝氏によると、それまでは西欧的な音階をただよわせた歌だった『荒城の月』を、胸の底にすとんと落ちつくきわめて日本的な音階をもった歌に変えたのは、(四分音符化にくわえて) そのシャープの消失でした。それが『荒城の月』を、日本人の心の旋律を伝える歌にした。

『荒城の月』は、いまとなっては四分音符以外の曲は思いだされませんが、それがほんとうは編曲によることはいまは知られません。四分音符になって、シャープが消えて、愛される万人の歌となった『荒城の月』は、昭和のそれも戦後の時代になって、ようやく譜の上に瀧廉太郎のシャープをとりもどして、著作権こそシャープ付きとなったものの、みんなの口をつくのは、いまでもシャープなしの『荒城の月』です。

しかし、『荒城の月』をめぐる極めつけの不思議と言うべきは、この歌のタイトルそのものです。中学唱歌は、先にタイトルを決めて、詩を委嘱して、できあがった詩に、募って曲をつけた。新しい時代の新しい唱歌のための詩を若い土井晩翠に頼んだのは、そのとき東京音楽学校の中等唱歌集の編集に携わった島崎藤村とされますが、藤村が晩翠に依頼した詩のタイトルは「古城」もしくは「古城の月」でした。

『荒城の月』が「古城の月」だったら、この歌が人びとの心を揺さぶる歌となったかどうか。旋律だけではありません。「荒城」という独特の語感が、人びとの歴史への無言の思いを積んできたのが、『荒城の月』という歌です。「私にあてられたのが『荒城の月』であった」としか晩翠は語りませんでしたが、「古城」に代えて、そのとき「荒城」を歌のタイトルとしたのは、たぶん晩翠自身です。

「荒城」という語を、晩翠は、「国破れて山河在り」の中国の詩人杜甫の詩「兗州《えんしゅう》の城楼に登る」から採ったのでしょう。

「孤嶂《こしょう》には秦碑《しんぴ》在り、荒城には魯殿《ろでん》余る。従来、古意《こい》多し、臨眺《りんちょう》して独り躊躇《ちゅうちょ》す」

荒城は、荒れ果てた城のこと。古意は、古《いにし》えをしのぶこころのこと。対するに、晩翠の『荒城の月』は、次のようにむすばれます。「天上影は替らねど、栄枯は移る世の姿。写さんとてか今もなほ、嗚呼《ああ》荒城のよはの月」。

興味深いのは、藤村です。藤村は、唱歌でしりぞけられた「古城」の話を採って、「千曲川旅情の歌」の詩篇をのこします。いわく、「小諸なる古城のほとり、雪白く遊子《ゆうし》悲しむ」。そしてまた、「嗚呼古城何をか語り、岸の波なにをか答ふ。過《いに》し世を静かに思へ、百年《ももとせ》もきのふのごとし」。

藤村の「古城」のイメージにもまた重なっているのは、おそらく、「浮雲《ふうん》、終日行く。遊子、久しく至らず」とうたった杜甫の至情です。

晩翠の『荒城の月』が瀧廉太郎の旋律をえて中学唱歌として世にでたのは、明治三十四年、つまり一九〇一年、すなわちまさに二十世紀という新しい時代のはじまった年です。藤村が「千曲川旅情の歌」を冒頭においた『落梅集』を世に問うたのも、明治三十四年、一九〇一年、二十世紀という新しい時代がそこからはじまった、おなじ年です。

晩翠の『荒城の月』と藤村の「千曲川旅情の歌」は、双頭の詩。たがいに表裏一対をなして、こころの深いところで、その後のこの国の人びとの歴史の感じ方をみちびいてきたというのが、わたしの推断です。

月の光に照らされた「荒城」をうたったのが晩翠なら、日の光につつまれた「古城」をうたったのが藤村です。

藤村の「古城」、晩翠の「荒城」にはじまったのが、この国の二十世紀の百年の時代でした。

『荒城の月』をめぐるもっとも新しい不思議は、この国の教育を司る文部省が新たにこしらえた二十一世紀の学習指導要領案というものでは、学校の音楽の教材から『荒城の月』は除かれるとされていること。

子どもたちの記憶から、いつか心の突っかい棒となる『荒城の月』のような歌を奪うなら、その後にのこされるのは歌のない歴史の風景です。

北上の柳青める

やはらかに柳あをめる北上の岸辺目に見ゆ泣けとごとくに

その歌の刻まれた石川啄木の盛岡市渋民の石碑の写真を初めて見たのは、学生のころ。北上の風景のなかに建つ碑のたたずまいに強く惹かれたのを覚えている。

実際にその碑を目にしたのはそれから五十年も後のことで、最初は何も気づかなかった。今年、二度目にその碑を見る機会を偶然に得て、碑の裏側に、ちょっと見には読まれない、小さな文字が目立たずに刻まれているのに気づいた。

「大正十一年四月十三日無名青年の徒之を立つ

大東亜戦下昭和十八年五月此處鶴塚に移す」

記されているのはそれだけだ。この文言が刻されたのは、石碑の建てられたときでなく、「大東亜戦」という言い方が行われなくなる昭和の敗戦以前、石碑がいまあるところに移置されたそのときだろうか。もともとは、いまある公園の丘を下った北上川の岸辺にあったものが、風化が進み、補修して鶴塚（公園になる前のいまの場所の呼称）に移ったとされる。「やはらかに」の歌碑は、おどろくほど大きな自然石の碑だ。しかも、「大東亜戦下」の昭和十八年（一九四三）は「撃ちてし止まん」の年。太平洋戦争での玉砕の始まる年。動物園の動物たち薬殺の年。理工系をのぞく学徒召集出陣の年。そうした「非常時」の日々に、これほど巨大な自然石の歌碑を、それも「泣けとごとくに」と終わる歌碑を、川辺から丘上に引き揚げるというような作業は、けっしてなまなかなことではなかったはず。

対照的に、歌碑が最初に建立された大正十一年（一九二二）は、大正デモクラシーまっただなか、文化住宅を生んだという平和記念東京博が行われ、前年のノーベル賞を受けたアインシュタインが来日した、関東大震災前の最後の年だ。「やはらかに柳あをめる」に始まる歌にたぶんもっともふさわしかっただろうような年。知る人は知っているかもしれないが、そのような年に巨大なこの碑を建立した「無名青年の徒」というのは、誰だったのだろう。

渋民公園のこの歌碑は、いまでは芭蕉をしのぐとされる数多い啄木歌碑の全国第一号とされる。その最初の碑に刻まれたのが、「視覚に沁みるようななつかしさ」（三枝昂之）にみちたこの歌だったということ。

そうであって、この石碑を歌碑として傑出させてきたものは、わたしには、この歌がほかでもなく活字体で刻まれてきたということのためだったと思われる。木彫活字のような、ふしぎなやわらかさのある、その活字体のもつ訴求力。

活字体で歌を刻むことを考えたのは誰だったのだろう。記念館にのこされている原稿やノートをみると、啄木が文字を、それも活字としての文字をとても大切にした人だったことが、親しみをもって伝わってくる。いまにして気づく。弱年の日、北上の風景のなかに建つ啄木の碑のたたずまいに惹かれたのは、歌を映す活字体の文字のうつくしさに惹かれてだった。

訳詩興るべし

詩は合鍵です。合鍵なしでは開けられない扉、閉まったままの扉を、合鍵となる詩をつかって開ける。すると目の前が開けて、その向こうの世界が見えてくる。そうした向こう側へ開かれてゆく感覚をしばしばもたらしてきたのは訳詩です。

一つの訳詩が伝えるのは千の情報にまさる感受性の光景の記録ですが、その詩から手わたされるものは、他の方法では語ることはできないだろう沈黙です。詩の言葉は、言葉でだけできているのは半分、あとの半分は沈黙でできているからです。

氷のような日だった
ぼくたちはねこをいけた
それから　そのはこへ
マッチで火をつけた。

うらの庭で。
地面と火から
にげだしたのみたちは
寒さのために死んでしまった。

アメリカの詩人ウィリアム・カーロス・ウィリアムズの詩「完全な破壊」を、詩人の村野四郎が日本語にしたもので、「いけた」は「埋《い》けた」。この短い詩の原詩が書かれたのは、世界の民主主義をまもれを旗じるしに、アメリカが第一次世界大戦に参戦する一九一七年。ロシアで十月革命が起きて、ソヴェト政権が樹立されるのもおなじ年。二十世紀のそれからを考えると、すべてはComplete Destruction（原詩のタイトル）というこの端的な言葉につきていたことに気づきます。

たそがれになって夢がさわぎたてる
まえの夢がも一つまえの夢をおしだし
あとからきたも一つの夢がまえの夢をおいたてた
いなくなった夢は墨のようにくろく
おいたてた夢は墨のようにくろく
あれもこれも「みごとなこの色をみて」といっているようだ

くらやみで色がわかりますか
だれのおしゃべりかわかりますか

くらいのでわからない　熱がでて頭は病んでいる
まちどおしい　明白な夢が

魯迅の書いた新詩（口語詩）六篇の一つという「夢」（宇田礼訳）。この短い詩が書かれたのは一九一八年、第一次世界大戦が終わった年。ソ連（ソヴェト社会主義共和国連邦）誕生の翌年。シュペングラーの『西欧の没落』が出、魯迅は『狂人日記』を世に問うた年です。この年、世界のいたるところで、それまでの国々のあり方を引っくりかえしたのは、時代の闇のなかで人びとが見た「夢」でした。この短い詩には、その「夢」の痕跡があざやかにのこっています。

わたしは詩人を訪ねて行つた。
かつきり正午。日曜日。
ゆつたりとした部屋は静かで
窓外は凍《い》て。

真赤な色の陽が、青ぐろい
おどろに乱れた煙りの上に……
無言の主《あるじ》は晴れやかな目で
わたしを見つめる。

彼は誰でも覚えなければ
ゐられぬやうな目を持つてゐる。
わたしはいつそ用心ぶかく
それを少しも見ないこと。

話したことは覚えてゐない。
煙つぽい午《ひる》、日曜日
ネヴ川の海門ちかい
灰いろの高い家の中。

「わたし」はアンナ・アフマートヴァ。「詩人」はアレクサンドル・ブローク。一九一七年のロシアの十月革命の精神を誰より強く抱きしめたブロークは、革命後のソヴェトの日々のあり方に誰よりふかく絶望した詩人です。ブロークが自殺のように逝くのは一九二一年。アフマートヴァの詩「ブロークに」（米川正夫訳）が、昭和五年（一九三〇）に新潮社版世界文学全集の近代詩人集に収められたときのプロフィールは、こうでした。ブローク、「苦しめる露西亜国民の運命に傷心おく能はざりし愛国的現実主義者」。アフマートヴァ、「現在はブルジョア・イデオロギイの抱懐者として作品発表の可能を有してゐない」。——二十世紀のソヴェト・ロシアは、何を失いつづけたのだったか。人びとの「晴れやかな」眼差しです。

かつてぼくはドイツの詩人だった、
故郷がぼくのメロディーのなかでなり響いていた、
故郷の生活がわが歌に詠めた、
歌は故郷とともに枯れしぼみ、故郷とともに生長してきた。

故郷はぼくに信義をまもらなかった、
故郷は悪しき衝動に身をささげつくした、
だからぼくは故郷の夢の姿だけをまだ描けるのだ、
それでもぼくは故郷に信義をつくしてきた。

この詩を書いたのはシュレージエンの詩人のマックス・ヘルマン＝ナイセ。自分の名に生まれた町の名ナイセをくわえて詩を書いた詩人です。リンゲルナッツと親しく、アイヒェンドルフ賞を受けた詩人でしたが、ナチスが政権を獲ってドイツを奪いとった年に、イギリスに亡命。身障者で、虚弱な小さな身体で辛難な亡命生活を送り、一九四一年に五十五歳で心臓麻痺で、ロンドンで亡くなっています（ユルゲン・ゼルケ『焚《や》かれた詩人たち』浅野洋訳）。「心のなかで最後までドイツ人とともに生き、書いたことはドイツ人に関することだけだった」（ハインリヒ・マン）。しかし、異国で没した孤独な詩人が、戦後の故国で思いだされることはありませんでした。

ブラン・マントオ街
立てられた脚立々々
手桶に糠が入れられて
出来上つた断頭台
ブラン・マントオ街

ブラン・マントオ街
首切人は早く起きた
仕事があつたからである

将軍の僧正の提督の
首をちょん切らねばならぬ
ブラン・マントオ街

ブラン・マントオ街
貴婦人どもがやってきた
がらくたを着飾って
きれいに首が欠けていた
帽子もろともころがって
首はころがり落ちていた
ブラン・マントオ街

J・P・サルトルの詩。阿久正（たぶん長谷川四郎）の訳。ジョゼフ・コスマが曲をつけたシャンソン。手廻しオルガンかアコーディオンを伴奏に、子どもたちが路上で遊ぶときの歌のような、ゆっくり旋るような、どこか懐かしい感覚をよびさます旋律の曲です。二十世紀半ば過ぎには、世界のどこの街にも、フランス・デモとよばれた、人びとが手をつないで歩いて、街の道を埋めつくした、激しくも牧歌的な一時代があった。この首切り人のシャンソンの詩が思いださせるのは、人びとが路上を自分のものにできた「路上の時代」の光景です。

五度
レイプの話を
聞かされた。

四度
男が殴り合うのを
見た。

三度
目の前で飼い主が犬を
虐待した。

二度
恋人のために
少年保護所に駆け込んだ。

一度
病気の母を絞め殺そうと
思った。

僕は十八歳
社会主義の国にそだった
戦争は知らない

もはや亡い東ドイツ（ＤＤＲ）の詩人ウーヴェ・コルベののこした詩「幾度か」（市川明訳）。「社会主義の国」にそだった若い詩人が、なかった「夢」の外に黙って見つめていたのは、イデオロギーで解決できない不確かな日々の現実です。

詩を母語とは異なる言葉に編みかえる訳詩は、もともとの言葉がつつみもつ沈黙をそこなわずに編みこめてはじめて、国境にへだてられない、ぬきさしならない記憶を、他者に伝える言葉になり得ます。訳詩興るべし。

見える歴史のなかにいるのは、束の間の、やがて忘れられるだけの主役たちですが、詩のなかにいるのは、人びとのあいだにある見えない歴史の、記憶にのみのこる主人公たちです。

ことばを届ける人

思い出として。――

ある日、抽斗《ひきだし》の奥からでてきた、黄ばんだ大きな紙封筒。封筒のなかには、罫も桝目もないA４判のもともとはただの白い紙数枚。その紙にすっきりと書き記された、一字も書きなおしのない細字の、黒い（ときには青い）ボールペンの文字。いまは亡いドイツ文学者の野村修（一九三〇―一九八）から送られたいくつかのことばです。

ブレヒトやベンヤミン、エンツェンスベルガーの名にむすびついて知られる野村修は、何であるよりもまず、ことばを届ける人でした。世に遺した著作も翻訳も、まず自分で択びとったことばを届けるという仕事でしたが、ことばを届ける人としての野村修のイメージがもっともあざやかだったのは、A４判の紙に書き記されて、私的に届けられたことばによってです。

あるときは自筆のままで、あるときは自筆のコピーで、またあるときは手づくりの私家版のようなかたちで、さまざまなしかたで野村修は、公刊しないことばを届けるという作業を、生涯、人目に立つことのないしかたでつづけます。個人的な交際はなかったにもかかわらず、あるときは思いがけず届けられるそれらのことばによって、友人のことばがそこにあるという身近な感覚を、わたしはずっと覚えていました。

なかでも、このままふたたび黄ばんだ大きな紙封筒にもどしてしまうのがためらわれるのは、冷たい戦争に曝された二十世紀後半のドイツの、きびしい時代のあたたかな贈り物のようだった、詩人のヴォルフ・ビーアマンの絵本による、いまはむかし、冬のベルリンのおじさんの話です。

むかしむかし、モーリッツさんというちいさなおじさんがいた。とても大きなくつをはき、黒いがいとうをきて、黒いあまがさをもち、よく散歩にでかけた。

ながい冬、世界でいちばんながい冬が、ベルリンにきたとき、人びとはだんだんおこりっぽくなった。

運転手は、文句を言った。だって、道がこおって、車がすべってしまうから。

交通巡査は、文句をいった。だって、寒い道に、いつも立っていなくてはならないから。

お店のひとは、文句をいった。だって、お店が寒すぎるから。

ごみ運びのひとは、文句をいった。だって、雪が、とてもかたづけきれないから。

ミルクを配達するおじさんは、文句をいった。だって、運ぶミルクがこおってしまうから。

子どもたちは、文句をいった。だって、耳がしもやけで、真っ赤になってしまうから。

犬まで、寒さにうんざりして、もう吠えなくなった。がたがたふるえて、歯をうちならすのが、歯をむいているみたいにみえた。

そういう寒い雪の日に、モーリッツさんは、青いぼうしをかぶって、散歩にでかけた。そして、かんがえた。

《だれもかれも、おこりっぽいな。はやく夏がきて、花がさいてくれないかなあ》

こうして、おじさんが文句をいう人びとをかきわけ、市場をあるいていたとき、ふいにたくさんのクロッカスや、チューリップや、スズランや、バラや、ナデシコや、タンポポや、ヒナギクが生えてきた、おじさんの頭のうえに。

でも、おじさんは、そのことに気がつかなかった。花がどんどんふえて、どんどんのびてきたので、帽子がもちあがっていたのに。

道の向こうから、花々を頭に生やした人がやってくる。しかし、一見しては愚かな童話的存在こそ人類への助言者なのだと、ベンヤミンを引いて、野村修は言い遺しています。

おじさんのまえに、おんなのひとが立ちどまって、いった。

《あら、あなたのあたまに、きれいな花がさいているわ!》

《わたしの頭に花が?》と、モーリッツさんはいった。《まさか!》

《でも！　このショーウィンドウに、あなたのすがたをうつしてごらんなさいよ！　花を一

本、わたしにくださらない？》

モーリッツさんが、ショーウィンドウにすがたをうつしてみると、ほんとうに、頭に、色とりどりの花がさいていた。

そこで、おじさんはこういった。《どうぞ、よかったら……》

《ちいさなバラがいいわ》と、おんなのひとはいい、バラをひとつ、つみとった。

《あたしにも、おとうとのために、ナデシコをちょうだいな》と、ちいさなおんなのこがいったので、モーリッツさんは頭をさげて、おんなのこの手がとどくようにしてあげた。すこしさげれば、すんだ。というのは、おじさんは、せがたかくなかったから。

たくさんのひとがきて、ちいさなモーリッツさんの頭から、花をつんだ。おじさんは、へいきだった。花はあとからあとから生えてきたし、花をぬかれても、頭をなでられているようで、痛くなかった。

おじさんはうれしかった。寒い夜に、みんなに花をあげられるのが。

人びとはどんどんあつまってきて、わらったり、ふしぎがったりしながら、おじさんの頭から、花をつんだ。

そして、花を手にしたひとは、その日いちにち、文句をいわなかった。

けれども、ベルリンというとんでもない街に似つかわしいのは、ものみなすべてよしという結末ではありません。

そこへ、ふいに、警官のマクス・クンケルもやってきた。

マクス・クンケルは、10年まえから、市場がうけもちの警官だったが、こんなことははじめてだった！　頭に花をさかしたおとこだなんて！　かれは、がやがやいうひとのむれのあいだをかきわけ、ちいさなモーリッツのまえにきて、さけんだ。

《なんてことだ、頭に花をさかせるとは！　すぐに、あなたの身分証明書をだしなさい！》

ちいさなモーリッツさんは、さがしにさがした。そして、こまりきっていった。《いつもいつももっていたのに、ポケットのなかに！》

おじさんがさがしにさがしているうちに、頭のうえの花は、みるみるちいさくなった。

《ははん》と、警官のマクス・クンケルはいった。《頭に花はあっても、ポケットに身分証明書はないわけか！》

モーリッツさんは、ますますおびえ、こまりきって、真っ赤になった。

ポケットをひっくりかえし、さがしにさがしているうちに、花はちいさくちぢみ、帽子が、またもや頭のうえにおりてきた！

こまったモーリッツさんが、その帽子をぬぐと、おやおや、帽子のしたには、なにがある？　すりきれたカヴァーにはいった、身分証明書。でも、それだけじゃあなくて——⁉

ないのだ、かみの毛が、すっかり！　モーリッツさんの頭には、かみの毛が一本もなくなっていた。

おじさんは、とほうにくれて、はげた頭をなで――あわてて、帽子をかぶりなおした。

《うむ、証明書だね》と、警官のマクス・クンケルは、あいそよくいった。《それにもう、頭に花をさかせもしないわけだ。そうだね?!》

《ええ》と、モーリッツさんはいい、いそいで身分証明書をしまい、こおった道を、できるだけ早くはしって、家にかえった。

家で、おじさんは、ながいこと、かがみのまえに立っていた。そして、ひとりごとをいった。

《さて、はげちゃったねえ、モーリッツさん！》

死後二年目の秋に、『「まだ手さぐりしている天使」への手紙』としてでた遺稿集（私家版　二〇〇〇年十月）に、野村修は、絵本『もじゃもじゃペーター』を書いた十九世紀の絵本作家ハインリヒ・ホフマンの印象的なことばを遺しています。

一八八四年のクリスマスの頃、私の長男が三歳のときに、私は、息子へのプレゼントとして、三歳ほどの幼児の理解力にふさわしい絵本を買ってこようと、街に出かけた。けれども、何が見つかったろうか？（……）

その日家に帰ったとき、しかし私はそれでも、一冊の本を持ち帰った。私はそれを妻に渡して、こういった、〈ここにお望みの、子ども向きの本があるよ〉。妻はそれを手に取って、あきれ顔で叫んだ、〈これはノートじゃありませんか、何も書いてない白紙ばかりの！〉――〈そう、それで本を作ろうと思うのさ〉。

いま、白紙のノートをかかえる天使やすっかりはげあがった天使は、世界のどこの街を歩いているだろうかと考えます。

錬金術としての読書

思ってもみないところで、思いがけない名を聞く。

イ・ビョンホンとチェ・ジウの映画『誰にでも秘密がある』（韓国　二〇〇四）のなかで、本好きのチェ・ジウが本棚の前で一冊の本をひらいて読んでいる。そのチェ・ジウに、はじめて会ったイ・ビョンホンが声をかける。チェ・ジウが手にしている本を見て、イ・ビョンホンが訊く。

「インゲボルク・バッハマン？」。

バッハマンが不慮の死をとげたのは一九七三年。いくつかの忘れがたい詩と物語をのこしたきりのウィーンの詩人の名が、その名を知っている人ならば信じられるというふうにして、ソウルの映画の現在にさりげなくでてくるおどろき。だが日本でバッハマンの三冊目の本が訳されてでたのも、映画『誰にでも秘密がある』がつくられたのとおなじ年だ。日本の場合も変わっている。最初の本、『三十歳』（生野幸吉訳　白水社）がでたのは一九六五年。二冊目の本『マリーナ』（神品芳、神品友子訳　晶文社）がでたのは七三年、バッハマンの急死の知らせと同時だ。そして、それから三十年経った二〇〇四年に三冊目の本、『ジムルターン』（大羅志保子訳　鳥影社）がでる。

バッハマンはいまも知られていないが、いまも忘れられていないのだ。

『ジムルターン』には、「湖へ通じる三本の道」が入っている。バッハマンと覚しきエリーザベトという名の女性の物語なのだが、トロッタという、ウィーンでピストル自殺して終わる亡命者の影が、読後にいつまでも胸にのこる物語。トロッタの名で語られるのは、一九七〇年にパリでセーヌ河に身を投げて死んだ詩人パウル・ツェランがモデルとされる。

「彼は彼女に少なくともはっきりとした刻印を刻みつけてしまった」と、バッハマンは書く。

「正真正銘の亡命者であり破滅者だった彼が、確かに自分の人生にこの世から何かを期待していた冒険心に満ちた彼女を、一人の亡命者に変えてしまったのだ。なぜかというと、こともあろうに亡くなったあとになってから、彼は彼女をしだいに自分と一緒に破滅へと引きこんでいって、彼女の奉ずる奇跡から遠ざけてしまい、よそ者が自らの存在規定であることを悟らせたからである」

「彼はいつか彼女にこう言った。ぼくは、自分がどこにも帰属していないし、またどこにも帰属したいと思っていないことを、発見したよ。でも一度、自分には心がひとつあって、オーストリアが自分の居場所だと考えたことがあったね。しかしすべてはいつか途絶えるのであって、ぼくたちのそうした心も何かの精神も失われてゆくのさ。ただ何かがぼくのなかで血を流して死んでゆくというのに、ぼくにはそれが何なのか分からないんだ」

「死後の生」を生きている死者がいる。バッハマンも、そしてツェランも、そうした死者たちだ。

＊

古い本が不断に新しくなるのが本。そのことを端的に語るのが翻訳。そして古い本が新しい本として立ち現れるすがたを、端的にしめすのが新訳。

その明証となるのが、日本語の場合、まず第一に人称だ。日本語の人称はおどろくほど時代の制約をうけてきた言葉なので、どの人称をどういう日本語にするか、翻訳の面目はほとんど人称の日本語次第というべきかもしれない。

トルーマン・カポーティの『冷血』。

「ペリーは思いだしながらいった。『おれはいつもおやじのことばかり考えてた。おやじがおれを連れていってくれないかと思ってた。だから、再会したときのことを、ついさっきのできごとのようにおぼえてる。校庭に立ってたんだ。ボールがバットでガツンと引っぱたかれたようなもんだったな。まるでディマジオだ。ただ、おやじはおれを救いだそうとはしなかった。いい子になれっていって、抱き締めて、そのままいっちまったんだ。それからしばらくして、おふくろはおれをカトリックの孤児院に入れた』」（佐々田雅子訳　新潮社　二〇〇五）

新訳のきびきびした語り口をみちびいているのは、「おれ」という人称だ。初訳のおなじ個所は、しかしまったくちがう。

「したがって、ペリーが回想しているように、『わたしはいつもパパのことを考えていた。パパがやってきてわたしを連れていってくれることを願っていた。だからわたしは、パパにめぐり会ったときのことをつい先刻のことのように思い出す。校庭に立っていたわたし。ボールがほんとにがっちりとバットの真ん中に当ったときのようであった。ディ・マジオのように。だがパパは救いの手を差し伸べてくれようとはしなかった。いい子になれ、とわたしにいい、抱きしめてくれ、そのまま行ってしまった。その後まもなく、母はわたしをカソリックの孤児院に入れた』

（龍口直太郎訳　新潮社　一九六七）

人称のちがいは決定的だ。日本語の文体を決定するのは人称なのである。

古い本が新しくなり、人称が新しくなって、新しくなった人称がどれほどちがった印象を結果するかを感得させるのは、J・M・シングの『アラン島』もおなじだ。

「僕はあと二日でこの島を発つことになった。パット・ディラーンおじいはもう別れのあいさつをしてくれた。（……）

おじいに『神様のお恵みを』と言おうとして、腰掛けていた戸口のところで僕が立ちあがると、おじいは奥の藁敷きの寝床にかがみ込むようにして涙をこぼした。（……）

『わたしはもう二度とあんたさんには会えませんせん』と、頬に涙を伝わせながらおじいは言った。『あんたさんは情け深いお方です。あんたさんが来年、島に来なさるときにゃあ、わたしはもうおらんでしょう。冬は越せないとおもっております。よおく聞きなされ。ダブリンの町へ行ったらわたしに保険をお掛けなさるがいい。そしたら、わたしが埋葬されるときに五百ポンド受け取れますからな』」（栩木伸明訳　みすず書房　二〇〇五）

人の語ることに耳をかたむけてその言葉をきざんでいった『アラン島』のような本は、人称が、どういう人称かで全然ちがってくる。『アラン島』の古い訳のおなじ個所を引くと、

「私は、二日したら出發しようとしてゐる。パット・ディレイン爺さんは、わたしに別れを告げた。（……）彼に別れを告げて、戸口の處に立つと、彼は寢床を形造つてゐる藁にもたれて、涙を流した。（……）

『もうあんたには逢へないだらう。』彼は顔に涙を流して云つた。『あんたは親切な人だつた。來年、戻つて來ても、私はもう此の世には居ないだらう。私は此の冬は越せないだらう。だが、今私の云ふことを聞きなさい。それはあんたがダブリンの町で私に保險をかけるのです。さうするとあんたは私の葬式の時、五百ポンド手に入るだらう。』」（姉崎正見訳　岩波文庫　一九三七）

その本の世界をささえているのがどのような視線か。本のなかの人の位置を決定するのも人称である。

＊

少年の中原中也が使っていたという小さな座り机の上に一冊、本が置かれていた。山口市立中央図書館で「読書は発見である」という講演をした折りに立ち寄った、湯田温泉の中原中也記念

館で「発見」したこと。置かれていたのは『芳水詩集』で、「少年時代の中也は、この机の上に石川啄木や若山牧水の歌集、有本芳水の詩集などを広げていたと想像される」という添え書きがあった。

中原中也、十一歳（一九一八）。「山口師範学校付属小学校へ転校。教生の後藤信一が有本芳水の詩を朗読した際、参観に来ていた女性の教師三人が涙を流すのを見て、驚嘆する。『大正七年、詩の好きな教生に遇ふ。恩師なり』（詩的履歴書）」（加藤邦彦「中原中也年譜」『新編中原中也全集』別巻上　角川書店　二〇〇四）。

その有本芳水という名をわたしが最初に知ったのは、いまよりずっと以前、思いがけない二人の本のなかでだった。

「去年の暮れから、大吉が毎月雑誌を送ってくれるようになった。『少年世界』のときもある。『日本少年』というののときもある。（……）そのなかで、良平はひどく好きなものが出来てきた。それは必ず読む。何べんでも読む。声を出しても読む。そして全部ではないが、あちこちは宙《ちゅう》でいえるところもあった。それは有本芳水という人の詩で、竹久夢二という人が挿絵を描いている。

（……）

有本芳水の詩にはわからぬ言葉もあった。それでも読むと気持ちがいい。

『飾磨《しかま》はふるき港にて……』

仮名がふってあるから読めるが、その飾磨というところがどんなところか良平は知ってはいない。

港というものさえ良平はまだ見たことがない。三里ほどさきに三国の港があるが、見たことはない。今年の秋には、最後の六年生だから敦賀へ汽車で行くが、そのときは眼で港が見られるだろう。それでも、『飾磨はふるき港にて……』と声に出して読むと、それだけで良平は気持ちがいい。（……）

『紺のはっぴのつばくらめ……』

『広重の空　紺の海……』

『広重の空』というのもわからなかったが、紺の『さっくり』、紺の手甲《てっこう》や脚絆《きゃはん》、紺の前かけ、『紺』といういちばん見なれた、何でもないよりは町風でなくて百姓風な切れの色だと思っていたその『紺』が、こういわれると別もののように見えてくるのが良平には何とも気持ちがいい。何でそうなるのだろう」（中野重治『梨の花』新潮社　一九五九）

「有本芳水という『日本少年』の記者で詩人がいましたが、この人の詩集を熱愛したことを、なつかしく思い出します。七五調五七調の新体詩で、子供にも判る程度の適当な古語や漢語を用い、流浪の詩人らしい情感や、淡い恋愛的感情を表し、これに配するのに、版画的な自然描写を以てしてありましたから、少年の僕は、実に新らしい美の世界を垣間見せられることになったのです。僕は、今でははなはだ散文的で、詩は判らぬものときめていますが、おそらく文学研究などをやる気になった最初の種は、あるいはこの有本芳水によって蒔かれていたのかもしれません。少し後になって中学時代に、島崎藤村や三木露風や北原白秋や日夏耿之介など、色々な詩人に親しむようになったのも、この有本芳水のせいかもしれません。韻律や情操や情緒やイマージュの世界が詩の本質的な属性とすれば、芳水の詩の世界の評価は別としても、こうした世界の存在を教えられたことにもなるわけです。（……）今でも、いかに散文的な僕にしても、詩を味わうことは味わいますが、初めて有本芳水に接した時の新鮮な感動は、もはやないように思われます」（渡辺一夫『僕の手帖』河出書房　一九五二／講談社学術文庫　一九七七）

渡辺一夫（一九〇一年生）、中野重治（一九〇二年生）、中原中也（一九〇七年生）などの小さな源流だった有本芳水について、いま語られることはほとんどない。

だが、新しい本が新しい本なのではない。どんな古い本ももっとも新しい本に変えられるのが、読書という錬金術だ。

二〇一一年のごびらっふ

草野心平といふと、詩人の別名のように、ごびらっふのことを思い起こす。草野心平すなわちごびらっふというふうに。ごびらっふはケルルリ部落の長老の殿様ガエル。カエルたちの共和国の中心をなす存在で、詩人が世に伝えた「ごびらっふの独白」は、人間の世界のリンカーンのゲティスバーグ演説のように、言葉の一つ一つまで忘れがたい詩だ。

ごびらっふの独白。「るてえる　びる　もれとりり　がいく。ぐう　であとびん　むはありんく　るてえる。（……）なみかんた　りんり。なみかんたい　りんり　もらうふ　けるげんけしらすてえる。けるぱ　うりりる　うりりる　びる　るてえる」。

草野心平の日本語訳。「幸福といふものはたわいなくつていいものだ。おれはいま土のなかの靄のやうな幸福に包まれてゐる。（……）みんな孤独で。みんなの孤独が通じあふたしかな存在をほのぼの意識し。うつらうつらの日をすごすことは幸福である」。

そのたぐいないカエルのごびらっふが、その後にどんなふうにして亡くなったか。のちに草野心平はごびらっふの死までをきわめて親愛にみちたことばで書きのこすが、それは「ごびらっふの独白」のようには知られないままになっている。
それが詩としてでなく小説として書かれたこと。そして、もともとは「ごびらっふの死」として書かれながら、二十数年後に本に収められたときには「こわあらむ」と題があらためられたこと。本の覚え書に詩人は記している。

「因みに『ごびらっふの死』を『こわあらむ』と改題したのは、ごびらっふの死をこわあらむの一断片と見たいからである」と。「こわあらむ」とは「合唱」のこと。カエルの合唱とは「ぎゃわろッぎゃわろッぎゃわろろろろりッ」というあれ、である。

いまにも死んでゆこうとしている老いたごびらっふは、遠くカエルの合唱を聴きながら思う。――人はそれなんの歌?なんて思うかもしれない。けれどもずうっと昔から歌いつがれている。こわあらむは、独白であって合唱であって、なんの歌?なんてすじばったり、カアッとするのでなくて、だれとはなしに歌いはじめるものなんだと。

「一体、自分はいくつだろう。いくつだか分らないが、ずいぶん永く生きてきた」「食慾ナシ。終日おもだかのかげで空気だけ吸う。すきとおった空気のありがたさを思いながら」。いまにして、人のいのち、カエルのいのちを、いのちたらしめている「すきとおった空気のありがたさ」を思う。ごびらっふの言うとおりなのだ。いまもこれからもなおざりにされてはいけないのは、「たわいなくつていいもの」である「幸福といふもの」だ。

幾霜を経て

読むともなしに読むという、散歩するように読むことのできる楽しみが、よい散歩道のよい光景のように、そこここにある。そういう楽しみを求めて開くのは、たいてい句集である。それも句集を開きたくなるのは、句のなかに出没する猫たちに会いたくなるときと決まっている。句のなかには、忘れがたい猫たちがそこここにたくさん屯《たむろ》っていて、ときおりわけもなく、それらの猫たちにふっと挨拶したくなる。

広がる野の情景が鮮明にのこる、たとえば、橋本多佳子の猫。

野の猫が月の伽藍をぬけとほる
ゐなづまの野より帰りし猫を抱く

あるいは、古い市井の街の匂いをのこす、久保田万太郎の猫。

仰山に猫ゐやはるわ春灯
叱られて目をつぶる猫春隣

ふと気配を感じて、ふりむくと、きっとそこにいる飯田蛇笏の猫。

われを視る眼の水色に今年猫
青猫をめでゝ聖書を読み初む

寒さは去らないのに、もう春はそこまできていると知らされるのが、漱石の猫。

恋猫や主人は心地例ならず
猫も聞け杓子も是へ時鳥《ほとゝぎす》

猫の恋くらい人騒がせのものはなく、猫と暮らす身ともなれば、そのときほど気の休まらぬ夜の時間もなく、杉田久女の心持ちが身に沁みて、

恋猫を一歩も入れぬ夜の襖

なかなか高浜虚子のように、

またこゝに猫の恋路ときゝながし

とばかり、虚心にふるまえない。いや、その虚子にしても、そう言って一人勝手に虚勢を張っているのかもしれない。猫には勝てない。というより、猫は負けない。虚子にもう一つの句。

藤の根に猫蛇《べうだ》相搏《う》つ妖々と

実際、寒さ極まる冬の深更に恋う猫の声は、ごく間近な夜の底から聞こえてくるために、身も世もない瀬戸際の、切羽詰まった声は、なにやら彼方からの呼び声のように感じられて、性の叫びのはずがどこか死の叫びのようにも感じる。

恋猫の雪をわたるや夕間暮

夜へむかう山口青邨の猫。そしてまた、中村草田男のこの句。

猫の恋後夜かけて父の墓標書く

隣の家へ自在に行き交うように、猫はあの世にも自在に行き交う小さな生き物のような気がするときがある。石田波郷の白猫の句。

枯草原白猫何を尋《と》めゆくや

今年も一緒に暮らしている猫と一緒に新年を迎えた。

幾霜を経て猫のなつかしき

ずっとそう覚え込んでいたが、あたってみたら、加藤楸邨の句は、「猫」でなく「先生」だった。でも、間違いではない。わたしの「先生」はいつも「猫」だった。

VIII

蟬と蟻

働くことが善であれば、遊ぶことは悪しきことである。遊ぶことが悦楽であれば、働くことは辛苦である。何が人の人生を充実させるのか。働くことなのか。それとも遊びだろうか。働くことと遊ぶことをめぐる議論は、人の歴史とおなじくらい古い。ひとのほとんど宿痾といっていい議論かもしれない。なにしろ誰もが知っているもっとも古い寓話から、もうすでにして、こたえのないその議論ははじまっているのだ。

冬の季節に蟻たちが濡れた食糧を乾かしていました。蟬が飢えて、蟻たちに食物を求めました。蟻たちは「なぜ夏に食糧を集めなかったのですか」と言いました。と、蟬は「暇がなかったんだ、調子よく唄っていたんだよ」といいました。すると、蟻たちはあざわらって「いや、夏の季節に笛を吹いていたのなら、冬には踊りなさい」と言いました。

蟬と蟻たち——古代ギリシアの人アイソーポスの、いわゆるイソップ物語のなかでも、もっとももひろく知られている寓話の一つ。この物語は、苦痛や危険に遭わぬためには、人はあらゆることにおいて不用意であってはならぬ、ということを明らかにしている、というのがアイソーポスの遺した教訓だ。

名高い『寓話』の冒頭に、十七世紀フランス人のラ・フォンテーヌは、その蟬と蟻たちの話をおいた。しかし、ラ・フォンテーヌの教訓はちがう。蟬は蟻に、春になるまで食いつなぐため、穀物を少々貸して、と頼むのだ。「取り入れまえに、きっと元利そろえてお返しします」。だが、蟻は貸すことを好まない。貸すなんて不徳はもちあわさない。

ラ・フォンテーヌの教訓は、しばしば誤解された。間違えてはいけない、詩人は人間に友情をおしえようとしたのではない。先見の明の欠如と怠惰に反対しようとしたのだ。もし貸していたなら、蟬の避けることのできない破産が、蟻たちをどんな災難にひきずりこむ羽目になったことか。百年後、フランスの法学者ボワソナードはそう言った。日本にもやってきて、明治の政府に手を貸しながら容れられずに去った、あのボワソナードだ。

寓話は、国境を越える。わが国に和本イソップ物語が登場したのは、それよりさらに早く十六世紀、伊曾保物語（古活字本）とエソポ物語（キリシタン版）によってだった。けれども、二つの和本イソップ物語が、蟬と蟻の物語にあたえた教訓はそれぞれにちがう。

伊曾保物語に誌《しる》されているのは、「現世」を重んじる教訓。其ごとく、人の世に有る事も、我が力に及ばん程には、たしかに世の事をも営むべし。豊かなる時つゞまやかにせざる人は、貧しうして後悔ゆる物也。盛んなる時学せざれば、老いて後悔ゆる物也。酔いのうちに乱れぬれば、覚めての後悔ゆる物也。

エソポ物語が描きだしているのは、「未来」を重んじる教訓。人は力の尽きぬ中に、未来の勤めをすることが肝要ぢや。少しの力と暇ある時、慰みを事とせう者は、必ず後に難を受けいではかなふまい。

十八―九世紀ロシアでもっとも人びとに親しまれたクルイロフの『寓話』にも、蟬と蟻の話がおさめられている。二十世紀の革命後のソヴェト・ロシアにおいてもなお、誰からも愛されたというクルイロフの寓話で、きびしく問われたのは無分別。「歌また歌、ひっきりなしの大騒ぎさ。それでもう分別も何もどこかへ置き忘れてしまったという始末さ」。蟬はさんざん嘆くのだが、蟻はとりあわない。

イソップ物語のような古いふるい物語の魅力は、人びとのあいだに伝えられ、読みなおされ、語りなおされてきた魅力だ。古い物語が語るのは、物語それ自体だけではない。それは、伝えられ読みなおされ語りなおされるなかで、その物語に刻みこまれてきた、人びとによって生きられた日々の文化、歴史の記憶をも語るのだ。蟻の目で見れば、働くことが歴史を支える。蟬の目で見れば、遊びが文化である。古い物語は、人びとがそこに、自分たちの経験を読みこむ場所なのだ。

もう一つ、われらの詩人の手になる、巌も穿《うが》つ蟬の歌一篇。

蟬がるた

夏ぢゆう歌ひくらした
秋が来た
困つた、困つた！
（教訓）
それでよかつた

（堀口大學「蟬」）

記憶の抽斗

トルストイのロシア民話集『イワンのばか他八篇』（中村白葉訳　岩波文庫）に、「鶏の卵ほどの穀物」という、わずか六頁ほどの、短い、しかしとても胸にのこる話がある。

「ある時子供たちが谷間で、まん中に筋のある、鶏の卵ほどの穀粒に似たものを見つけた」というのが、その書き出しだ。

まるで見たこともないものだったので、それを子どもたちから手に入れた人が、街へ行って、王様にそれを売る。王様は賢人たちを集めて、訊ねる。この奇妙なものは何の穀物か。ところが、誰もわからない。王様は図書館で調べるよう命じたものの、図書館でもだめ、「書物には何の記述もございません。農民たちに教えてもらうよりほかにありません」というのが、賢人たちの答えだった。

そこで、王様は、うんと年寄りの農民を一人、探すよう命じ、ようやく探しあてたのは、ひどく年をとった、歯が一本もなく、杖も二本必要な老人。目も耳も悪いその老人になんども訊ねて、王様がやっと得た答えは、「いいえ、播いたことも、穫り入れたことも、買ったこともありません。おやじに訊いてみなければわかりません。ひょっとしたら、おやじなら聞いて知っているかもしれません」。

そうして連れて来られたもっとたいへんな年寄りの父親を見て、王様は驚く。杖は一本きりで、息子の年寄りより一本少なく、目も耳も不自由なし、質問にもすぐに答えて、「いいえ、私は播いたことも、穫り入れたことも、買ったこともありません。私のおやじにお訊ねになってくださ い」。

ところが、またまた連れてこられた、さらにもっとずっと年寄りの老人を見て、王様は仰天する。いちばんの年寄りなのに、杖なんてついていない。しゃんとして歩き、目も耳もいいし、言葉もしっかりしている。つまり、年寄りになればなるほど、いっそう頑健な老人がやってくる。

王様が質問すると、老人はまだしっかりしている歯で、種子を自分の歯で噛んでみて、「あ、これだ」と。自分の元気だったころには、これはどこにでもたくさんあった。ずっと自分たちはこの穀物を食べてきた。そう言うのだ。自分で播きもしたし、穫り入れもしたし、籾打ちもした、と。

老人は言う。「わたくしの畑は、神さまの地面でした。どこでも、鋤を入れたところが畑でした。土地はだれのものでもありません。自分のものというのは、ただ自分の働きということだけでした」。

王様は訊ねる。あなたの孫は杖を二本ついて歩き、あなたの息子は杖を一本ついて歩くのに、あなたは杖もつかずに楽々と歩いてきて、目はそのとおり見えるし、歯は丈夫だし、言葉もてきぱきして、そんなにも元気そうなのは、どういうわけか。

うんと年寄りのさらに年寄りの、もっとずっと年寄りの老人の答えが、この物語のおしまいだ。

「それは、人が自分で働いて暮らすということをやめてしまったからです」

新しい世代になればなるほど、目はだめ、歯はだめ、足もだめになっている。どうして、こうした逆説的なことが生じるか。王様にはわからない。賢人たちもわからない。誰に訊ねても知らない。その「わからない」「知らない」ということは、じつは、人びとの記憶というものにかかわっている。

それが謎だというのは、その謎に答えられるだけの、記憶の持ち合わせが、社会にないためだ。うんと年寄りのさらに年寄りの、もっとずっと年寄りの老人が、問われたことに答えられたのは、頭がよいからではなくて、それに答えるだけの記憶を、社会がもっていた。それもゆたかにもっていた、ということのためだ。だから、三代前にさかのぼって、その三代前の人ならば、自分の記憶の抽斗《ひきだし》から、答えを取りだすことができた。

年寄りになればなるほど、身体はしっかりして、記憶がはっきりしてゆく。トルストイのこの小さな民話につらぬかれている、進歩あっての文明というもののあり方に対する痛烈な逆説。二十世紀というのは、その最後まできて、自分たちをゆたかにする記憶の目安を無くしつづけてきたことにやっと気づきかけて、あっちをむいても何もない、こっちをむいても何もない、目の前の現在というものだけをのこして過ぎた百年だったと思える。

けれども、どうか。トルストイなんか古い、イワンのばかの話なんか古いとしてきながら、その一方で、文明の対重《カウンターバランス》として、このようなトルストイの話の伝えるような逆説的な真実を、わたしたちはずっと必要としてきたのではないかということを考える。深層の真実として。

『イワンのばか他八篇』が岩波文庫で最初にでたのは、昭和七年、一九三二年。いま手元にある一九九四年にでた六十九刷を見ても、昭和の戦争の時代をふくめて、平均すれば一年にだいたい一度ずつ重版されて、この国でもずっと読み継がれてきたことになる。目の前の現在のなかに忘れられてきた記憶の目安となるような本がある。しかし本にとって忘れられてきた記憶の目安となる以上に、のぞましいあり方はない。本来、本は社会の記憶の抽斗なのだから。

魯迅

一つのテーブルに、二人ならんで座って、本をひらく。中国語の文章を一字ずつ追って、日本語にして読んでゆく。読みにくいところは質《ただ》す。字句から内容まで、不審なところは突っこんで訊く。答えは徹底して、いい加減ということがない。ときに日々刻々の出来事への意見が交じることがある。部屋は静かだ。他の来客はない。それが午後から、点心とお茶をはさんで、夕方までつづく。春から冬まで、ほとんど毎日だ。

昭和六年、一九三一年、上海。そうやって、魯迅の『中国小説史略』を、魯迅の家で、魯迅自身にみちびかれて読んでいった思い出を、増田渉『魯迅の印象』は記している。そこにはまだ若い日本人に諄々《じゅんじゅん》と、むしろ親しい好友のように、平等に対する魯迅がいる。魯迅がそうして一対一で静かに講解をつづけたのは、しかし、じつは満州事変の年、やがて十五年におよぶ昭和の戦争の時代がはじまる年だ。

時代は騒がしく、魯迅の身辺も、すでに危うくなっている。上海の夏は暑い。ビルの三階が住まいだったが、姿を見られるのを警戒して、魯迅は窓辺に近づかなかった。逮捕令がでていた。

筆一本で戦い、筆鋒こそ激しかったが、日常は総入れ歯で、発声に不便していた。そうしたなかでなお、一人の若い日本人のために、日に三時間あまり、一年ちかく諄々と講解をつづけた魯迅の様子を、『魯迅の印象』は親しく書きとどめている。

明治の末、魯迅は日本に留学し、仙台で医学を学んだ。そのとき一人の解剖学の先生に、魯迅は出会う。「私の講義、ノートがとれますか」先生が訊ねる。「どうにか」「みせてごらん」一両日して、先生はノートをかえし、今後は毎週もってきてみせるようにと言う。「持ちかえって開いてみて、私はびっくりした。同時にある種の困惑と感激に襲われた。私のノートは、はじめから終わりまで全部朱筆で添削してあり、たくさんの抜けたところを書きくわえただけでなく、文法の誤りまでことごとく訂正してあった。このことが担任の骨学、血管学、神経学の授業全部にわたってつづけられた」。

ひろく知られる魯迅の「藤野先生」という文章は、魯迅が終生忘れなかった先生の思い出にささげられているが、若い魯迅がそのとき先生から受け取ったのは、いわば一個の生き方の態度というべきものだったろう。一九三一年の上海で、若い日本人に魯迅が手わたしたのも、そうだ。魯迅が藤野先生より受け取り、それから身をもって生きた一個の生き方の態度だ。昭和十一年、一九三六年秋、魯迅は上海で死んだ。藤野先生の消息が知られたのは、魯迅の死が日本に伝えられて後だ。そのときは北陸の村で医者をしていた藤野先生の飾りのない言葉が、『魯迅の印象』に引かれている。

「私は少年の頃、酒井藩校をでてきた野坂という先生に漢文をおしえてもらいましたので、支那の聖賢を尊敬すると同時にかの国の人を大事にしなければならぬという気持ちがありました。周さん（魯迅のこと）が泥坊であろうと学者であろうとはたまた君子であろうと、そんなことに頓着なく、後にも先にも異邦人の留学生は、周さん唯独りでした」。

若い魯迅が藤野先生から受け取った確かなものを、藤野先生もまた少年の日に、野坂という先生から受け取ったのだ。一人から一人へ黙って手わたされる確かなものが、歴史のなかに、もう一つの歴史としてある。年表に記されることはけっしてないが、一人が一人から受け取る、そこに一人の人間がいるという確かな感覚を、歴史から引いたら、信じられるどれだけのものが、人と人のあいだにのこるのか。

一番嫌いなのは嘘つきと煤煙、一番好きなのは正直者と月夜と、魯迅は言ったそうだ。「他人の目や歯を傷つけておいて、報復に反対したり、寛容を主張するような人間」をゆるさなかった。

本を焼く

昭和という時代は、どういう時代としてはじまったのか。昭和元年は、大正十五年だ。そのとき内山完造は、中国上海にいた。自分で興した内山書店という小さな本屋の主人だった。その上海の内山書店にとって、大正十五年、じつは昭和元年、一九二六年が、どういう年であったかを、内山完造は、自伝『花甲録』に誌している。

「日本出版界に驚異的事件発生す。すなわち改造社が現代日本文学全集五十余冊の予約出版を発表す。しかも一冊一円と云う安価で毎月配本と云ういわゆる円本時代の先駆である。つづいて新潮社の世界文学全集の円本出版の発表あり、さらに改造社の経済学全集とマルクス・エンゲルス全集の発表となり、日本評論社は新経済学全集と法学全集の二種、春陽堂の長編小説全集と平凡社の大衆文学全集などなどが、続々として雨後の筍のごとく円本出版を発表した。むろん優勝劣敗があったが、この円本時代こそまさに日本出版界の爛熟期と云ってよいと思うのである。上海内山書店は、現代日本文学全集を千部、世界文学全集四百部、経済学全集五百部、マルクス・エンゲルス全集三百五十部、新経済学全集二百部、法学全集二百部、長編小説全集三百部、大衆文学全集二百部などの取次ぎをして、毎日の入荷には、露路のなかは山のように荷物を積み上げるようになった。社員は急に十数人に増え、苦力も三人になる。イヤハヤ大変な発展となった。忙しさは、とても普通ではなかった」

上海において内山書店が荷《にな》ったのは、こうして本の時代としてはじまったこの国の昭和という時代だ。魯迅が北京から上海に移り住んで、内山書店に姿をみせるのは、その翌年、昭和二年、一九二七年秋だ。そのときからずっと、その死の直前まで、魯迅はほとんど毎日のように、内山書店に繁く足をむけている。しばしば身辺を脅かされながらも、ただ本をみたり、話をしたりするために、「本は売るが、人血は売らない」本屋にゆくことを、魯迅は十年のあいだけっしてやめない。

日中戦争がはじまって、上海が戦火に襲われるのは、魯迅の死の翌年、昭和十二年、一九三七年夏だ。そのとき鄭振鐸《ていしんたく》は、上海に踏みとどまった。「支那の教授類中のもっともよく勉強し働く人」と魯迅のいった鄭振鐸は、昭和という本の時代がそのとき向きあわねばならなかった痛切な光景を、『書物を焼くの記』に書きのこしている。

「どれほど古書、新書が兵火にあったことだろう。わたし個人についてみても、書店にあずけておいた百箱あまりの古書が、一日できれいに焼けて、あとには紙切れ一つのこらなかった。各書店や図書館では、抗日書籍・新聞類の捜査がはじまった。あの家から、この家から、車いっぱいに積みこまれて運びさられた」

「あらゆる抗日的な書籍・雑誌・新聞などは、かならず何月何日までじぶんで焼き捨てるか、または届けでること。しかし、どんな本は焼かなければならず、どんな本なら焼かなくてよいのか。わたしはこころを鬼にして焼いた。じぶんで暖炉に火を起こし、一くくりずつ一冊ずつ破いては投げこみ、眼のあたり灰になってゆくのを眺めた。じぶんがまったく残忍な人間のようにかんじられた。ためらいにためらい、選びに選んでみた最初の日にはのこしておいて、二日目三日目になってから、こころをはげまして焼いたものもある。焼いてしまってから、焼くんではなかったと愛惜と後悔に苦しめられたのもある。まる三日かかって焼いた」

昭和という時代は、まさしく本の時代としてはじまったのだ。あいだに、魯迅が本屋に足を運びつづけた十年がきっかり挟まれている本の「爛熟」の時代と、そして本の「災厄」の時代。上海のまったくちがう二つの本の時代の光景は、そのことをおしえる。

中江丑吉

何かしたかといえば、何もしなかった。職業も肩書もなく、家族もなく、犬とともに一人で暮らし、ただジッと物を見つめ、そうして、物を考えていただけだ。世に知られることがなかった。むしろ名を知られるような機会を、すすんで退けた。無用の長物を自称し、知己は少なくなかったが、社会的な交際を忌み、座談を好んだが、親しい人に限られていた。毎日することを仕事というならば、読書が仕事だ。

早くから中国北京に住んで、年をとるという「不可避的規約」以外には、読書、散歩を日々に繰りかえして倦きず、「働きのない生活」をつづけて、何者でもなく生きて、太平洋戦争のさなかに九州の病院で結核で死ぬまで、北京を離れなかった。死に際に誌した言葉。「万感交錯せるも結局何にもならず。無名より無名に没入する外なし。しかしメンシュハイト（人間）の力を達識せる事は何人にも譲らず」。

黙してこれを識すという態度を崩さず、死後に編まれた中国古代の政治思想をめぐる一書と友人たちに宛てた書簡集をのぞけば、きれいさっぱり、何も遺さなかった。ただ一個の生き方を、身近にあった人たちの記憶に遺しただけだ。昭和の十五年戦争の時代の死角に身をひそませた一個の不抜の生き方は、戦後になって、親しかった人たちによって書きとどめられて、ようやく伝えられる。

「テレリッ」とした生活をあくまで排した人だ。セルフメイドの人間をよしとし、「かげのない人間」を切って捨てた。勉強を「稽古」といい、貧乏を「ビン棒」と書いた。なにより「空気の清潔」を大切にした。

「アカシアと楡《にれ》と槐《えんじゅ》の緑のあいだに、ちょっとみると緑の連続である木々のなかに、非常にちがったニュアンスがあるだろう。ああしたものを感得する力を養わなくちゃダメだよ」

「日常の経験というものを基礎にして人間の運命をかんがえてゆくこと、それが方法《メトーデ》だ」

「一人の子どもをよくそだてる仕事や、一輛の車の部分品をつくる仕事に匹敵する価値をもった本が、何冊あるか」

「カントのいうメンシュリヒカイトあるいはメンシェンを日本語に移す場合、じぶんならば、人格とか人間とかせずに、義と訳すね」

「選手ではなく、自覚した大衆《マッセ》の道をはばからずゆくこと、意識して市民の生活を死守すること」

「要は、人としての生き方の問題にあるんだ」

昭和十六年、一九四一年夏、戦争について。

「戦争という異常事態が非常な長期間にわたって継続するということは、絶対に不可能だ。どんなにそれが可能にみえようと、近代戦のように敵味方が現有社会勢力のすべてを傾けて戦わねばならない性格の戦争にあっては、その遂行に耐えうる限度というのは、意外に短期間なのだ。だから、今の戦争も、これから先どんなにつづくとしても、おそらく五年以上はもたない。かならずそうなる」

「人間の合理的思惟に堪えられないようなものが勝つことはありえない。そうだったら、歴史というものには、およそ意味がないことになる」

「この戦争は、敗けだ」

大東亜戦争という言い方を、けっしてしなかった。大東亜戦争として戦われた戦争は、敗戦してのち太平洋戦争と呼びあらためられるが、その冬、真珠湾攻撃を聞いたとき、読みすすめていた本の余白に、すでに書いている。

「四日ヨリ十四日迄臥床。此間八日ヨリ太平洋戦争勃発ス。庭中の降雪未ダ全ク融ケズ。陽光ニブヤカ也」

中江兆民の息子で、丑吉という名だった。父親は息子が俥（人力車）引きになった場合にもいいようにと、丑吉という名を付けたのだそうだ。自恃によって突っぱって、変わり者と指さされながら、一人の無名の市民の生き方を通した。『中江丑吉の人間像』（阪谷芳直、鈴木正編）という心の籠もった一冊に、身近に親しんだ人たちの追憶が集められている。

昭和の戦争の日々に、中江丑吉が、親しかった人たちに送った、北京からの手紙。

「夕方の大気をとおしてみる黒ずんだ哈達門《ハータメン》の城門は、依然としてユッタリと翼を休めている大鳥をみるような情感を起させてくれます。この城門の中に魂があるんだというように統覚することは、我々にはもちろんできませんが、あたりの変化しつつある環境とは無関係に、何千年前の人間の心持ちを支配していた気持ちを、たとえ束の間にせよ、充分に共感することはいっこうに差しつかえありません。共感が何だなんぞというなかれ。記録や道具の形で示されている「歴史」から、かすかながらも、よしホンノリとはいえ鼓動している血脈をとりだす事のできるのは、これ以外に何があるんだと云い返します」(昭和十三年、一九三八年二月)

「子供のとき磁石のオモチャをもって砂中から黒い鉄粉をかきあつめていた事を、この頃は一寸々々思いだします。砂が躍り上ったり、渦巻きを起したりしている中から、真黒な小さな鉄粉だけが磁石の両側にヒゲの先を切って揃えたよう一面に吸いつけられます。砂中から鉄粉だけが吸収される短い時間はやはり、それよりやや長くとも我々の短い一生の同じ時間であり、しかもこれはまたさらに悠久の生活の同じ時間であります。倒行逆視や昼夜の転倒は小砂と変わりません。私は子供時代のこうした想い出をもって、毎日々々世界の各方面で死んでゆく無数の人たちの事を思います」(昭和十六年、一九四一年三月)

「学問や知識を「一つの力」視し、またはこれをもって他人に優位する特権か飯椀かのごとくに思うのは、かつて「文字」がマジカルパワーであり星占い術が僧侶支配の道具であったのと変わらない時代を現代に求めるような、途方もないアナクロニズムに外ならず。版木の名人や弓道の達人は、たとえ陋巷《ろうこう》に餓死しても、自己の所信に最後まで安心と満足とが感ぜられるはずです。それでなければ名工でも達人でも、絶対にあらず」（昭和十六年、一九四一年四月）

一人から一人へ手わたす言葉として遺された『中江丑吉書簡集』（鈴江言一、伊藤武雄、加藤惟孝編）を読むとき、いまさらながら深く感じるのは、言葉の真率さを支えるのは、間違いまでをふくめて、一人の私の態度だということだ。どんなに個人的であっても、言葉は社会的なふるまいをもつ。どんなときにも、その人の言いたいことを表わすというより、その人の態度をいっそうはっきりと表わしてしまうのが、言葉なのだ。

中江丑吉は、昭和の戦争の時代のなかに踏み入った明治の子どもだ。「ヘーゲルの言葉をかりていえば、ガイスト（精神）が自己の喪失をなげくというような、荒涼を極めた屈辱は、日向《ひなた》でアルバイト（働くこと）に一生倹命になっていた我が明治の先輩たちには、まったく意想外の世界にちがいありません」。しかし、慨嘆はしない。没有法子（しかたがない）ともしない。明治の「日向」にそだった子どもとして、どこまでも「清潔な空気を吸う習慣」を、身一つの日常に課しつづけた。

中江丑吉の「リベラルデモクラッシー」は、今様のリベラリズムとはちがう。――今様のリベラリズムは、周到なふるまいに関係がない。しかし、古風なリベラリズムというのは、やるべきことと退けるべきこととの、きわめて厳密な尺度を保持していた、そういうリベラリズムなのだ。

——そう言ったのは、中江丑吉の三歳下で、ナチス・ドイツに追われて自殺した、同時代のドイツの批評家ヴァルター・ベンヤミンだ。

ベンヤミンによれば、古風なリベラリズムのねがった人物像は「官職なき政治家、故郷をもたぬ市民、裕福な貧者」だった。それは、中江丑吉のねがった一個の生き方に、そのままあてはまる。

石を抱く

明治のはじめの幼いころの誕生日の祝いについて、津田左右吉が書きのこしている、子どものときの思い出。もとは武士だった津田の家では、五節句などの年中行事を祝うことがなかった。ただ誕生日だけはべつで、誕生日の祝いには「うぶの神さま」へのお供えとして、赤飯と神酒と鰹ぶしを厚く大きく削ったのを二切れ、「おさんぼう」に載せて、床の間に置き、それに小さな石を一つ添えたのだそうだ。

その小さな石は、生まれたときに家のまわりのどこからか拾ってくるもので、誕生日の祝いには、一生それを用いるのだ。家をでて東京で暮らすようになってからも、母親が郷里にいたあいだは、誕生日にはずっとおなじ祝い膳で「かげ膳」を据えてくれたらしい。そのときまでは、石も「うぶの神さま」のお供えに添えてあった。お供えなどしなくなったいまでも、その石はおそらくどこかにしまってあるだろう。

お供えに石を添えるというのが何の意味かは知らない、という。しかし、思想史家としての津田左右吉にはいつのときも、この世に一個の石を置くという生きかたが、胸にあったのにちがいない。津田左右吉は思想というものを、つねに「人の生活に親しいもの」として考えた。生活の基調、生活の気分に働きかける「生活の力」ということを言い、文化は生活の内容をなすもので、生活そのものであるとした。

たとえば、仏について。

「日本の仏教の信仰は、一般に現世の生活のための祈禱祭祀や呪術としてであって、仏も菩薩も一種の神であり、インドに起った仏教の本質からみれば、これはほとんど仏教と称すべからざるものであるが、宗教として日本化した仏教の真面目はここにある。日本の仏教の特色は、飛鳥奈良時代の遺物たる寺院建築や仏像や、または学匠の述作や禅僧の語録などに求むべきではなくして、たとえば民間の寺院や辻堂や道ばたの石地蔵やお彼岸まいりやお会式や三十三ヶ所めぐりや、そういうようなところにおいて認めらるべきである。それらのものに対しそれらの場合における民衆の心理にこそ、日本の仏教がある」(『シナ思想と日本』)

歴史は、人びとが、その日常をどう生きるかだ。権威や俗説にくみさず、「現実の生活状態と、その生活感情、生活意欲とを、ありのまま見る」という一点に立って、日常の「平凡にして明白なる事実」が語っている言葉を語ることができなければ、歴史について何も語ったことにならないのだ。その姿勢を、身に一貫してまもった。

戦中から戦後へ書きついだ小伝『おもひだすまゝ』に、戦争の死者について、津田左右吉は刻んで誌している。

「人をしのぶというのは、その人を人として見ることであり、記念するというのも人として記念することである。仏として、または神として、礼拝するのは人をしのぶのでも記念するのでもない。神社をたて、むかしの人を神として祠るというニホン人の近代のならわしは、人をどこまでも人として見ることがほんとうに人を尊重する態度であるということを知らぬしかたである」

生まれたとき、自分の人生に、一個の小さな石をもらう。どこにでもある石を、その人のでなければならない一個の石として持つことが、この世に生まれることだとすれば、死ぬことは、その人のでなければならない一個の石を、この世に遺すことだろう。

この世に一個の石も遺さずに、戦争で死んだ男がいた。その妻の言葉を、津田左右吉のいう、人をどこまでも人として見る、ほんとうに人を尊重する態度として覚えている。

「オラァ、川の石コ抱いてねれば、夫の夢コ見るという話きいて、十年もつづけたったモ、今ァ年とったから止めたども（……）」（『あの人は帰ってこなかった』菊地敬一、大牟羅良編）

Absorbing

信じる神をもたないままに、聖書という一冊の本に、長いあいだずっと惹かれてきた。いや、聖書という一冊の本というより、「一冊の本としての聖書」にいつもこころのどこかで惹かれてきたと言ったほうが、正確であるかもしれない。

ことばの種子が蒔かれ、育まれ、伝えられ、写され、手わたされ、記憶の腐葉土のなかから、根と幹と枝と葉をゆたかにもつ樹のように、長い時間を生きてきた。一冊の本としての聖書の、そのような本のあり方に、どこまでもそのことばを信じてゆくというしかたでなく、どこまでもそのことばに魅せられてゆくというしかたで、惹かれてきた。

聖書という本に覚える、そうした「魅せられてゆく」という読み方は、しかし、読書としてはきわめて独特の読書のあり方だと思う。一冊の本であって、さまざまに異なる複数の書からなる聖書を、わたしは一度も通読したことがない。

そのときどきに読んではやめる。あるいは、ずっと読んでいなかったのに、あるときふとまた立ちかえるように読む。思いだして読み、また読みさしにする。しかし、それきり忘れることはなく、いつも何かがこころに引っ掛かったままになる。その何かを確かめたくなって、また手にして、気づいたときには引き込まれている。

そんなふうに本を読むということは、ほかにない。長い長い本なら、長い長い時間をかけて、いつか読み切るまで読んでゆくというふうに読むだろうし、もし途中で読みやめたら、読みやめたという不充足感が、あとにいつまでものこるだろう。

けれども、聖書の場合は、ちがう。読み切ったという充足感も、読みやめたという不充足感も、聖書という本を読むことにはおよそ係わってくることがない。そのときのことばを読んでいるという充たされた感覚だけがあり、その濃密な感覚を手繰りよせるように、そこに語られていることばに「魅せられてゆく」。

ことばを諳んじるということを、わたしは読書に求めない。そうではなく、わたしが読書に求めてきたのは、いつも、そのことばが自分のなかにのこす感覚の充実だった。

ことばを読むということをゆたかにしてゆくのは、ことばに魅せられてゆくという経験であること。そのことを読むものに忘れさせないのが、そう言ってかまわなければ、神を信じていないものにとっての「一冊の本としての聖書」かもしれない。

「私はおもしろいから聖書を読む」と言ったのは、『文学としての聖書』を著した英文学者の斎藤勇《たけし》だった。

「尤もここに『おもしろい』といふのは、決して気晴らしになるとか、愉快だといふ意味ではない。英語でいふならば、それは決して amusing の方でなく、interesting の方である。それは engaging といふ言葉に直してもいい」

「聖書の有つ強烈な特質、その intensity を表はすには、『おもしろい』では言ひ足りない。『心を惹きつける』でも不十分である。むしろ『心を奪ふ』、『没頭させる』、absorbing である、といふやうな表現がふさはしい」

「absorbing といふのは心を、吸ひ込んでしまふといふ意味である。聖書にはさういふ不思議な魅力があるのである。それを私は『おもしろくてたまらない』と言ふのである」

「absorbing といふ心を、吸ひ込んでしまふ」読書。ことばを読むことがそうした「absorbing といふ心を、吸ひ込んでしまふ」経験を欠くとき、ことばは明日になれば忘れられる情報に終わるだけだ。

そうした absorbing という読書の魅惑こそ忘れられてはならないのだと、『文学としての聖書』に斎藤が書きつけたのは、太平洋戦争下の一九四四年の冬。昭和の戦争が敗戦に終わるのは、その翌年の夏である。

読書の速度記号

本のおもしろさは、本のもつスタイルのおもしろさにあるのだと思う。本のスタイルというのは、本のもつ意味というのとはちがう、いわば本のセンスというべきものだ。本の在り方。出し方。本の現れ方。息づき方。たとえば、叢書やシリーズというようなスタイルが、叢書やシリーズを構成するそれぞれの本のあいだに、思わぬ相貌をもたらすということがけっして少なくないからだ。

「米国講座叢書」という叢書がそうだった。叢書であるということがそれぞれの本の在り方、出し方、現れ方、息づき方というのを、これほどまでにも際立たせてしまうということを知ったのが、「米国講座叢書」全九冊だった。第一編の美濃部達吉『米国憲法の由来及特質』が出たのは、第一次世界大戦が終結した一九一八年だった。この国に大学令が公布されて、早稲田、慶応などの私学が大学となったのもこの年。

第一編に付された「米国講座叢書の刊行に就いて」によれば、叢書のもとは、遠からぬ将来において日米戦争は免れないというような声もあるなかで、日米は敵どころか人道と文明とを擁護するものとして「国際の友誼を厚からしむ」ことをのぞんで、東京帝国大学法科大学に開設された寄付講座で、第一講が美濃部達吉、第二講が新渡戸稲造、第三講が吉野作造。翌一九一九年に出た叢書の第二編は新渡戸稲造『米国建国史要』だった。

米国講座のはじまった年には、民本主義（デモクラシー）を掲げた吉野作造の影響の下に、東京帝大に社会運動団体として新人会が結成されている。その吉野作造の米国講座の講演は、毎年一冊ずつ出るはずの叢書の第三編となるはずだったが、上梓されないまま、第三編として遅れて出たのはジョンソン博士講述『米国三偉人の生涯と其の史的背景』（高木八尺、松本重治訳）で、それは第一編が出てから十年も経ってのことだった。

そうして、米国講座第四編として、高木八尺『米国政治史序説』が出たのは一九三一年、満州事変からの昭和の戦争の時代が始まった年。けれども、米国講座の第五講が文学部の斎藤勇によっておこなわれたのは、それからさらに十年の空白を経た後の一九四一年十一月、太平洋戦争が勃発する直前で、その『アメリカの国民性及び文学』が米国講座第五編として出たのは、学生たちが次々に教室から戦場へと去っていった一九四二年の秋。

つづいて、日米開戦後に交換船で帰国した都留重人が一九四三年におこなった第六講が、米国講座第六編として「ニューディルを中心として」という副題をもつ『米国の政治と経済政策』として出たのが一九四四年、太平洋戦争が敗戦に終わる前の年だ。元号で言えば、第一次大戦が終わった大正七年に始まり、第二次大戦が終わった昭和二十年になってようやく六巻に到った「米国講座叢書」の息の長さは、以て畏るべしとしか言えない。

戦争によっても、また敗戦によっても変わらず、敗戦の翌年には、それまでの既刊をそのまま重版、さらに敗戦二年後の一九四七年には、第七編の高木八尺『現代米国の研究』、第八編の高木八尺『米国憲法略義』、第九編の美濃部達吉『米国憲法概論』が一度にくわわって、全九冊になったところで叢書は終わっている。読み返して、一冊一冊、小冊子であっても、論旨の確かさはいまも錆びていない。

しかし、遺された個々のそれぞれの本にでなく、「米国講座叢書」のような本の特性は、一に、転変する時代のなかに水路を引くがごとき、叢書という本の在り方にこそ尋ねられるべきだと思える。本の文化をつくってきたのは出版という文化であり、出版という文化を目に見えるようにしてきたのは、それぞれの本の在り方、出し方、現れ方、息づき方を目に見えるようにしてきた、本のスタイルの工夫にほかならなかったはずだからだ。

本の場合でも、後になればなるほど、いつのまにか個々のそれぞれの本について、単独に、切り離されたかたちでしか、いまは語られることがなくなっている。そのためだろう、本の文化を実際にささえてきた出版という文化のスタイルの多義的なゆたかさ、多重的な可能性が、その時々限りのことと見なされやすくなっているのだ。けれども、どうなのか。

本のスタイルということで言えば、とりわけ文学において重要なスタイルだったのは、いわゆる文学全集だった。特に海外の文学を翻訳によって手わたす器として、いつもまず望まれたのは文学全集というスタイルの工夫だった。出版というのは世の中に本を差しだすことだ。何をどのように差しだすか。そのための本のスタイルの工夫が切実に問われた最たる時代だったのは、たぶん昭和の戦争が敗戦に終わった直後だった。

『福永武彦戦後日記』（二〇一一年秋に公になった）に、一九四五年十二月十七日に「青磁社の現代フランス文学のシリイズは正式に決まつたさうだ。但し八冊までで、あと二冊が未定」として、そのリストが挙げられている。

サルトル「嘔吐」。セリーヌ「夜のはての旅」。シャルドンヌ「ロマネスク」。ダビ「オアシス荘」。モオリアク「海の道」。グリイン「幻を追ふ人」。シモオヌ「怒りの日」あるいは「地上楽園」。ファン・デル・メルシュ「神の烙印」。そして、未定として、ジロウドウ「シュザンヌと太平洋」。ドリウ・ラ・ロシエル「ジル」。マルロオ「希望」あるいは「人間の条件」。ニザン「陰謀」。プリニエ「贋造旅券」。

その三日後の日記には、「本きまり」になった十点として、サルトル、シャルドンヌ、ダビ、モオリアク、グリイン、ジロウドウ、メルシユ、シモオヌ、別格にサンテクジユペリ、マルロオが記される。ただし青磁社から現代仏蘭西小説集として出たのはジロウドウ、シャルドンヌ、サルトルだけで、現代フランス文学叢書は結局かたちをなさず、ほとんどは別々に別々の版元から出て、セリーヌ、ドリュ・ラ・ロッシェル、ニザンは一九六〇年代にまで持ち越された。

いまはどうということのないリストに見えても、敗戦の二年ほど前まで（太平洋戦争下でも昭和十八年半ばまでは海外文学の翻訳も途絶えていない）実業之日本社から出ていた「仏蘭西文学賞叢書」のラインアップとは全然ちがう。ゴンクール賞だけとっても、ミオマンドル「水に描く」、タロウ兄弟「作家の情熱」、ウェイエル「或る行動人の手記」、ブデル「北緯六十度の恋」、ペロション「眠れる沼」と、もうまったく知られることがない。

本のスタイルとわたしが言うのは、今日のように事前に求められる説明、コンセプトのことではなくて、事後に残される印象、記憶の総体というような、後に信じられるリアクションをのこすもののことだ。激動の時代に断続的につづいた美濃部達吉にはじまる「米国講座叢書」にしても、シリーズとして実現しなかった福永武彦の現代フランス文学叢書にしても、それらが後世に残したもの、残そうとしたものが何であったかと言えば、それは同時代を生きる本のスタイルの記憶だったと思うのだ。

本は記憶の器である。記憶の器となるような本には、きっと、見えない読書の速度記号が付せられている、と考えることがある。アダージェット。非常にゆっくりと読むこと、というふうに。

中井正一

中井正一《まさかず》は「考える言葉」というもののあり方に苦しんだ人だったと思う。中井正一の評論が刻んでいるのは、日々に必要な言葉としての「考える言葉」を、生き生きとしたかたちで日本語は獲得できるだろうかということを、みずから糺《ただ》しぬいた人の姿勢だ。言葉は何を語るかがすべてではなく、どのように語るかということが、何を語るかということそのものを明らかにしてしまう、そのような本質をもっている。

言葉とは言葉のあり方を問うものであるとする中井正一の姿勢は、早くから際立っている。中井正一は学問の人として出発した。京都帝国大学哲学科にまなび、美学を専攻、大学院にすすんで、京大哲学会誌『哲学研究』の編集にあたっている。だが『哲学研究』に発表された、もっとも若いころの「言語」と題された論文からして、すでにそれは、人びとにとっての言葉のあり方についての問いかけにはじまっている。

「神は人間を社交的存在として創るにあたって、その共在者と共同生活を営む欲望と必然とを与えたるのみならず、また社会の大いなる恵助となり、共同的紐帯となるところの言葉の能力をも与えた。そしてそれが理念を表示しまた説明する役目をもつところの言葉の起源である」。ライプニッツのその言葉を引いて、しかし起源を神にもたずとも、と書いた。幼児の語る意味なき言葉に耳を澄ませば、言葉について深い内省に誘われると。

幼児の「欲するところの意味を伝えんとする熱心さ」とは「すべてのものを把握せんとする本能」であり、幼児のそうした言葉をまえにするとき、たとえ意味なき言葉だろうと、私たちにはそれを「了解せんとするこころもち」がはたらく。言葉とは「隔たりたるものの把握の本能」だ。「この把握が無限なるもの、無限に遠きものの把握にまで発展する時、人間はおよびなき願いを犯し、言葉は概念にまで容《かたち》を変えるものではないか」。

中井正一がそだてるのは、言葉（概念にまで容を変える言葉）と人間（およびがたい願いを犯す人間）への、この問いかけだ。だが、古代の賢人の言ったように、言葉づかいは話される事柄に似ていなくてはならない。問うべき問いを見いだしたとき、見いださねばならないのは新しい書き方だ。論文として書かれた「言語」は未完のままになり、文献のうえに論文を積むといったことを、以後、中井正一はしていない。

手にした問いにうながされるように、それからの中井正一が思考の先に見いだしていったのは、エッセーという方法だ。エッセーとは、本来、試みのことだ。みずから中心になってつくった雑誌『美・批評』（一九三〇年創刊）、さらに『世界文化』（三五年創刊）が、その試みの場となった。方法としての雑誌に拠って、試みとしてのエッセーを書く。新しい書き方を索《もと》めて、一介の考える人として、中井正一が索めたのは新しい概念だ。

一九〇〇年生まれの中井正一は、西欧の第一次大戦後の、ロシアの革命後の、戦後世代とおなじ世代だ。それまでの概念、規範が崩れおちて、内省的個人の時代が去っていった後の、懐疑の重さと憂愁を、「自我の破産」を受けついだ世代だ。シュルレアリスム。写真。建築。音楽。スポーツ。ジャズ。そして映画。中井正一の同世代は、まさに「見る眼、聴く耳の、一日一日の成長によって、常に新しき性格が出現しつつあった」時代だ。

一九二〇年代にはじまったのは、大衆（マス）の時代だった。中井正一のとらえ方は、しかしちがう。一九二〇年代にはじまった時代は、中井正一にとって人びと（ピープル）の時代だった。大衆の時代を人びとの時代として受けとめた中井正一の真面目を伝えるのは、やがて戦争にむかう一九三〇年代半ばに、一つの草稿として、試みのエッセーとしてのこされた「委員会の論理」と題される思想の設計図だ。

ギリシアでは、ソクラテスの論理は一般大衆の論理でもあった。だが、と中井正一は書きとめる。いまや起こっているのは、論理の一般大衆からの分離だ。論理の方法のみがそうなのでなく、概念そのもののあり方自体そうなのだ。「存在の生産」が刻一刻と商品性を強め、分業がすすんで、知的領域においても専門性が著しくなって、「概念の大衆的性格」は損なわれ、もはや概念そのものが人びとの手から失われている。

それは健やかなあり方とはいえない。日常の生活がまちがった方向へむけられている。すべての物について「技術的一般性からすでにすべての人々の論理性そのものが引きはがされている」。そして、「生産物である場合はもちろん、自然存在として、山でも川でも、生物、動物のすべてにおいて、ついには人間すら、すべて売物であり、それが売買価値を失う時、それは常に非存在の領域に転落する強力なる歪みを受けている」。

中井正一がのぞんだのは、人びとにとって必要な論理、人びとにとって必要な概念の回復だ。位置をはっきりさせるのが、論理だ。関係を明らかにするのが、概念だ。必要なのは、思惟と討論の論理と技術と生産の論理とをむすぶような、実践の論理だ。そうした実践の論理をいま、ここにみちびくには、開かれた機構が、委員会がなくてはならないとする考え方には、人びとの時代に対する中井正一の思いが籠められている。

委員会というのは、人びとにとって必要な概念としての委員会ということだ。困るのは、中井正一があらわそうとした概念を、委員会という日本語はいまでは伝えにくいと思えることだ。中井正一のいう委員会は、メディアム、媒介という意味でつかわれていて、コミッティというような制度的な意味から離れている。中井正一はそれをドイツ語にいうミッテル（媒介）、カントにまなんだ「構想力としての判断力」のはたらく場と考えた。

『委員会の論理』は中井正一の骨格をなすエッセーだ。にもかかわらず、明確な論理をつらぬきながら、なお大学の言葉の狭隘なありようから、その文体は自由でない。二十世紀前半の日本の思想の不幸は、日常に必要な生きた「考える言葉」から隔たった学問の言葉の、日本語としての未熟さだ。中井正一を、人びとのあいだで、人びとの「考える言葉」で考える人にしたのは、昭和の日本の戦争下の体験と戦後の体験だ。

中井正一を独自の思想家としていったのは、人びとの「考える言葉」としての日本語にむかっての苦闘だ。中井正一のキー・ワードは、人びと（ピープル）をいう言葉だ。一般大衆。人間大衆。人民。人類。万人。すべての人々。平凡な人間。あたりまえの人。自分達。じつにさまざまな言いまわしで、中井正一はピープルという意味の言葉を、誰もがそのなかにはいれるような言葉の容器のように、つねに状況の文脈のなかに置いた。

中井正一が、『世界文化』や新たにつくった京都市民のための週刊誌『土曜日』（一九三六年創刊）などの活動を疑われて、治安維持法違反の科で検挙されるのは一九三七年初冬だ。一年ちかい勾留をへて、三年後、懲役二年執行猶予二年の判決をうけ、禁足。執行猶予の解けた四二年、「自粛反省」を求める治安当局の団体の雑誌に差しだされた「われらが信念」という文章にも、中井はやはりピープルの意味に読むべき言葉を置いている。

「内なる耳に畏れ、心を尽すこと。誠のこころは、そのまま、人びとの前にみずから語ることが、事実に違反することなきかを畏るるこころである。現《あき》つの神として、人びとのあることは、このすべての現実を深く畏るるこころの基底的源となるのである。粛然たる巨大なる聴くこころの前に立つ緊張である」。じつは「人びとの前」は「陛下の御前」、「現つの神として、人びとのあること」は「現つの御神として、陛下のいますこと」だ。

「陛下」が人びとなのではない。人びとが「陛下」だ。昭和の戦争下の「陛下」の時代を戦争下の人びとの時代として、中井正一は、戦争の死者たちの「粛然たる巨大なる聴くこころ」について、「しかも、死を恐れざるこの巨大なる人々こそ、我らにとっては、近親な、普通な、隣人なのである。われわれなのである」と認めている。中井正一が索めたのは、人々の沈黙にはたらきかける言葉ではない。人びとの沈黙を受けとめる言葉だ。

敗戦の五カ月まえに、中井正一は書く。「意識的体系の完結性は、今少なくとも自分にとっては、それが矛盾を解決し、世界の隅々まで射影しつくしていることがわかったとしても、換言すれば、それが一般的客観性を確立したとしても、自分を支える最後の力となってくれぬことにひそかに愕くのである」。中井正一が戦後の世界にもってでたのは、思想の生き方だ。ひとがじぶんの人生をささえてゆく方法が思想だとする態度だ。

敗戦の年の秋、疎開先の瀬戸内の町で、手にした自由を元手に、中井正一はつづけて講演を試みる。最初は二十人。だが、聴衆はすぐに減って、欠かさず出席したのはただ一人、中井正一の老母で、母親は「いかにも可哀相だといった顔つきで、三人くらいの聴衆にまじって話をきいている」。日々に必要な言葉としての「考える言葉」を、中井正一が人びとのあいだに見つけるのは、誰もこない講演会の屈辱をいくどもあじわってからだ。

大学でしか学ばれない「哲学的体系を構成しようとする態度の中に、すでに根本的態度としての安易さがあることに気づかされる」という深い自戒に、中井正一の昭和の戦後の始まりがある。

思想の言葉が、人びととの日常の言葉をもたない。それは、日本の近代が築きあげてきたはずの思想の言葉は、母親の言葉をもっていないということだ。だが、そうした思想のありようは、その実は「いかにも可哀相」にすぎない。

忍耐にまなぶのが知恵だ。瀬戸内の小さな町でみずから試みた哲学講義（自己の尊厳の回復がテーマだった）に、誰よりもまなんだのは中井正一自身だ。「考えに考えぬいてでなければ」、人びとの日常の言葉で思想を語ることはできない。一年ちかいその悪戦苦闘の教訓から、それまでの試みのエッセーのすべてを推敲しぬいて、やがて『美学入門』の思想の文体がみちびかれている。ゴールがすなわち入口だった思想家だ。

いままでの哲学であれば、とうてい哲学とは考えなかったもの。中井正一は、「気分」「感じ」「情趣」「呼吸」「味わい」「こころもち」といった、容積をもった日常の言葉を特徴的なほど多用して、いま、ここにある感覚をこぼさない言葉づかいを大切にした。「存在は、認識の前に気分において会得されている」。そう言って、「認識の達しない深みにおいて、自分自身にめぐりあう」というプルーストの言葉を好んで引いた。

そして、もう一つのゴールすなわち入口となるのは、図書館だ。敗戦の三年後、中井正一は、新たにつくられた国立国会図書館の副館長になる。図書館は、戦後の世界に中井正一が見いだした、みずから理念に描いた「委員会の論理」の現実の場になった。中井正一が索めたのは、まずなによりも人びとにとって必要な、生きた概念としての図書館だ。のぞむべき図書館は、人びとのあいだのメディアム、媒介としての図書館だ。

技術の進展とともに、図書館は文庫としての図書館から情報の中心としての図書館に、やがてありようを変えてゆくと言ったのは、戦後、中井正一が最初だ。われわれにとってもっとも必要な情報というのは、図書館が蔵ってきた人類の記憶だ、と中井正一は書きのこす。なぜなら、われわれの歴史が誤りをおかしているとすれば、誤りの傷を癒すただ一つの手がかりというのは、つねに人類の記憶としての本のうちにあるからだ。

一九五二年没。死は早すぎたが、言うべきことを、中井正一はすべて言っていて、その人生は未完の印象をのこさない。

「美しき魂」について

ごくささやかな刻文にすぎないのだが、記憶の底に明るくのこっていて、思い屈したようなとき、それ以上ない簡潔さと、そして慎しみをもって誌された言葉の感触が、湧き水のように、こころによみがえってくる。言葉は澄みきっているが、行間には沈黙が深く畳まれている。ふりかざしたところがすこしもないのに、言葉はぴたりと正眼に据えられている。いつ読みかえしても、そのごくささやかな刻文からうける印象は変わらない。

深田康算《やすかず》の「アミエルの日記の一節」という一文を知ったのは、アテネ文庫という小さな文庫でだ。昭和の敗戦後の廃墟の時代にでたアテネ文庫は、厚さ四ミリ、わずか六十四ページ、掌につつめるほどの小さな冊子だったが、「暮しは低く思いは高く」というワーズワスの詩句を掲げ、珠玉の小品をよりぬいて、素志をとおした文庫だった。その文庫の礎石の一つだったのが、『美しき魂』として編まれた深田康算の一冊だ。

「美しき魂」というのは、詩人のシラーの遺した言葉だ。「美しき魂」はそれがあるということ以外にはなんらの功績をもたない、とシラーは言った。この世になんらの功績をもたない「美しき魂」に、深田康算は人の生き方の証しを認めた人だ。思想は功績ではない。思想はつまるところ、態度なのだ。人がのっぴきならず生きる思想の表現とは、その人が自分の人生にみずから生きる姿勢だ。

「文学なるものは誠に断片の又断片に過ぎぬとも云へます。人の語り行ひ又公けにした所のもの、其等所謂「事実」として世に伝へられるものが吾々の生活の全部では決してないこと、若しくは時としては其核心でさへもありはしないと云ふことは、不思議な偶然の力に依つて、公表を全く目的としなかつた日記類などの発見される様な場合に特に吾々の注意に上ぼります。「あゝさうであつたか」それが吾々人間の智恵の極致です」

「アミエルの日記の一節」は、静かにそう語りだされている。たった五ページにもみたない小文にすぎないけれども、透徹しているのは、人の生き方の奥行きにあるものを曇りなく見つめている眼差しだ。アミエルの日記は、無名の「美しき魂」をもって生きた人の記録だ。それは「云はゞ新しき魂の一つを、物語る歴史としては殆ど他に比類なき文書」といっていいと、深田康算は言う。

「文章家たること、「よき書物」を書くことより外に望みのなかつたアミエルは、かくして何等文章として後世に伝はるべき著作を公けにせずにしまつたに拘はらず、彼の心の日々の跡を書きしるした日記が其代りに一箇の「よき書物」――しかも或意味に於てユニックな書物として残ると云ふ事は何と云ふ運命の不思議でせう。精神界に於ては為されたる何物もが失はれはしない事を、此処でも吾々は知ることができます」

希望なんかなく確信なんかなく、ただどこまでも「内に向けられた懐疑」を日記に刻むだけが、アミエルのした仕事のすべてだったのだ。「さう云ふ仕事を彼はしかしたゞ憂鬱と絶望との中でやつたのではありえない。その絶望と憂鬱との背後に、彼の云ふ「虚無」(ナダ)の根底に、情熱が、情熱に裏付けられた理想が、働いてゐたのでなければならない。肯定することが否定であるやうに否定を語ることが肯定であります」。

「アミエルの日記の一節」は、この国に昭和という時代がはじまった年に、京都大学新聞に寄せられ、そのまま絶筆となったのだった。それはいわば、昭和という時代への遺書だったということもできるかもしれない。「こんな心持ちは、今、君たちの年齢ではわからない。しかし、いつかわかる時がくるよ」と言われた言葉を、深田康算にまなんだ中井正一は、昭和の戦争の後に思いだして、今、身に沁みてくると記すだろう。

魂というと、すでに時代おくれの言葉のようにしか思われないが、深田康算がシラーのいった「美しき魂」に見いだしたような人の生き方の思想が、時代おくれだと思わない。深田康算は言った。我の好む所、我の願う所、我の悦んで順う所が、義務であり理性の命令であるに止まらずして、我の自らにして行く所、我の自らにして欲する所、我の自らにして我たる所が、そのまま取りも直さず我の行くべき所、欲すべき所、而して我の我たるべき所であると云うのが、シラーがほんとうに意味したのでなければならぬ所の「美しき魂」の境地なのだ、と。

言挙げを嫌い、酒と座談を愛し、京都の哲学の伝統を培った一人として慕われながら、名を求めることなく、深田康算は、死ぬまで一冊の本もみずから公けにすることがなかった。死後まとめられた全集をのぞけば、つづく昭和の戦争の時代には忘れられたまま、戦後になってはじめて、実に死後二十年の昭和二十三年（一九四八）に『美しき魂』と『芸術に就いて』が、その翌年に『ロダン』が、それから二十年あまりのちに『美と芸術の理論』が世に出たにすぎない。

しかし、それで充分である。深田康算は「アミエルの日記の一節」に、語るべきことをすべて語った秘密の言葉——「あゝさうであつたか」それが吾々人間の智恵の極致です——を遺していた。それ以上のことを語りうる言葉があるだろうか。

気韻が生動する

思いだしてあの一冊と言えるのは、いまもこの一冊と言うことのできる、梶井基次郎の『城のある町にて』で、最初からいままで、少年の日に読んだときから、時が移り、歳がかさなっても、『城のある町にて』の湛えている澄んだ空気は、まったく変わらない。

いつ読みかえしても、叙述も、会話も、言葉の一つ一つがきれいに粒だっていて、その不思議な透明な触感に惹かれる。なによりも言葉がひらめいているのだ。

「奥の知れないやうな曇り空のなかを、きらりきらり光りながら過《よぎ》つてゆくものがあつた。

鳩？

雲の色にぼやけてしまつて、姿は見えなかつたが、光の反射だけ、鳥にすれば三羽程、鳩一流のどこにあてがあるともない飛び方で舞つてゐる」（創元選書33　三好達治編　昭和十四年十一月十一日初版）

原っぱに面した窓に倚りかかって、主人公が外を眺めている。そのときの、その曇り空のなかを「きらりきらり光りながら過つてゆくもの」のイメージが、その本で読んだだけなのに、実際に目の当たりにしたかのように、鮮烈に記憶のなかにのこっている。

少年の日に『城のある町にて』を読んではじめて知ったのは、「気韻が生動してゐる」ということがとても大事なのだということだった。以来ずっと、あらゆることについて、「気韻が生動してゐる」かどうかということが、わたしの物事の判断の物差しになった。

気韻とは「気質の風韻」。風韻とは「風趣」。風趣とは「オモムキ、アジハイ、ケハヒ」である（大言海）。

カササギの巣の下で

冬の樹が好きだ。樹は枝である。枝振りの、枝差しの、輪郭のうつくしさ。樹の枝々のみごとさ、あざやかさがもっとも際立つのが、冬の落葉樹だ。葉という葉が散りつくして、わずかに一つ二つ、枯れきった葉が散り惜しむかのように、細い枝の先に揺れている。冷たい風に晒されていても、冬の立ち木は、どこかキリリと澄んだ空気をまとっている。黒い枝々の遠くにひろがっている、無窮の冬の空がきれいだ。

韓国ソウルの、冬の日の暮れ方。高い大きな欅の街路樹がまっすぐにつづく広い通りの舗道で、ずっと樹を見上げていた。晴れあがった日の夕刻の、いまにも薄闇につつまれようとして、一瞬毎に深まるように濃くなってゆく空の青のなか、交叉する欅《けやき》の枝々のあいだに、鳥の巣が一つ、大きな影になって見える。

カササギの巣だ。冬のソウルでは、見上げれば、樹上のどこかにきっとカササギの巣が載っている。カササギの巣の影のある冬の木立を見ていると、どうしてか、いつも、何かとてもいいものを見ているという気分になる。

いつのころからか、樹上にカササギの巣のある街の光景に引き寄せられるようにして、旅してはソウルの街を歩くということを繰りかえすようになった。ソウルはカササギの街である。樹のあるところ、木立のあるところ、カササギがいて、カササギの巣があって、空が高いのだ。

カササギは人に話しかけるように短く鳴く。新村《シンチョン》の古い迷路のような路地を歩いていたとき、突然目の前を、鳥の影が横切った。すると一羽のカササギが、すぐ数歩先のところに舞い降りた。

こちらを見て、道案内をするかのように、先へ先へ、ときどき振りかえっては、ちょんちょんと歩いてゆく。胸と腹と肩が白く、ほかは光沢のある黒で、目はいたずらっぽい。そして、急にさっと飛び上がったと思ったら、そこが路地の出口だった。

冬ざれた路上で、冬の柿を売っている。柿は干し柿よし、熟柿《じゆくし》よし。へたをとって冷たくした完熟柿を、シャーベットのようにスプーンで掬って食べる厳冬の味よし。頬を刺すような風が走りぬけてゆく街の角でも、道の端に停めた小型トラックの荷台いっぱいに、生柿を小山のように積んで売っている。その柿の色の一つ一つに、晴れわたった日の日差しの色が鮮明にのこっていた。

樹齢十年を越してから、柿の木はおいしい実をつけるとされる。ソウルの街でもそここに見る柿の木は、葉をすっかり落としていたが、葉のない枝のどこかには、三つ四つほどの柿の実がのこされている。冬の野鳥のための餌として、約束のようにのこされているのだというが、そのように枯れ枝にのこされる柿の実を、「カササギのごはん」と言うらしい。いいことばだなと思う。人はカササギとともに生きているのである。

ソウルの街の店などでよく目にする愉快な絵がある。民画《ミナ》とよばれるユーモアにみちた独特の伝統画で、真ん中に大きく、虎がでんと描かれている。その虎の頭上にかならず描かれているのが、枝にとまったカササギだ。

もろもろの邪気を払う辟邪画《へきじゃえ》だというが、韓国の民話には欠かせない虎は、何をやっても失敗ばかりの憎めないキャラクターだ。その虎をカササギが見まもる。失敗ばかりするものらのすぐ傍らに、カササギがいつもいる。

カササギが家の前で鳴くと、懐かしい人が訪ねてくる。午前中にカササギの飛ぶのを見ると、いい一日になる。七夕の日や大晦日のように、会いたい人たちに会える日はカササギの日といってもいいのかもしれない。ありふれた毎日になにげなく幸福を差し入れするのが、カササギのする仕事だ。

カササギは、佐賀と長崎福岡の一部をのぞくと日本にはいないのだが、意外な話が、作家の網野菊の一九四五年の随筆に記されている。網野は志賀直哉を師とした作家だ。

その年の一月、雪晴れの日に網野が志賀宅を訪ねると、こんな青空がうつくしい日は危ない、B29がくるかもしれない、と志賀が言う。果たして昼どきに空襲警報のサイレンが鳴る。みんなで、志賀と子どもたちが四日かけて掘った庭の防空壕に避難する。

高射砲や飛行機の音がつづいていた。放し飼いのカササギが入口にきて、チョッチョッと云っては首をひねっている。クロクロおいで、と子どもたちが呼んでも、壕には入ってこない。「鳥は暗い所が嫌いだから入ってこないのだ。かささぎのいるような所なら人家は稀と思って爆弾を落とさないだろう」と言って、志賀は笑った。

昭和の戦争の最後の年、『暗夜行路』の作家が放し飼いしていたというカササギは、その後どうなったのだろう。その年の春、東京は大空襲を受け、夏、日本は敗戦に至るのである。いま、ソウルの冬の木々の梢のあいだのカササギの巣を見上げながら、カササギのいない国にとって幸福というのは何だろうかということを考える。

二百年前に巣のあった樹に、いまも巣がある。それがカササギなのだと聞いたことがある。カササギのいる街へいったら、いつも真っ先に、街の木立の樹上にカササギの巣を探す。枯れ枝と泥でできたカササギの巣のある光景には、いまのソウルの街で、いちばん自然な時間が流れているような気がするのだ。

本に語らせよ　目録

著者が本文でふれた本をならべました。刊行年は原則として奥付に記された初版のものです。ただし本文とのかねあいで改版等を／以降に補ったところもあります。単行本は各書カバーにならい『　』で、収録作品や全集の表題、雑誌名等は「　」で示しました。なお具体的な言及がなく、また出典不明のものは割愛し、本稿は目次に準じていません。

Ⅰ

枕草子の記憶

清少納言『枕草子』（松尾聰＋永井和子校注『日本古典文学全集』11　小学館　一九七四）、同（池田亀鑑校訂　岩波文庫　一九六二）、同（石田穣二訳注　角川文庫　一九七九）、マイケル・ロバーツ『近代の精神』（加藤憲市訳　筑摩書房　一九四三）

妙心寺松籟

竹貫元勝『妙心寺散歩』（妙心寺霊雲院　二〇〇四）、『臨済録』（入矢義高訳注　岩波文庫　一九八九）、圜悟克勤篇『碧巌録』（上中下　入矢義高＋末木文美士＋溝口雄三＋伊藤文生訳注　岩波文庫　一九九二）、立原正秋『冬のかたみに』（新潮社　一九七五）、オウィディウス『変身物語』（上下　中村善也訳　岩波文庫　一九八一、八四）、加藤亀太郎『甍の夢』（建築資料研究社　一九九一）、慧開『無門関』（西村恵信訳注　岩波文庫　一九九四）

Ⅱ

「学び」をめぐる風景

幸田露伴『努力論』（岩波文庫　一九四〇）

『学問のすゝめ』のすすめ
福沢諭吉『学問のすゝめ』（岩波文庫　一九七八　改版）

『米欧回覧実記』を読む
『米欧回覧実記』（全五巻　久米邦武編　田中彰校注　岩波文庫　一九七七―八二）

懐徳堂という名の学校
テツオ・ナジタ『懐徳堂――18世紀日本の「徳」の諸相』（子安宣邦訳　岩波書店　一九九二）

内村鑑三の二宮金次郎
内村鑑三『代表的日本人』（"Representative Men of Japan" 1908／鈴木範久訳　岩波文庫　一九七九）、同『後世への最大遺物　デンマルク国の話』（岩波文庫　一九四六）、『大学・中庸』（金谷治訳注　岩波文庫　一九九八）

ノーマンの安藤昌益
E・ハーバート・ノーマン『忘れられた思想家――安藤昌益のこと』（上下　大窪愿二訳　岩波新書　一九五〇／『ハーバート・ノーマン全集』第三巻所収　岩波書店　一九七七）

詩を胸中に置く
与謝野鉄幹「得意の詩」（与謝野寛『東西南北』明治書院　一八九六）、成島柳北「帰家口号」（『江戸詩人選集』第十巻　日野龍夫注　岩波書店　一九九〇）、館柳湾「偶成」（『江戸詩人選集』第七巻　徳田武注　岩波書店　一九九〇）

森鷗外の澀江抽斎、澀江抽斎の妻五百
森鷗外『澀江抽斎』（岩波文庫　一九四七／『渋江抽斎』同　一九九〇）

奥州の寒村の病いの記録
昼田源四郎『疫病と狐憑き――近世庶民の医療事情』（みすず書房　一九八五）

江戸時代の遺産
スーザン・B・ハンレー『江戸時代の遺産――庶民の生活文化』（指昭博訳　中公叢書　一九九〇）

逍遙の当世書生気質
坪内逍遙『當世書生気質』（岩波文庫　一九三七）

Ⅲ

「理」の行方、「私」の行方
福澤諭吉「訓蒙窮理図解」（『福澤諭吉著作集』第2巻　慶應義塾大学出版会　二〇〇二）、橋本毅彦『〈標準〉の哲学――スタンダード・テクノロジーの三〇〇年』（講談社選書メチエ　二〇〇二）、夏目漱石『吾輩ハ猫デアル』（大倉書店一九〇五／『吾輩は猫である』角川文庫　一九六二）、周作人『日本談義集』（本山英雄編訳　東洋文庫　二〇〇二）

ここに、共に在ること
宮川康子『自由学問都市大坂――懐徳堂と日本的理性の誕生』（講談社選書メチエ　二〇〇二）、関口安義『恒藤恭とその時代』（日本エディタースクール出版部　二〇〇二）、恒藤恭『旧友芥川龍之介』（市民文庫　一九五二／日本図書センター　一九九〇）、テツオ・ナジタ『懐徳堂』（前掲書）

「懐かしさ」の失われた風景
中川武『日本の家　空間・記憶・言葉』（TOTO出版　二〇〇二）、『中島敦　父から子への南洋だより』（川村湊編集英社　二〇〇二）、中島敦「環礁」（『中島敦全集』第三巻　文治堂書店　一九六七　第三版）

なぜ人は名付けずにいられないか

『徒然草』（西尾実＋安良岡康作校注　岩波文庫　一九八九）、湯浅浩史文＋矢野勇写真『花おりおり』（朝日新聞社　二〇〇二）、柳宗民著＋三品隆司画『柳宗民の雑草ノオト』（毎日新聞社　二〇〇二）、小林一茶『父の終焉日記　おらが春他一篇』（矢羽勝幸校注　岩波文庫　一九九二）、夏目漱石『草枕』（新潮文庫　一九五〇）

快活さについて考える

海原徹『江戸の旅人吉田松陰』（ミネルヴァ書房　二〇〇三）、志賀重昂『日本風景論』（政教社　一八九四／近藤信行校訂　岩波文庫　一九九五）、大室幹雄『志賀重昂「日本風景論」精読』（岩波現代文庫　二〇〇三）

アイデンティティとは

L・J・フリードマン『エリクソンの人生――アイデンティティの探求者』（上下　やまだようこ＋西平直監訳　鈴木眞理子＋三宅真季子訳　新曜社　二〇〇三）、ジェイムズ・ノウルソン『ベケット伝』（上下　高橋康也＋堀真理子＋井上善幸＋田尻芳樹＋森尚也＋岡室美奈子訳　白水社　二〇〇三）、サミュエル・ベケット「ゴドーを待ちながら」（『ベケット戯曲全集』1　安堂信也＋高橋康也訳　白水社　一九六七）

同時代人モンテーニュ

『モンテーニュ　エセー抄』（宮下志朗編訳　みすず書房　二〇〇三）、モンテーニュ『エセー』（全三巻　荒木昭太郎訳　中公クラシックス　二〇〇二―〇三）、T・S・エリオット「パスカルの『パンセ』」（『文芸批評論』矢本貞幹訳　岩波文庫　一九八四）、保苅瑞穂『モンテーニュ私記――よく生き、よく死ぬために』（筑摩書房　二〇〇三）、堀田善衞『ミシェル城館の人』（全三巻　集英社　一九九一―九四）

方丈記と翁草

鴨長明『方丈記』（簗瀬一雄訳注　角川文庫　一九六七）、神沢杜口「翁草」（『日本随筆大成』第三期　第十九―第二十

四巻　日本随筆大成編輯部編　吉川弘文館　一九九六）、大隅和雄『方丈記に人と栖の無常を読む』（吉川弘文館　二〇〇四）、立川昭二『足るを知る生き方――神沢杜口「翁草」に学ぶ』講談社　二〇〇三）、永井荷風『断腸亭日乗』（『荷風全集』第二十三巻　岩波書店　一九六三）

Ⅳ

『城下の人』の語る歴史

石光真清『城下の人』『曠野の花』『望郷の歌』『誰のために』（石光真清の手記一―四　中公文庫　一九七八―七九）、島田謹二『ロシヤにおける広瀬武夫』（上下　朝日選書　一九七六）

ウィリアム・テルと自由

フリードリヒ・シラー『ヴィルヘルム・テル』（一八〇四／桜井政隆＋桜井国隆訳　岩波文庫　一九五七）、ビンヤミン・ヴィルコミルスキー『断片　幼少期の記憶から　1939-1948』（小西悟訳　大月書店　一九九七）、宮下啓三『ウィリアム・テル伝説――ある英雄の虚実』（NHKブックス　一九八一）、ベルトルト・ブレヒト『ガリレイの生涯』（一九三八／岩淵達治訳　岩波文庫　一九八七）、植木枝盛『自由詞林』（市原真影　一八八七／『日本現代詩大系』第一巻「創成期」河出書房　一九五〇）

Ⅴ

走り不動

市川白弦『沢庵　不動智神妙録・太阿記・玲瓏集』（講談社　一九九四）

或る人の云へるは

西川如見『町人嚢・百姓嚢　長崎夜話草』（飯島忠夫＋西川忠幸校訂　岩波文庫　一九四二）

心のアルマナック
『百姓伝記』（上下　古島敏雄校注　岩波文庫　一九七七）

歯の神様
神津文雄『歯の神様――民俗への旅』（銀河書房　一九九一）

太平の楽事
柴田宵曲編「衣食住編」（『随筆辞典』1　東京堂出版　一九七九）、青木正児『酒の肴・抱樽酒話』（岩波文庫　一九八九）

横たわるもの
山田慶児『混沌の海へ　中国的思考の構造』（朝日選書　一九八二）、三遊亭円朝「真景累ヶ淵」（『明治文学全集』10「三遊亭圓朝集」筑摩書房　一九六五）

妖怪変化
江馬務『日本妖怪変化史』（中公文庫　一九七六）

屁のごときもの
井本蛙楽斎『薫響集』（一七五七／『新編薫響集――おなら文化史』読売新聞社　一九七二）、風来山人『放屁論』（一七七四／「風來山人集」中村幸彦校注『日本古典文学大系』55　岩波書店　一九六一）

狼の糞の話
宋応星撰『天工開物』（一六三七／藪内清訳注　東洋文庫　一九七九）、張璐『本経逢原』（一六九五）、木下謙次郎『美味求真』（啓成社　一九二五／五月書房　一九七三）

八卦、占いの哲学

山田慶児『混沌の海へ』（前掲書）

Ⅵ

鍋のデモクラシー

仮名垣魯文『安愚楽鍋』（小林智賀平校注　岩波文庫　一九六七）、高村光太郎「米久の晩餐」（『高村光太郎全集』第一巻　筑摩書房　一九五七）

二人の日本人

ラフカディオ・ハーン（小泉八雲）『日本の面影』（田代三千稔訳　角川文庫　一九五八）、エルウィン・ベルツ『ベルツの日記』（上下　トク・ベルツ編　菅沼竜太郎訳　岩波文庫　一九七九）

十九世紀の日本人

エルウィン・ベルツ『ベルツの日記』（前掲書）

クラーク博士異聞

ジョン・エム・マキ『W・S・クラーク　その栄光と挫折』（高久真一訳　北海道大学図書刊行会　一九八六／John M. Maki “A Yankee in Hokkaido: the life of William Smith Clark” 2002）、服部之総『微視の史学』（福村出版　一九七〇）

あるニセモノの一生涯

太田三郎『叛逆の芸術家　世界のボヘミアン＝サダキチの生涯』（東京美術　一九七二）、Sadakichi Hartmann “Tanka and Haikai : Japanese Rhythms” 1916（サダキチ・ハルトマン『タンカとハイカイ　日本の詩歌』）、ウォルト・ホイットマン『草の葉』（上中下　酒本雅之訳　岩波文庫　一九九八）

「角田柳作先生」のこと

一　司馬遼太郎氏への手紙：司馬遼太郎『街道をゆく三十九　ニューヨーク散歩』（朝日新聞社　一九九四）、『福高八十年史』（福島高校創立八十周年記念事業実行委員会記念誌刊行小委員会編集　福島県立福島高等学校　一九七八）、阿部善雄『最後の「日本人」――朝河貫一の生涯』（岩波書店　一九八三）、長田弘『失われた時代　１９３０年代への旅』（筑摩叢書　一九八九）

二　司馬遼太郎氏からの手紙：バーバラ・ルーシュ『もう一つの中世像――比丘尼・御伽草子・来世』（思文閣出版　一九九一）、『RYUSAKU TSUNODA SENSEI,1877-1964』（私家版　一九六五頃）、「前橋高校同窓会誌」（第二十号　一九八一）

Ⅶ

二十一世紀のための「論語」

『論語』（貝塚茂樹訳注　中公文庫　一九七三）、同（木村英一訳注　講談社文庫　一九七五）、同（倉石武四郎訳『筑摩世界文学大系』５　一九六八）、同（金谷治訳注　岩波文庫　一九九九）、同（平岡武夫訳注『全釈漢文大系』１　集英社　一九八〇）、同（加地伸行全訳注　講談社学術文庫　二〇〇四）、伊藤仁斎『論語古義』（貝塚茂樹責任編集「日本の名著」中公バックス　一九八三）、H・フィンガレット『論語は問いかける　孔子との対話』（山本和人訳　平凡社　一九八九／改題『孔子　聖としての世俗者』一九九四）、荻生徂徠『論語徴』（1、2　小川環樹訳注　東洋文庫　一九九四）、和辻哲郎『孔子』（岩波文庫　一九八八）、吉川幸次郎『論語』（上中下　朝日文庫　一九七八）、桑原武夫『論語』（筑摩書房　一九八二）、白川静『孔子伝』（中公文庫 BIBLIO　二〇〇三）、『論語の新しい読み方』（宮崎市定＋礪波護編　岩波同時代ライブラリー　一九九六）、呉智英『現代人の論語』（文藝春秋　二〇〇三）、渋沢栄一『論語講義』（全七巻　講談社学術文庫　一九八七―八八）

露伴のルビのこと

幸田露伴『論語』（中央公論社　一九四七）

ふしぎに雅量あることば

杜甫「倦夜」（吉川幸次郎『杜詩論集』筑摩叢書　一九八〇）、入矢義高『良寛　詩集』（禅入門12　講談社　一九九四／『良寛詩集』入矢義高訳注　東洋文庫　二〇〇六）

『荒城の月』逸聞

『中學唱歌』（東京音楽学校編　東京音楽学校　一九〇一）、杜甫「兗州の城楼に登る」（『杜甫詩選』黒川洋一編　岩波文庫　一九九一）、島崎藤村「千曲川旅情の歌」（『落梅集』春陽堂　一九〇一／『藤村詩集』春陽堂文庫　一九四七）

訳詩興るべし

ウィリアム・カーロス・ウィリアムズ「完全な破壊（Complete Destruction）」（一九一七 "Sour Grape" 1921／村野四郎訳『現代世界文学全集』27「現代世界詩選」三笠書房　一九五五）、アンナ・アフマートヴァ「ブロークに」（米川正夫訳『世界文学全集』第三十七巻「近代詩人集」新潮社　一九三〇）、ユルゲン・ゼルケ『焚かれた詩人たち』（浅野洋訳　アルファベータ　一九九九）、J・P・サルトル「ブラン・マントウ街」（阿久正訳「現代詩」書肆パトリア　一九五八・一）、ウーヴェ・コルベ「幾度か」（市川明訳『現代ドイツ詩集——東ドイツの詩人たち』三修社　一九九一）

ことばを届ける人

野村修『「まだ手さぐりしている天使」への手紙』（私家版　二〇〇〇）、Wolf Biermann "Das Märchen vom kleinen Herrn Moritz, der eine Glatze kriegte" 1972（ヴォルフ・ビーアマン『小さなモーリッツさんの、頭のはげてしまったお話』）、Heinrich Hoffmann "Der Struwwelpeter" 1845（ハインリヒ・ホフマン『もじゃもじゃペーター』佐々木田鶴子訳　ほるぷ出版　一九九〇）

錬金術としての読書

インゲボルク・バッハマン『三十歳』（生野幸吉訳　白水社　一九六五）、同『マリーナ』（神品芳夫＋神品友子訳　晶

文社　一九七三)、同『ジムルターン』(大羅志保子訳　鳥影社　二〇〇四)、トルーマン・カポーティ『冷血』(龍口直太郎訳　新潮社　一九六七/佐々田雅子訳　同　二〇〇五)、J・M・シング『アラン島』(姉崎正見訳　岩波文庫　一九三七/栩木伸明訳　みすず書房　二〇〇五)、有本芳水『芳水詩集』(実業之日本社　一九一四)、中原中也「詩的履歴書(我が詩観)」(一九三六/『新編中原中也全集』第四巻　角川書店　二〇〇三)、加藤邦彦「中原中也年譜」(『新編中原中也全集』別巻上　角川書店　二〇〇四)、中野重治『梨の花』(新潮社　一九五九)、渡辺一夫『僕の手帖』(河出書房　一九五二/講談社学術文庫　一九七七)

二〇一一年のごびらっふ

草野心平「ごびらっふの独白」(『草野心平詩集』思潮社　一九八一)、同「こわあらむ」(『実説・智恵子抄』弥生書房　一九七五)

幾霜を経て

『橋本多佳子句集』(角川文庫　一九六〇)、久保田万太郎『句集　流寓抄』(文藝春秋新社　一九五八)、『日本文学全集』69「現代句集」(飯田蛇笏「霊芝」、杉田久女「久女集」、山口青邨「雪国」、中村草田男「長子」、加藤楸邨「寒雷」筑摩書房　一九七〇)、『漱石全集』第二十一巻「詩歌・俳句　付印譜」(岩波書店　一九五〇)、高濱虚子『五百句・五百五十句・六百句』(角川文庫　一九五五)、『石田波郷句集』(角川文庫　一九五二)

VIII

蟬と蟻

『アイソーポス寓話集』(新村出校閲　中村光雄訳　岩波文庫　一九四二)、ラ・フォンテーヌ『寓話』(上下　今野一雄訳　岩波文庫　一九七二)、『伊曾保物語』(古活字本　慶長・元和年間〔一五九六―一六二三〕/『古活字版　伊曾保物語』飯野純英校訂　勉誠社　一九八六)、『エソポ物語』(キリシタン版　一五九三/『天草本　伊曾保物語』新村出翻字　岩波文庫　二〇〇九)、『完訳　クルイロフ寓話集』(内海周平訳　岩波文庫　一九九三)、堀口大學「蟬」(『山巓の気』生活社　一九四五)

記憶の抽斗

トルストイ『イワンのばか　他八篇　トルストイ民話集』（中村白葉訳　岩波文庫　一九三二／一九六六　改版）

魯迅

魯迅「中国小説史略」（一九二五／増田渉訳『魯迅選集』第十二巻　増田渉＋松枝茂夫＋竹内好編　岩波書店　一九八〇　改訂版）、増田渉『魯迅の印象』（角川選書　一九七〇）

本を焼く

内山完造『花甲録』（岩波書店　一九六〇）、鄭振鐸『書物を焼くの記——日本占領下の上海知識人』（安藤彦太郎＋斎藤秋男訳　岩波新書　一九五四）

中江丑吉

『中江丑吉の人間像——兆民を継ぐもの』（阪谷芳直＋鈴木正編　風媒社　一九七〇）、『中江丑吉書簡集』（鈴木言一＋伊藤武雄＋加藤惟孝編　みすず書房　一九八四）

石を抱く

津田左右吉『シナ思想と日本』（岩波新書　一九三八）、同『おもひだすまゝ』（岩波書店　一九四九）、『あの人は帰ってこなかった』（菊地敬一＋大牟羅良編　岩波新書　一九六四）

Absorbing

斎藤勇『文学としての聖書』（研究社　一九四四）

読書の速度記号

「米国講座叢書」（有斐閣　全九編　一九一八―四七：第一編＝美濃部達吉『米国憲法の由来及特質』一九一八、第二編＝新渡戸稲造『米国建国史要』一九一九、第三編＝ジョンソン博士講述『米国三偉人の生涯と其の史的背景』高木八尺＋松本重治訳　一九二八、第四編＝高木八尺『米国政治史序説』一九三一、第五編＝斎藤勇『アメリカの国民性及び文学』一九四二、第六編＝都留重人『米国の政治と経済政策　ニューディルを中心として』一九四四、第七編＝高木八尺『現代米国の研究』一九四七、第八編＝高木八尺『米国憲法略義』一九四七、第九編＝美濃部達吉『米国憲法概論』一九四七）。

『福永武彦戦後日記』（新潮社　二〇一一）

中井正一

中井正一「委員会の論理」「美学入門」（一九三六／『中井正一評論集』長田弘編　岩波文庫　一九九五）

「美しき魂」について

深田康算「アミエルの日記の一節」（『美しき魂』アテネ文庫　一九四八）、同『芸術に就いて』（岩波書店　一九四八）、同『ロダン』（アテネ文庫　一九四九）、同『美と芸術の理論』（白凰社　一九七一）

気韻が生動する

梶井基次郎「城のある町にて」（『城のある町にて』三好達治編　創元選書33　一九三九）

カササギの巣の下で

網野菊「雪晴れ」（一九四五／『雪晴れ――志賀直哉先生の思い出』皆美社　一九七三）

初出一覧

Ⅰ

枕草子の記憶　『日本のこころ　水の巻「私の好きな人」』講談社　二〇〇一年九月
妙心寺松籟　『古寺巡礼 京都〈31〉妙心寺』淡交社　二〇〇九年三月

Ⅱ

「学び」をめぐる風景　熊本日日新聞「日曜論壇」一九九九年四月十八日
『学問のすゝめ』のすすめ　同　五月十六日
『米欧回覧実記』を読む　同　六月二十日
懐徳堂という名の学校　同　七月十八日
内村鑑三の二宮金次郎　同　八月十五日
ノーマンの安藤昌益　同　九月十九日
詩を胸中に置く　同　十月十七日
森鷗外の澀江抽斎　同　十一月二十一日
澀江抽斎の妻五百　同　十二月十九日
奥州の寒村の病いの記録　同　二〇〇〇年一月二十三日
江戸時代の遺産　同　二月二十日
逍遙の当世書生気質　同　三月十九日

Ⅲ

「理」の行方、「私」の行方　朝日新聞「文芸21」二〇〇二年六月六日夕刊
ここに、共に在ること　同　九月四日夕刊
「懐かしさ」の失われた風景　同　十二月三日夕刊
なぜ人は名付けずにいられないか　同　二〇〇三年三月四日夕刊
快活さについて考える　同　六月三日夕刊
アイデンティティとは　同　九月二日夕刊
同時代人モンテーニュ　同　十二月三日夕刊
方丈記と翁草　同　二〇〇四年三月八日夕刊

Ⅳ

『城下の人』の語る歴史　『二十世紀のかたち　十二の伝記に読む』岩波書店　一九九七年三月／抜粋
ウイリアム・テルと自由　みすず　二〇〇一年五月号

Ⅴ

走り不動　『すべてきみに宛てた手紙』晶文社　二〇〇一年四月／改稿
或る人の云へるは　『感受性の領分』岩波書店　一九九三年七月／「心覚え」改題
心のアルマナック　同／「必要な言葉」改題
歯の神様　同／「口のなか」改題
太平の楽事　同／「腹具合」改題
横たわるもの　同／「八方」改題
妖怪変化　同／「お化け」改題
屁のごときもの　同／「への字」改題

狼の糞の話　『読書のデモクラシー』岩波書店　一九九二年一月／「狼の糞」改題
八卦、占いの哲学　同／「当たるも八卦」改題

Ⅵ

鍋のデモクラシー　遊歩人　二〇〇四年十一月号
二人の日本人　『読書のデモクラシー』（前掲書）／「馬の骨」改題
十九世紀の自由人　『感受性の領分』（前掲書）／「ベルツ先生」改題
クラーク博士異聞　同／「クラーク博士」改訂
あるニセモノの一生涯　『読書のデモクラシー』（前掲書）／「あるニセモノの一生」改題
「角田柳作先生」のこと　一　司馬遼太郎氏への手紙　図書　一九九四年三月号　二　司馬遼太郎氏からの手紙　一冊の本　一九九六年六月号／『詩人の紙碑』朝日選書　一九九六年六月

Ⅶ

二十一世紀のための「論語」　デジタル月刊百科　平凡社　二〇〇五年七月・八月特別号
露伴のルビのこと　『自分の時間へ』講談社　一九九六年五月
ふしぎに雅量あることば　文藝春秋スペシャル　二〇〇八年季刊秋号
『荒城の月』逸聞　銀座百点　一九九九年一月号
北上の柳青める　日本詩歌文学館　館報　二〇一三年七月第六十八号
訳詩興るべし　みすず　二〇〇三年十一月号
ことばを届ける人　同　七月号
錬金術としての読書　論座　二〇〇六年二月号／「どんな古い本も新しい本に変えられる」改題
二〇一一年のごびらっふ　詩とファンタジー　二〇一二年冬晶号
幾霜を経て　山梨県立文学館　館報　二〇一四年三月第九十二号

Ⅷ

蟬と蟻　『感受性の領分』（前掲書）
記憶の抽斗　鷹　二〇〇一年二月号
魯迅　読売新聞「昭和を読む」一九八八年九月七日夕刊／『感受性の領分』（前掲書）
本を焼く　同　九月八日夕刊／同
中江丑吉　同　九月五日・六日夕刊／同
石を抱く　同　九月九日夕刊／同
Absorbing　星座　二〇〇三年第十六号
読書の速度記号　一冊の本　二〇一二年三月号
中井正一　『中井正一評論集』岩波文庫　一九九五年六月／解説
「美しき魂」について　『感受性の領分』（前掲書）／「美しき魂」改題
気韻が生動する　「小学校国語教育相談室」二〇〇四年九月第五十一号　光村図書
カササギの巣の下で　日本経済新聞　二〇〇八年二月二十四日

長田弘――おさだ・ひろし――一九三九年、福島市生まれ。詩人。早稲田大学第一文学部卒業。六五年、詩集『われら新鮮な旅人』（思潮社／定本版　みすず書房）でデビュー。八二年『私の二十世紀書店』（中公新書／みすず書房）で毎日出版文化賞、九八年『記憶のつくり方』（晶文社／朝日文庫）で桑原武夫学芸賞、二〇〇九年『幸いなるかな本を読む人』（毎日新聞社）で詩歌文学館賞、一〇年『世界はうつくしいと』（みすず書房）で三好達治賞、一四年『奇跡―ミラクル―』（みすず書房）で毎日芸術賞受賞。一五年『長田弘全詩集』『最後の詩集』（みすず書房）。エッセーに九三年『詩は友人を数える方法』（講談社）、〇四年『アメリカの61の風景』（みすず書房）、〇六年『知恵の悲しみの時代』（みすず書房）、〇八年『読むことは旅をすること――私の20世紀読書紀行』（平凡社）、一二年『アメリカの心の歌』（expanded edition　みすず書房）、一三年『なつかしい時間』（岩波新書）など。ほか絵本、翻訳など著書多数。一五年五月死去。

本に語らせよ

二〇一五年八月十五日　第一刷発行

著　者　長田　弘
発行者　田尻　勉
発行所　幻戯書房
郵便番号一〇一 - 〇〇五二
東京都千代田区神田小川町三 - 十二
電　話　〇三 - 五二八三 - 三九三四
FAX　〇三 - 五二八三 - 三九三五
URL　http://www.genki-shobou.co.jp/

印刷・製本　中央精版印刷

ISBN978-4-86488-075-6 C0095